2014年春，中国首位诺贝尔文学奖得主莫言与作者相聚在农家小院。

作者近照

温煦的阳光与春风

——黄康生散文集《携春而行》序

王剑冰

一

实际上，新闻与文学有着很近的血缘关系。新闻需要新异、奇特，文学亦然，搞新闻的人都具有职业的敏锐与感知，搞文学的何尝不是？从某一方面说，搞新闻的写出的东西，会更有可读性。所以新闻界出作家，而且不少成了名家。这不，又有黄康生《携春而行》了。

黄康生生活在广东湛江。有话叫靠山吃山，靠海吃海。黄康生有了这种便利，得了大海的许多好处。海给他生命、给他营养、给他信仰和力量，海使他聪慧、使他豁达、使他宽广。海使他也成为海，他浸隐其中，奔涌其中，幸福其中。你看他的一系列关于海的文章：《硇洲渔火》、《日照东海岛》、《海港夜色》、《贴近大海》、《品读海滩涂》等。那些文字无不翻涌着海的味道、海的声音、海的色彩、海的波澜。

我喜欢海，但我离海很远。我在黄康生这里能看到早起涨潮的海，渔灯闪烁的海；看到千帆竞发的海，满是收获的海；能感受海的人物，海的风情。黄康生所在的湛江，也是因海而生而长，在黄康生的笔下，同样是海的形象。"城里有海、海在城中、陆海一体。在这座城市任何一角落，都可走向大海；在城市的任何一个方位，都可闻到大海的气息，闻到大海那种让人怀着生之欢愉的味道。"他由此写出的带有"湛江”的文章就有《湛江之美》、《水泽湛江》、《责任湛江》等，他喜欢这个海的城市，把全部感情给了这个城市，他以此为家，在此创业，与湛江同兴共荣。他在文章中说：“我们是湛江的一分子，湛江却是我们的一辈子。湛江为天下而美，我们以湛江唯美。湛江之美，美在大海、江河、山岭、原野、城市浑然一体；湛江之美，美在田野、山岗、乡村、海岛、庭园四季常绿；湛江之美，美在整座城市的生态自觉和对美丽湛江梦的不懈追求。”这是发自内心的，因而他爱护它、赞美它、装饰它，同时不忘一个报人的责任，写下不少如《巍巍钻塔》、《海东之幸》、《“海狼”》、《不要叹气》、《大海之盟》一类的文章，歌赞大海和湛江的景象及以热血和生命奉献的人们。这些文章有人会说成特写，但我依然把它看作是随笔，看似随意，却深藏思想，具有很强的文学性和新闻人的散文特色。

二

黄康生现任《湛江晚报》总编辑。他有着新闻与文学两把“刷子”，他左手新闻，右手文学，有时左右开弓，颇得要领。由于他的职业，使得他的接触面很广，思考也多，加上他的文学天赋，以及海一样的胸怀，写的作品也就有一种豪放与宽阔。他驾驭文字、铺排章法，巧设结构的能力皆在随心所欲中，不需要冥思苦想，刻意安排，完全因情走笔，因人散意，不留凿痕。比如《贴近大海》，细微地写与大海的接触，或就是他在文中写出的“希求、渴望、追恋、向往。”他写海的浪花、海的声音、海的翅膀、海的风月，实际上是写海的灵魂。一个“贴近”，贴去诸多亲近。

还有《雨夜悟琴》，写在雨中听琴、畅谈的情景，悠缓的叙述，氛围营造得十分幽雅，琴声、雨声、心声和鸣在一处。作家不写听琴，而写“悟琴”，是更深层的意境，不仅于琴中听出了美妙，而且悟出了人生哲理。《雨夜悟琴》，何不是作家弹奏的一曲高尚的心灵之曲？

他写《飞驰在路上》，整篇文章都从路上着笔，道路、景象、时光、话语、思索、慨叹，车轮的飞驰中，主人公的人生之路渐渐显现。

《早春的气息》写一次野游，却不是单写早春的田野，其将一对新人加入进去，将爱情喻作青春的春早，生动而清新。后来带有乡俗气息的万人宴，也仍然是热闹的早春景象。这个“早春的气息”，芬芳而浓郁。开篇句子：“寒流遮不住春风，寒潮割不断春路。一个乍暖还寒的日子，我们掬一弯水月，挽一袖清风，迫不及待地奔向郊野、乡村，去呼吸早春的气息！”几句话语，亲切自然却又显得大气，“掬一弯水月，挽一袖清风，”放在其中立时增加了无限含量。

说到开篇，那是文章的小路，对于读者的进入十分重要。《品读海滩涂》的开篇，黄康生这样起笔：“滩涂既是天又是地，既属水又属土；涨潮时是海是水，退潮时是土是地。滩涂貌似贫瘠、荒凉，但却亘古、壮美。”真可说是干脆利落，形象逼真，寥寥数语，就将海滩涂的特点反映出来。

还有《父亲》，文章一开始就是一场生离死别的落幕：“杨桃树花落一地，袂花江水悲一河。夜色如水，父亲的手越来越冰冷，脉搏越跳越微弱。一阵冷风吹来，父亲随风而逝。那一刻，我的心如刀割般剧痛，眼泪像决堤的洪水哗哗直流，深知哭声已唤醒不了父亲沉睡的生命，但我还是放声痛哭，歇斯底里地哭。生离死别一瞬间，父亲就这样走了，不知留下多少生之无奈——”作家先交代一个结尾，再展开后面的思念和回忆，这个结尾简洁生动、刻骨铭心。“一阵冷风吹来，父亲随风而逝。”在一个特殊的环境中，此一句格外见力。

说到文章的运作结构，开篇布局，可看出黄康生的笔法技艺，而他的收尾也总能给以统揽全篇的完美收势，我们看《“海狼”》的结束：“朝阳冉冉地升高了。霍霍燃烧着的火焰越来越旺，红色的光线不断增粗、增多、增浓，千道、万道连成一个通红的大光圈，把大海和太阳连接起来，像一条路，一条不扁不方的路，一条永不闭合、不断上升的路。似乎沿着这条路走下去，就可以走向希望，走向神秘的‘天宫一号。’”这是一个大的营造，气势宏阔，衬托了主人公的事业与志向，增强了整篇的感染力。

读黄康生的作品，有时感觉是一种采菊东篱，独钓寒江的悠然自在，有的却有大江东去，长烟落日那样的雄浑与壮观。

三

语言是一个作家能力的检验，也是文章特色的显现，这个特色缺失或者不明显，必然会削弱读者的兴趣与耐性。我们看黄康生的文字，随处都能感到语言的色光。

如他写《那缕艾香》，将不大引人的春天的使者写得亲切而生动，赋予它生命的意义：“艾草不招虫，不招畜，更不引人注目。在几许人眼里，它是一种很不起眼的植物。但它从不自暴自弃，从不虚伪媚俗，仍旧是以山野为远志，仍旧是以《离骚》和《诗经》的诗词为食粮，默默地守望着那片淡薄天地，悄悄地在春夜里潜滋暗长。”其中“仍旧是以《离骚》和《诗经》的诗词为食粮，”一句绝妙，是一种诗性的升华，别有韵味。

这些色光还闪烁在描写之中，那些描写有些是浓墨重笔，有些是工笔细线，有些则素描一般。比如：“海天相接之处，渔火变成了星星，星星也变成渔火，宛如一长串瑰丽的流火，照亮了碧海，辉映着夜空。渔火因黑夜更显得闪烁璀璨；大海因渔火而更显得苍茫！海鸟披着渔火的流光在海面上轻轻地滑过，叫声清脆而有穿透力。大团大团的雾气，从大海深处弥漫过来，时浓时淡，时聚时散，缭绕渔船与渔船之间。”（《硇洲渔火》）

比如：“烟雨中轻盈走进宁静的吴阳乡村，美丽的小花伞四处在游动，置身其中，不知是你点缀了它，还是它点缀了你。”（《辉映吴阳》）

有些语言，不唯是词句精美，还有凝重的思想和深邃的哲理：“一

只野鸭从风中跑过，半绿的海草在风中摇曳。置身于这片天然海洋湿地上，我惊觉，滩涂上每一片泥泞，都是历史老人留下的备忘录。里面镂刻着岁月的屐履，律动着乾坤的吐纳，映照着耕海文化的悲欢离合。”（《品读海滩涂》）

黄康生笔下的《湛江之美》，从多个方位写出了湛江的魅力，如一首精美的散文诗，写得诗情画意，情感丰沛，令人向往。我在这里引出他写云的一段：“好风如水，白云如絮。在湛江，低头可见芳草滴露，抬头可见白云飘飘。湛江的白云，离奇变幻，灵动飘逸。那些白云或挂海角，或悬碧空，或云下带树，或江上缥缈，或月中破影，像一首首天上流动的诗歌。那大团的云，形如南极之冰川；小团的云，白似刚脱苞之新棉。这些大团小团的云在浩渺的碧空中飘浮、聚散、舒卷。色彩或粉红、或浅绿、或金黄、或铁灰、或雪白，变幻莫测、交相辉映。蓝天白云下，一群肥壮的黄牛在习习风中自由徜徉，不时抬起头来仰天长啸一声，响如春雷。云层的上面，是湛蓝的天幕。”其以文学的语言，构筑了湛江的美丽画卷和立体雕塑。

《牵牛花昂然绽放》也像一首散文诗，凝练的语言，写出了牵牛花“风雨摧不毁，雷电刺不痛，海潮淹不死，漠视击不败”的独立顽强的品性及超然傲骨的精神。读之慨然、畅然。其他如《鉴江之上》、《硇洲渔火》、《木麻黄低吟》、《雨夜悟琴》都属于这样的美文。

四

黄康生既善于描景抒情，也善于写人。写人的文章是有些难度的，黄康生写了一系列人物，都有血有肉，角度新颖，脱去了新闻的叙述性，增加了文学的感染力。如《大海之盟》、《留份满足感给自己》、《缘分》、《不要叹气》等，作家或用写实手法，或以虚蒙之笔，动人的描写和抒情，让那些场景与画面、信仰与情怀、追求与奉献真切凸现，谱出可歌可泣的生命之曲，在精短的篇章里阐发出宏大的主旨。比如写颜叔与妻子感情故事的《凄美起舞》，颜叔从妻子有病手术的精心爱护，到卧床不醒后的悉心照料，到手捧妻子的遗照独舞于舞台之上。写得深情而凄美，独特而动人。

湛江我去过，只是走马观花。这次从黄康生的散文中却是看到了更多的细致的东西，加深了对湛江的认识。而且我还喜欢黄康生写的另外一些文章，如《逝去的乡愁》、《观门知敬畏》、《古井》、《金色南瓜》、《远去的醒狮》等，这类散文，有对儿时生活情景的回忆，对家乡亲人的敬仰与怀念，又有对现代社会的比较与认知，乡音乡情，深含其中。

五

从黄康生的文章里能够看出精神，看出品质，看出人格。这是散文的魅力，好的散文无法隐藏这种魅力，只要将笔交给散文，就一定将自己的人格品质同时交付出去。

黄康生读过不少书，深贮多藏，必得其益享其乐。并感觉他活得充实，是一个心怀爱意的人。心怀爱意方有热情，对什么都上心，这正是一个新闻人也是一个作家所必备的。

散文集名《携春而行》，表明黄康生的追求永远向善、向上、向荣，同他的文字一样，充满温煦的阳光与春风。

现在又到了一年的春天，欣然地读到了黄康生的文字，愿随他一道同行。

2014 年 3 月 26 日

（作者系中国著名散文家、享受国务院特殊津贴专家。全国首届冰心散文奖、全国第三届冰心散文奖，全国首届郭沫若散文随笔奖，中国散文诗 90 年重大贡献奖获得者。其散文《绝版的周庄》入选上海高中语文课本。）

目　录

莫言：湛江是福地

甲午马年，马上有喜，马上有福。

大年初八上午，太阳照耀着湛江大地。春风一缕迎骏马，上午 9 时，我们迎着朝阳，乘着春风，直奔徐闻县龙塘镇杨宅村。12 时许，一辆银色商务轿车从远处驶入村口。车门打开，一个熟悉的身影从车里走出来。啊，莫言，莫言老师！我一个箭步冲向前，欲与敬仰已久的莫言握手，试想沾染莫言手上的灵气。那一刻，我突然觉得阳光真的很灿烂。莫言伸出手，脸含微笑。握手的那一刻，我似感到有一股暖流直抵心田。

莫言因“魔幻现实主义融合传说、历史与当下”获得 2012 年诺贝尔文学奖。一直以来，我都是莫言的忠实读者，也一直把莫老师放在心底最温暖的一角。一直以来，我都期盼，能拜见莫言。真想不到能在此时与中国首位诺贝尔文学奖得主握手，更想不到能在“铁杆好友”杨敬选的农家小院里圆梦。

暖流涌动沐春风。握手的那一刻，我的脑海里泛出了《红高粱家族》、《酒国》、《檀香刑》、《生死疲劳》、《蛙》、《透明的红萝卜》、《丰乳肥臀》等小说名篇。甚至连蒲松龄的《聊斋志异》、马尔克斯的《百年孤独》、川端康成的《雪国》、卡夫卡的《变形记》等都在脑海里闪过。这些作品都曾经对莫言创作产生过影响。

莫言穿着非常朴实，一件格子衬衫，一件外套。“阳光灿烂，感觉很好。”莫言笑着健步走向杨家小院。莫言的笑总是那么的和蔼、温暖，声音总是那么的慈爱、温厚。

走进杨家小院，莫言高兴地摘下一个熟了的杨桃。杨家小院不大，但却春色满园。院子里的杨桃、荔枝、龙眼、菠萝、黄花梨、罗汉松等果木都长得十分茂盛。阳光照在树梢上，折射出五彩的光芒。小鸟在树上欢跳雀跃，啾啾成歌。莫言在院子里踱步，敬选兄逐一介绍了果木的树龄、花期及故事。

阳光满地、绿色满园。莫言坐在杨桃树下。我赶紧搬来木椅坐在莫言身边，聆听教诲。

莫言对“徐闻”因何而得名饶有兴趣。

徐闻因“以其地迫海，涛声震荡，曰是安得其徐徐而闻乎”而得名。徐闻自汉元鼎六年置县至今已漫漫延续2000多年。2000多年前，汉代海上丝绸之路就从徐闻首发。汉时，徐闻是中华海洋文明的发祥地。唐朝《元和郡县志》曾记载：“欲拨贫，诣徐闻。”这条千古名谚，道出了徐闻鼎盛时期的富庶与繁华，也道出徐闻曾经是商贾的梦想之地。

莫言虽然是第一次踏足徐闻这片土地，但对徐闻的历史、人文都比较熟悉且感兴趣。

微风轻拂，我们围着莫言坐在杨桃树下，一起品历史，说文学，尝农家菜。当喝上鲜鱼汤、尝到白切鸡、吃到炖山羊、品到烧生蚝后，莫言赞道：“原汁原味，好吃！”席间，莫老师频频用公筷给小孙女、给杨家老母亲夹菜，尽显孝老敬亲之道。席间，莫言还端起酒杯给我们敬酒。莫老师知道我不胜酒量，还“特批”我以茶代酒。觥筹交错、推杯换盏之间，我们看到了小说里的莫言和现实中的莫言。

院子内外充满快活的空气。带着欢快的心情，莫言荷锄徒步走到村头。挖坑、放树苗、培土、浇水。莫言和夫人在村头种下了两棵黄花梨。“快快长大！”莫言喃喃道。莫言种下的黄花梨树冠呈广伞形，分杈较低，侧枝粗壮，树皮浅灰黄色，叶子为奇数羽状。我定睛凝望那片羽状叶子，疑是跳动在心坎的理想之火，寄意春天，撒下文学的种子。

在一片热烈的掌声中，车子徐徐启动。“开心最重要，身体最重要。”临上车前，莫言走到杨家老母亲跟前，紧握杨母双手，叮嘱杨母多保重身体。

“轻轻的招手，作别西天的云彩。”车子驶上乡村水泥路，直插徐闻白沙湾。路边，野花遍地，杂草生树，青翠欲滴。微风过处，送来缕缕清香。此时，莫言的经典语录不断地在我的脑海里闪现：

“所谓最难忘的，就是从来不曾想起，却永远也不会忘记/极度的顺从是悖逆/幸福，就是找一个温暖的人过一辈子/爱的最高境界是经得起平淡的流年/真心离伤心最近/什么叫快乐？就是掩饰自己的悲伤对每个人微笑/当眼泪流下来，才知道，分开也是另一种明白/我怀旧，因为我看不到你和未来/有些事一转身就一辈子/我想哭，可是我已经不知道该怎么流泪了——

昂首扬鬃，骏马舞东风，不知不觉间，车子已至白沙湾。白沙湾东倚排尾角，西临红坎角，长度约 3 公里。滩涂平缓、宽广，水碧波清，白沙如银。沿岸木麻黄林苍翠欲滴，间或有椰林点缀。当年，汤显祖迷恋此情此景，在《白沙海口出杏磊》诗中写道：“东望何须万里沙，南溟初此泛灵槎。不堪衣带飞寒色，蹴浪兼天吐石花”。

莫言伫立在沙滩上，像满怀哲思的屈原或悠闲自在的陶潜一样仰望天空。天空很蓝，蓝得好似澄澈的海。天上飘着朵朵白云，白云就像海上的白帆。

莫言登上渔船随渔夫出海捕鱼。天气晴朗，太阳直照，海面金光闪闪。莫言和渔夫一起用木棒敲打船板，发出声响，然后撒网、收网。看到大网网住了两条大鱼。我们脱口念出了莫言的经典金句：“鱼上钩了，那是因为鱼爱上了渔夫，它愿用生命来博渔夫一笑。”

莫言弃舟登岸，从白沙湾转向杏磊湾。沿途，徐闻大地展现一派南亚热带风光。下午 5 时，莫言又从杏磊湾白沙湾转向。夕阳西下，白沙湾一片金色。来到海边，莫言将一只 100 多岁的甲壳黄褐色玳瑁海龟放

归大海。回归大海的玳瑁“一去三回头”。莫言说：玳瑁很有灵性。

千年海龟、万年玳瑁。海龟长寿，徐闻人也长寿。目前，徐闻 100 岁以上的寿星有 97 人，90 至 99 岁的老人有 1359 人。

在白沙湾，听风的吟唱，闻海的味道，探徐闻人的长寿秘诀，莫言乐此不疲，乐在其中。莫言深深呼吸着潮湿又带腥味的海风说，徐闻风好，水好，土好，人好，人长寿。

披着夕阳，莫言乘兴而归。在“聚雅”小聚，莫言谈起了湛江的红树林，谈起了红树林精神。谈笑间，我从怀里摸出莫老师的代表作《红树林》请他签字留念。莫言写下“黄康生”三个字时，突然想起了当年在北师大鲁迅文学院读研究生时的湛江籍同学黄康俊。莫言笑道：“黄康俊和黄康生是同辈吗？”我笑着回答：“黄康俊是我的文学前辈。”在一片快活的气氛中，我拿出即将出版的散文作品集《携春而行》请莫老师指点、赐教。莫老师仔细审读了《大陆之南》、《湛江之美》、《海东之幸》、《大海之盟》等多篇作品。那股认真劲，让我肃然起敬。莫老师说：“这些散文作品散发着泥土的芳香，可读，耐看。”

和煦的春风揭开了崭新的日历。大年初九，莫言驱车上湛徐高速，直奔湛江市区。那潇潇春雨，飘飘洒洒，给半岛织出一层淡烟薄霭。远处连绵起伏的山坡种满了甘蔗，香蕉；爬满了绿色的瓜藤和花生蔓。夹杂着各色各样的野花，争着抢着在风雨中摇曳出百般风情，摇曳得人心都醉了。一群群山羊在山坡下悠然吃草，和浮云一起在蓝色天际移动。莫言似乎是在半梦半醒中痴望着原野，在迷蒙中感受湛江春天的美丽。

在车上，我的脑海里不时闪出莫言的“金玉良言”：“作家创作的时候应该从人物出发、从感觉出发，应该写自己最熟悉的生活，应该写引起自己心里最大感触的生活。也就是说要打动别人，你要想让你的作品打动别人，你首先自己要被打动，你要想你的读者能够流出眼泪来，你作为作家在写作和构思的过程中首先要让自己流下眼泪。

“一个作家要有爱一切人、包括爱自己的敌人的勇气，但一个作家不能爱自己，也不能可怜自己，宽容自己。应该把自己当做写作过程中最大的、最不可饶恕的敌人。把好人当坏人写，把坏人当好人来写，把自己当罪人来写……

莫言弃车登舟，乘红嘴鸥畅游湛江港。湛江港港内岸线长近 200 公里，是世界第一大港荷兰鹿特丹港的 3 倍。孙中山先生在《建国方略》中提出了在湛江兴建南方大港和修筑连贯西南铁路的设想。1956 年 5 月，新中国第一个自行设计施工的现代化深水商港投入使用。之后，他们用半个世纪热情，把湛江港建成了国家级枢纽港。湛江港收纳了自然的笙箫和历史的烟云，既感性又立体。乘舟飞驰湛江湾，只见海面碧蓝如玉、波澜不兴，渔帆点点、码头吊机忙转。海城、海港、海岛、海鸥、海湾大桥，交相辉映，好一幅现代文明与原生文明共生的画景。远处，军舰、商船、游艇静静游弋，犁出洁白的波浪。一大群红嘴鸥时而低翔，时而俯冲，时而围绕在船头翻飞，让人担心洁白的翅尖会被海水蘸蓝。莫言凭栏临风，深深地被眼前美景所吸引。

在湛江期间，莫言到了大汉三墩访古，到贵生书院寻踪，到广州湾法国公使署体验，到东海岛感受湛江奋发崛起的急迫心音。

湛江的人文地理、风土人情、体育文化都给莫言留下了深刻印象。

莫言用“湛江福地”4 个字表达对湛江之印象。

大年初十，我们送莫言到湛江机场。进机场时，莫言执意不走贵宾通道，自拖行李箱排队过安检。过安检后，莫言挥手与我们一一道别。飞机起飞了，但我们迟迟不肯离开——

（2014.2.11）

大陆之南

中国大陆之南，琼州海峡之北。古老而又年轻的徐闻充满神奇、充满诱惑。

徐闻直扼琼州海峡，横守大陆通海南之“咽喉”，被世人视为“天南重地”。“坐雷吊琼”，徐闻自古以来都是我国重要的南疆重镇、陆路驿站、海道要津和滨海县治。徐闻自汉元鼎六年置县，至今已漫漫延续

2000 多年。2000 多年前，汉代海上丝绸之路就从徐闻首发。古谚云："欲拨贫，诣徐闻。"这条千古名谚，道出了徐闻鼎盛时期的富庶与繁华，也道出徐闻曾经是商贾的梦想之地。2000 多年来，徐闻这座天之涯、地之南的古城始终与海南岛默默相守、相望，造就了一个个非凡的历史传奇，也留下了一段段沧桑的历史故事。

徐闻是我常想、常念、常去的地方，每次踏上那片丰饶秀美的土地，心里就有一种莫名的悸动。深秋时节，我从海口乘"宝岛"号滚装船横渡琼州海峡，直取徐闻。

客船破浪前行，海鸥逐船飞翔。我站在舱顶开阔的甲板上，呼吸着清新且带咸腥味的海风。岁月的惊涛拍打着船舷，我似乎听到了苏轼当年横渡琼州海峡时的吟唱："四州之人徐闻为咽喉。"

弃舟登岸，我再一次踏上了徐闻这块红蓝丰美之地，并从县城西门直插三墩汉港。西门那条千古石道上，留有深深的车辙和斑斑驳驳的履印，记载着徐闻遥远的历史烟云和岁月风尘。我抵达三墩汉港时适逢朝阳出海，"三墩"悬浮于海天一色之间。古港里的码头、船坞、灯塔、驿站都似在讲述着一个个远古的故事。古港里一砖一瓦、一草一木也似在散发出岁月的回声。伫立在三墩汉港之畔，我似乎聆听到历史深处的汉韵诏律。一部"海上丝路"的千年盛史，便随拍岸涛声徐徐展开。

两千多年前，那些满载丝绸、茶叶、瓷器的中国商船队就从这里扬帆起航，开拓了千年海路。当年商船云集、货积如山、千帆竞渡的景象至今仍存活在人们遥远的记忆里。

"三墩"不大，面积只有 209 亩，古称"瀛岛联璧"、"蓬莱三仙洲"，传说是南海观音散落在海面的三颗碧玉。三墩中的头墩岛有一口常年不枯的龙泉古井。当年，浩浩荡荡的船队就是从古井里取水补给起航的。

千年古港风流随风逝，跨海火车轮渡燃激情。如今，这座汉代海上丝绸之路始发港遗址已开发成大汉三墩旅游区。三墩旅游区由一片海面、一个港湾、三个岛屿、四个渔村组成。据说，区内文化景观仿汉代营造风格建造，再现了二千多年前大汉时代的风貌。我从朱雀东大门走向千年古城墙；从汉港大堤走向大汉酒馆；从仙尾长堤走向汉堤侯楼，细细地感受大汉丝路古港遗风。

穿过汉城墙、越过椰子林，我走进三墩湿地湖。湖面积不大，但湖中有路，路中有桥，桥东有百亩荷塘，桥南有千株红树林。湖面上有数不清的白鹭在追逐、嬉戏、翻飞。看，红树梢上两只白鹭交颈而欢，发出“哇哇”的声音。我用力拍掌，更多的白鹭飞起来，湖面到处都是白鹭，耳里全是白鹭鸣叫声。

湖边不远处有一片坡地，村民正在地里耕作。白鹭扑打着洁白纤细的双翅飞至地里，悠闲漫步寻食，一点也不怕人。

正在地里劳作的农民卢鑫说，生态好，白鹭来。村里人对待白鹭就像对待自家孩子一样亲。

聆听着白鹭的欢叫声，我走进了贵生书院。书院坐北面南，为四合院式庭院建筑。书院屋舍俨然，没有红柱飞檐，雕龙彩凤，却显得坚固古雅。

明万历十九年（1591 年），大戏剧家汤显祖在凄风冷雨中来到徐闻，心病身疾纠缠，愁苦有加，房东老妪天天下海采蚝煮汤，日日照料。房东老妪的敦厚善良令汤显祖感激不已。在徐闻县添注典史的日子里，他见徐闻“其地人轻生，不知礼义”，遂与知县熊敏捐资创建书院，取名“贵生书院”，旨在宣扬“君子学道以爱人”，“天地之性人为贵”之道。

书院门前长着几棵古榕树。榕树枝繁叶茂，苍劲翠绿，长须深垂，宛若慈祥的老者，在夕暮之中作着冗长的低语，将千百年来的云烟都埋在幻想里。

书院内，枇杷树生机盎然，鸡蛋花香气逼人，石碑依稀可辨，石狗栩栩如生。我怀着敬仰缅怀之情踏入书院，一股古风古韵扑面而来。

庭前有一口古井，雅称“梦泉”。相传汤显祖适徐闻之夜，不耐炎热，饥渴难忍，辗转难寐，遂取此泉痛饮。是夜，梦魇缠绵，才思泉涌，触景生情，因情成梦，因梦成戏，写出了惊世骇俗的《牡丹亭还魂记》。汤显祖在徐闻生活的日子不长，但却感受到徐闻人的深情厚谊，临别时盛赞“其地人敦厚，新会以南第一县”。

古井旁有一颗繁茂的凤凰花。是徐闻人特意种下的，寄托了徐闻人对汤显祖的无限深情和无比怀念。

岁月远去，汤显祖的人文精神至今仍穿越时空回荡在徐闻天空，温暖着那片曾经尘土飞扬的红土。

我穿过贵生书院的石墙，用脚触摸曾经的岁月。带着那道曾照亮红土地的人文精神之光，我走向祖国大陆最南端“极地”——灯楼角。路上，满眼皆是挺拔的绿椰树，葳蕤的木麻黄，婆娑的路兜簕和道边的闲花野草。

穿过一片茂密的野菠萝和红树混交林，眼前豁然开朗：远处海平面渔帆点点，近处绵长的海岸沙滩波涛汹涌，一块刻有“合水线”的巨石挺立——这里就是北部湾和琼州海峡海水的交界处。

灯楼角古称关滘尾，光绪十六年（1890年）于此地建造灯塔，故得名。灯楼角和海南的天涯海角、台湾的鹅銮鼻并称为中国陆地“南三端”。

它就像一根尖尖的牛角楔入琼州海峡，每当涨潮时，来自北部湾与琼州海峡两个海区的潮水就在此激情交汇，形成了奇特壮观的“十字

浪”。

我伫立在灯塔前，感受这个岬角的历史厚重。50多年前，中国人民解放军就是从灯楼角集结、启渡，驾着由渔民捐献的渔船，横渡琼州海峡，冒着枪林弹雨，直取海南。在解放海南的战役中，徐闻把红旗插遍了四百里海岸，并征募486艘船只、1519名船工支援部队作战。其中53名船工以自己生命的光辉演绎了一幕幕悲壮的历史，辉耀着徐闻大地，引领砥砺着后来人。“解放海南，功在徐闻”，至今，那海浪声、呐喊声、枪炮声，依然在海峡上空回荡。

我登上灯楼角远眺，但见烟波浩渺，沙鸥翔集，千帆竞发。我用双手挡住耳朵，倾听从海洋之心传来的涛声，捕捉海上丝丝缕缕的生气。

潮起潮落，岁月更迭。古风犹存的徐闻，在海水的流淌中走过漫长的历史。徐闻先贤们似乎也从未曾远去，他们的思想、情怀和品格依然温暖着这片大陆之南的水土。

丰厚的历史文化遗存就像清香的甘泉，滋润着那里的人们。徐闻人格外感怀先贤的恩泽，格外敬畏上苍的赐予。

站在灯楼角远望，满眼蔚蓝。徐闻不仅三面环海，还拥有8800多平方公里的海洋面积和400公里长的海岸线。这400公里长的海岸线共有400个港湾和400个名字。水头、水尾、海仔、山仔、黑土角、白水塘、山狗吼——这些名字很土却很亲切；白茅海、赤坎海、白沙湾、青安湾、北栋湾、罗斗沙岛、六极岛、黑土角——这些海岛既熟悉又陌生。今年初，这片海有了新的名字：“国家级海洋生态文明示范区”。

徐闻的陆地面积也很大，达1954平方公里。在这片红土地上，种有20多万亩香蕉、20多万亩菠萝、30多万亩冬种蔬菜、10万亩甜玉米、10多万亩甘蔗。有人说，中国每3个菠萝中，就有1个是徐闻产的；每10根香蕉中，就有1根是徐闻产的。

“徐闻一半是海水一半是火焰”。徐闻的火山玄武岩面积占总面积的60%，下桥镇的廿四坑、石门岭火山口（亦称石岭塘）、龙塘福田洋、石板岭古峡谷等都是火山喷发后形成的天然杰作。

红蓝交织的土地，温润宜人的气候，赋予了徐闻人敦厚善良、从容坚韧、热情好客的生命性格。千百年来，徐闻人一直秉承蓝色的畅想和火一样的热情去书写属于大陆最南端的海洋文明、红土文明和生态文明。

披着温暖的阳光，我从灯楼角出发，经迈陈、西连、徐城、锦和、龙塘、和安，直奔曲界。

行驶在红土水泥路上，色彩涌来。鲜艳的红、温暖的黄、翡翠的蓝，还有翠碧的绿，都在道路两旁交相辉映，争相伸展。道路两旁，一会儿是菠萝的海，一会儿是甘蔗的海，一会儿是香蕉的海；道路前方一会儿是粉白粉白的良姜花，一会儿是鹅黄鹅黄的芦荟花。在望不到边的绿色田野里，散落着一个个古老的村庄，背后是缓缓的斜上去的丘陵。红肥绿瘦的丘陵地坡上，耸立着巨大的白色风车。一路向东，我忽然想起了普希金的诗《乡村》——“我向你亲切地致意，荒僻的一隅，充满恬静、劳动和诗兴的田地，在这里，我的年华在幸福和忘怀中，不知不觉地流逝。”

同车的陈恩才大师抑制不住兴奋，不停地被车窗外的画面所吸引：“看，左边!”“看，右边!”可怜我既要专心开车，却又难以抵制这般“声色诱惑”。

不消多时，我们便进入曲界镇“菠萝的海”。站在高处眺望，只见菠萝园似多彩的地毯铺展开去，红土路似红绸带飘逸在菠萝海上。我们沿着蜿蜒的红土小路，走进“菠萝的海”深处，那些菠萝或正在抽叶，或正在开花，或正在变熟，色调或深或浅，编织成一种美丽。微雨飘过，“菠萝的海”里长出蘑菇，一群孩子正在用鹧鸪煮蘑菇，或用山泉水煮菠萝。菠萝园的天空瓦蓝如洗，风车悠悠转动，空气里弥漫着淡淡的菠萝清香。走在这片广阔没有遮拦的天空下，心灵可以随风飘得很远。漫步于大地精心编织的锦缎间，每一秒都很阳光，每一眼张望、每一次呼吸都可获得一份古老徐闻醉人的沉静。

漫步今日徐闻农村，满眼皆景、满心皆诗。田野四季都展示出壮阔之美、起伏之美、色彩之美；四季都呈现出人与自然共荣共生的图景。全县已有800多个村庄建成生态文明村。

走在田间地头，我还深深感受到了徐闻人火一样的热情。到了徐闻，不管你从哪里来，要到何方去，徐闻人都会拿出香蕉、菠萝、海鱼、海虾款待你；拿出秘制的米酒灌醉你，还会用粗犷的雷州歌唤醒你。就算在路上碰见掏蜂窝的小男孩、割草喂鹅的小女孩，他们也要和你笑一下、摆谈几句。

在徐闻，人和人贴得近，人与自然也特别亲。天蓝、水美、地绿、土红，徐闻清明在心，千百年始终守候着一分纯净怡然，始终保留了最为质朴、最为原生态的一面，始终与喧嚣尘世保持一种高贵的距离。徐闻蓝天、碧水、绿韵，处处是美景。徐闻之美为美丽中国提供了一个生动注解。在徐闻一路奔走，一路穿行，我听到了干部群众说得最多的一句话：“我们要对得起这片红土地、对得起这片蓝海洋。”

人心禅定必自胜。徐闻的淡定从容，足以感染生活。从曲界折返海安的路上，我听到“往北太冷，往南太热，徐闻正好”的号子从云霞间传来。县委书记钟力告诉我，徐闻正以红土地般火红的热情和大海一样宽阔的胸怀，主动对接海南，主动对标青岛，建设海峡城市。

“海北与海南，各在天一方……愿子一咄嗟，跨空结飞梁。”“跨空结飞梁”是南宋名臣李光的千年期盼，也是徐闻的千年梦想。城市向海，生活向南。海峡新城现正以“一轴一线一城”规划布局徐徐展开。108公里环半岛公路已动工，2014年通车。来自浙江的铁牛集团有限公司投资160亿元，拟在青安湾、排尾角一带建设现代海湾旅游度假城——南海玉带城。美国新新集团投资100亿元在海安镇临海一带打造“阳光海岸”。中国超人集团投资30亿元盛装打造大汉三墩。陆上风电60万千瓦项目部分建成，部分正开工。100万千瓦海上风电项目正在稳步推进。城北大道、滨海大道、红旗三路、东平四路、城南大道等也在加紧设计推进。相信在不久的将来，琼州海峡北岸将崛起一座海峡新城，与南岸的海口市灯火辉映，成就海峡奇观。

共守一峡海水，共望一轮明月。来吧，徐闻已在大陆之南守候千年！

（2014.1.16）

廉江之韵

当《我的九洲江》的旋律从远处飘来时，我已进入廉江境内。无垠的绿色充满我的双眼。那盈盈的喜悦，油然而生。廉江，一个诗意盎然的名字，一座充满生机的北部湾山水小城，正用一种高远淡雅的纯净与古朴，淡定每一个走进她温暖怀抱的外来客的情怀与灵魂。

我与新朋友更博士在廉江大道上相遇。寒风中，与更博士握手，感觉特别带劲，犹如握到一股暖流。握手的那一刻，我想起了美国诗人阿瑟·查普曼的诗：那里的握手比较有力，那里的微笑比较持久，那就是西部开始的地方。

从更博士那朴素的装束，以及自信向上的神态中，我再次品到了廉江人灵性下的那份独有的气质。更博士是个地地道道的廉江人，有着深厚的廉江情结。一路上，他滔滔不绝给我讲述廉江的地理、历史、文化、风土人情、城市特色、宗教信仰等。中国红橙之乡、中国百果之乡，以及“鹤地清波、塘山龙吟、双峰藏幽、谢鞋野荔、长青鸣翠、红树绿韵、龙飞古寺、九州丽波”等廉江新八景，都在他的叙述中活络起来，让我不断地认识这座城市，认识这座城市中的人。

更博士说，廉江是个有山有海有江有湖的地方，是一个开放包容与自信安逸的地方，是一个来了就不想走，就算走也可以开开心心走的

地方。

廉江的存在、发展似乎就是为了解释什么是包容、什么是安逸。更博士说，包容是一种胸襟，是一种气度，是一种修养，也是一种生活态度。廉江人普遍对身边人、身边事都能大度接受。更博士还说，安逸的基础是安康，除去精神上的高标、旷达外，还须有丰厚的资源成全。

廉江古称罗州、石城，至今已有1360多年历史厚度。

她濒临北部湾，背靠大西南，地处粤桂琼三省交通要冲，历来为县治重镇。湛江市最高点——双峰嶂；广东省面积最大的“人工湖”——鹤地水库均在境内。小平同志亲笔题名、长度比巴拿马运河还要多一倍的青年运河源头也在廉江。廉江集山区、丘陵和沿海等多种地貌于一身，拥有96.8公里长的海岸线，2宗大型水库、2宗中型水库、8宗小型水库、2119宗山塘。独特的地理位置和特殊的历史赋予廉江包容自信的气质。

廉江的水，是城市灵动的明眸。廉江是一座用水“编织”出来的小城，52条大小河流阡陌纵横，处处呈现温婉恬静的岭南水乡美景。单说鹤地水库，远望，烟波浩瀚接天河，近看，巨浪悠悠通天地。它既有

湖泊的秀丽，也有大海的雄浑。而那条被誉为“廉江母亲河”的九洲江，不仅水系散布广泛，而且斜贯全境。有人说，九洲江是一条美丽的水龙，给廉江大地以灵性。那永无休止的水流变幻，更为廉江人带来了鲜活的思想和无穷的灵气。正是这种不断思索与思维的过程，着实让廉江人享尽了山水之灵气，罗州多俊杰的的福份。

我们沿着九洲江溯水而行。两岸炊烟袅袅，村庄、河涌、红树、飞鸟勾勒出一幅自然山水画。江水无声，江风飒飒。抬头看天，天蓝云白，伸手可触。全长 162 公里的九洲江宛如九天倾泻的银河玉液，从广西陆川县大化顶流出，流过陆川、流经博白、流入廉江，在石角镇和河唇镇间形成鹤地水库后，再经吉水、龙湾、横山、安铺，最终注入了北部湾无边的富庶……千百年来，清澈透明的九洲江水以飘逸、俊秀的姿态，以不亢不卑的文静和庄重，孕育了亘古的廉江，生发了岭南百代风流。九洲江河道虽弯曲盘旋，但她却以舒缓温柔的古典抒情风格，给人以深刻而崇高的愉悦。

九洲江，生命之水不息。我们乘舟至九洲江久渔村出海口，但见碧江绿树、鸭游鱼翔；绿树婆娑、芳草萋萋；渔排穿梭于红树林间，水牛横卧草丛中，渔网飘荡在金光里，好一片亚热带原生态湿地风光。江口不远处的码头上，系着一艘古旧的木船。更博士说，那是具有 280 多年历史的古津渡，百姓称其为久受埇古渡。据史料记载，久受埇渡建于清朝雍正三年（1725）。位于界炮、营仔、安铺三个墟中心。今航距 212 米，水深 2 米多，受益村庄 31 个，人口近 3000 人。以往祖辈摆渡靠人力撑船过江，当今已换成木质机动船。对岸营仔的百姓趁安铺墟仍喜欢坐渡船过江，走水路可比走陆路近 10 公里。梁德加是船上唯一的渡工，一年 365 天，天天与渡船结伴。他说，看到村民带着喜悦去赶集，带着笑声踏归程时，心里就感到无限欣慰。梁德加说：“由于江面较窄，渡船收费很低，人渡每人1元，连摩托车才收3元，平均每天过渡大约30人。随着城镇化速度的加快，渡船的生意肯定一年不如一年。但只要有人过渡，我都会坚持到底。”这时，一对新人牵手登上了渡船，依偎坐于木船中央。船伴着唢呐、锣鼓声以及潺潺的水声，悠悠撑离古码头。新娘与新郎在船上，立下不离不弃共度一生的誓言。梁德加喜形于色，一边伸长脖子看水路，一边吊高嗓子唱起《我的九洲江》，给这对新人送上最诚挚的祝福。

我们弃舟登岸，直插河唇镇龙湖。走在那条被岁月啮啃得缺角少边儿却依然发亮的石路上，我们触摸到了罗州古城遗址散发出的历史芬芳与体温。

带着历史芬芳，我们走进了谢鞋山。谢鞋山因三山相连，形似狮子，故又称狮子山。据《石城县志》记载，明朝永乐年间，村民杨钦上京考试，高中进士，官至翰林编修，有功于朝。辞官返乡时，蒙皇帝赐鞋一双，回家后便把狮子山改名“谢鞋山”。同时，在山顶建造书房，会友吟诗，研究文史。山顶现在还遗留有天然石椅，人称“翰林椅”。谢鞋山海拔高度只有108米，如果不是地理勘测的需要，这点儿高度几乎是可以忽略不计的；它没有奇峰，更没有妙壁，“容貌”确实不算出众。然而，它却以平实的姿态和平民化的样子，让世人亲近。它虽然高度不高，但却承载着世代廉江人的成长记忆。一进山，耳边的车水马龙声瞬间变成风吹树梢的沙沙声及鸟鸣声。山上，随处可见黄榄、黑榄、山蕉、杨桃、山竹、乌果等野果。山里还保存着近2000年的百亩连片野生荔枝林。山上，空气特别清新，步行十里二十里也不觉得累。坐在“翰林椅”上，俯而可以观景，仰来能够听风，十分惬意。

山的气息，赋予廉江人山一样的性格，水的灵动孕育了廉江人不凡的气度。廉江人普遍的特点是淳朴、厚道、包容。他们既具有山一样的厚德与坚韧，又具有海一样的胸襟与情怀。和廉江人打交道，诚实而坦诚，初听起来有点意外，有时突如其来的真话甚至像假话，初次相聚的信赖，像他乡相遇的故交。他们不喜欢空谈，只是实实在在地做点事情。他们不喜欢问你从哪里来，为什么要到廉江，只要对廉江有利，他们都举双手支持。他们懂得生命只是个过程，把握好当下最重要；懂得幸福只是一杯水，人越简单越幸福。他们交朋友讲求以心交心，深信“做最好自己，才能交最好朋友。”

奔跑在廉江城乡，处处能够感受到新与旧的混搭、传统与现代的交织、本土与外来的冲撞。如果没有这份包容与自信，很难想象境内就有28个少数民族的廉江能如此与世界接轨，能如此与时代同拍。在九洲江广场上，来自不同地方、不同肤色、操不同口音的人们聚集在一起，跳广场舞，耍太极剑，放风筝，构成一幅幅悠闲、动静相宜的画卷。

行走在廉江的大街小巷、熙熙攘攘的人群中，白话、海话、地獠话、涯话、黎话、普通话、英语交织在一起，形成了相通相亲的声浪。一幢幢崭新的高楼，一片片茂盛的红树，一洼洼碧绿的池塘，一缕缕飘香的炊烟，一条条嬉戏的小河，一座座静谧的村庄，一辆辆奔驰的汽车……廉江处处流淌出江南的灵气，处处显示着岁月的安静美好。

一边是淡彩浓抹水墨画的古韵悠风，一边是新兴的北部湾工业新城。行驶在首条双向8车道——北部湾大道上，我们顿感廉江从容与大气。近两年，廉江扩容提质，先后投入5亿多元改扩建了创业路、中环四路、建设西路等10多条城市主次干道。廉城的五大路口全部改建成四车道水泥路。北部湾大道和廉南大道建设开通，极大地改善了廉江城市的形象和拉大了城市的框架，使廉城从23平方公里扩大到近50平方公里，一个具备可容纳50万人口的中等城市格局已在北部湾畔徐徐展开。更博士说，廉江扩容提质不仅是拉大城市框架，更重要的是进一步拓宽市民的胸怀与视野。

廉江是个有神韵的地方，是个可安放心灵的地方。它有着一个积淀了“千年意”的结。走在廉江这座千年古邑的土地上，就像走在明媚的春光里，时刻都会感到有一股暖流在心头涌动。

（2014.1.8）

大海之盟

他的家离大海很远，但他的心却离大海很近。

他生在昆仑山，长在昆仑山。童年时许多快乐时光都在山上度过。昆仑山的凝重铸就了他的灵魂与追求，昆仑山的巍峨孕育了他的坚毅与刚强，昆仑山的雄浑磨砺了他的壮志与豪情。在与大山为友的岁月里，他读懂了大山，读懂了那些吟咏昆仑山诗词的丰富内涵：

“移将北斗过南辰，两手双擎日月轮。飞趁昆仑山上去，须臾化作一天云。”“烟锁昆仑山顶上，月明娑竭海中心。步虚声断一回首，十二楼台何处寻。”“要似昆仑崩绝壁，又恰像台风扫环宇。重比翼，和云翥。”

“梦想有多大就能飞多高，梦想有多高就能飞多远。”他常以雄鹰励志向，期待能振翅高飞，飞越巍峨群峰、飞向辽阔海洋。小时候，他常站在昆仑山上浮想联翩。憧憬有朝一日能听到大海的呼吸，闻到大海的气息；期望有朝一日能从大山走向大海，能从大陆走向大洋；期望有朝一日能手握钢枪去守卫祖国万里海疆。

“大海呀，我心中的梦！大海呀，我真想变成一只海鸥，和它们一样，在大海上翱翔……”他常常站在高山写下爱海的箴言。然而，这个“蓝色之梦”对一个山里的孩子来说，是如此真实，又如此遥远。

山呼海应！1989 年那个春天，他毅然加入应征队伍，接受祖国的挑选。在锣鼓声和鞭炮声中，他穿上橄榄绿，戴上大红花，昂首走出大山，阔步奔赴绿色军营。

列车满载着他的梦想，飞驰南下，直奔南国湛江。列车穿越山河，他心里有说不出的兴奋和欣喜。

一抵达湛江，他就隐隐听到了阵阵涛声。他急切地丢下行囊，箭一般地直扑大海。他呼喊着奔跑在东海岛中国第一长滩上，在风中感受海的力量，在浪里感受大海的气度。

浩瀚的大海，烟波浩渺，一望无际。远处，海连天，天连海，归帆点点。头顶上那道蓝湾中的太阳无处躲藏，暖暖的阳光铺满了空阔无边的绿色海洋。太阳的紫外线尽情倾泻，海面上升腾起缕缕白气。他伸直了臂膀拥向湛蓝的天、湛蓝的海，恨不得将这温暖的阳光“全打包”带回昆仑山，恨不得将阳光、浪花全吸到嘴里。大海的阳光真的荡着一丝淡淡的咸腥味。那咸腥味随着海风、海浪轻轻飘来。汹涌的波涛在海里咆哮着、翻卷着、呼啸着、奔腾着，一浪接一浪，轮番向沙滩发起冲击，溅起晶莹的浪花。涛声滚滚，千百年来这里涛声依旧，好像在日复一日地述说着大海的无限往事。

成群结队的海鸥在蓝天与大海之间翱翔，时而扑扇着翅膀拍打浪花，时而展开翅膀飞上高空，时而发出天籁一般“嘎嘎”的欢叫声。它们似在搜寻食物，也似在寻找丢失已久的梦。

浪花像白云，又像瑞雪，弥漫在整个海岸上，海浪与礁石撞击出的水珠四处迸散，在阳光下折射出七彩的虹。

他爬上巨大的礁石上，静静聆听海的呼吸、风的吟唱、海鸥的欢叫。苍茫大海，大海苍茫。天地间似乎只有风声、鸟鸣声、波涛声。海里似乎蕴含着某种神秘的力量，给人一种难以言表的力量之美。初见大海，他感到了少有的空灵和舒坦，一路的风尘与疲倦已荡然无存。心，似乎被掏空了。金色的海水也渐渐穿透记忆的长堤：

那群在海天之间展翅翱翔的海鸥，是来自蓬莱的使者吗？那殷殷的啼鸣，是传递郑和 1405 年下西洋的消息吧？云海间传来的阵阵鸣笛，想必是秦皇岛外打渔船满载而归吧？

枕着大海的涛声，他如愿以偿地编入南海舰队某舰艇，正式成为一名水兵。

梦想与使命同行。那年夏天，舰艇破浪前行，出海演练。他身穿蓝白条海军服，头戴军帽，手握钢枪笔直地站在甲板上，开始了军旅生涯的第一次出海远航。舰艇出港时，海面风平浪静，一大群红嘴鸥在舰艇前盘旋、翱翔。第一次出海，他对什么都感到新鲜，一会跑船头，一会溜到船艉，一会爬上集控室，一会又钻到机舱，心情格外舒畅。船至湛江港外公海时，巧遇十余只海豚，在水中嬉戏。海豚时而高高跃出水面，时而潜伏水下，好一副悠然自得的神态。第一次出海，第一次见到海豚，他高兴得跳起来，"咔嚓咔嚓"地猛按相机快门。

舰艇驶至外罗门水道，天突降大雨，海面狂风怒吼，巨浪滔天。外罗门，果真是无风三尺浪啊！海浪疯狂地拍打着甲板，轰隆之声震天。船身剧烈摇晃起来。由于刚上船，经不起海浪的颠簸起伏，他突然感到头昏乏力，身冒虚汗。原本以为自己不晕车就不会晕船，可过了一会儿，就感觉胃里像翻江倒海一样，站也不是，坐也不是，脸色变得蜡黄，忍不住开始剧烈呕吐起来，趴在床板上一动也不敢动。

夜里，海上的风更大了。海浪一声声拍打着甲板、船身，机房飘来了刺鼻的柴油味。在轰鸣的马达声中，他辗转难眠，浑身像被抽了筋骨一样，没丁点儿力气，连续吐了两天两夜，把胃里的食物全吐完了。为了让胃里有东西吐，战友们每天轮流撬开他的嘴巴，一口一口喂粥。

抵达南海某海域时，海况更加恶劣，海域持续阵风高达 9 级，浪高达 7 米以上。舰艇航行在无边无际的大海上，就像一叶小舟，时而被托上浪峰，时而被甩入浪谷，舰艇摇晃达 30 度左右。滔天的巨浪拍打着巨轮，整个船身都在不停地摇晃。十几只大老鼠受不了晕船，口吐白沫跌跌撞撞爬上甲板，纵身投入海中。他把胃里的食物再次吐完，接着吐出血，吐胆汁。几次晕倒休克，好在战友及时施救，才把他从死神边拉回。

狂风横扫，波涛肆虐，海鸥凄厉地叫着，海浪无情地拍打着甲板。实在太难受了！那一刻，他突然感觉大海是那样的狰狞，自己就像被抛入大海中的一片树叶，是那样的渺小、那样的孤立无援。

舰长见他脸色变得蜡黄，马上教他转移晕船注意力法，并送给他《西沙，我可爱的家乡》等录音带和《走向海洋》、《老人与海》等书籍。舰长还给他讲述自己的晕船经历和军旅故事，讲述了大海那悠久的历史，讲述海洋意识和强军梦强国梦。舰长说，海洋，是生命的摇篮，是文明的起源，是蓝色的宝藏，也是人类最终的归宿。2000 多年前的古罗马哲学家西塞罗说："谁控制了海洋，谁就控制了世界。"中国有 299.7 万平方公里的海洋面积，寸海寸金，我们要以吞吐日月的魄力去铸海魂，去兴海洋强国梦。

"海洋危机，则国危机，海事兴盛，则民族兴盛。"舰艇劈波斩浪，舰长勇立潮头："我们既然选择了大海，选择了军旅生涯，就要让军徽在浪尖上闪耀出尊严与光芒。"

大雨落幽燕，白浪滔天起，他干脆把自己绑在战位上，在风中读懂了《走向海洋》、《老人与海》；在浪里读懂了水兵、读懂了南海；在雨下，读懂海是圆的，爱也是圆的。36 个昼夜的航行演练，让他体验到了水兵生涯最严重的一次晕船经历，也更加坚定了把梦想交付大海的决心。他说："当海军战士就要胸有朝阳，心有海洋。"

托尔斯泰说："人类被赋予了一项工作，那就是精神的成长。"24年的水兵生涯，让他成长，让他练就了一身铮铮铁骨，更让他明白舰艇承载的责任与荣光。24年来，他驾舰艇劈波斩浪安全巡航近60万海里，相当于绕地球25圈；20多次赴南沙守礁和补给任务，多次参与了南沙高脚屋和南海航标灯的建设，多次赴亚丁湾、索马里执行护航，被誉为"南海神兵"。

24年来，他常常枕着大海的涛声入梦。初次远航时的孤寂与烦躁，随着海风的抚慰，也渐渐沉静变为一种恬淡。他似乎已深深地爱上了这片"蓝色国土"，爱上了大海中的每只小鸟、每朵浪花、每一缕沁人心脾的清新的空气，以及那玻璃般透明的天空。

24年的水兵生涯今生难忘，然而让他更难忘的是那次遭遇台风之旅和那次与索马里海盗交锋之役。

那年秋天，他驾舰艇到南沙执行任务。航至某海域时，风云突变，雷电交加。滚滚闷雷在空中炸响，震得人头皮都发麻。强台风！强台风！

顷刻间，平静的大海像一匹匹脱缰的野马，疯狂地四处流窜、狂奔，小山一样的巨浪接连向舰艇袭来。舰艇就像一片树叶，一会被推上浪尖，一会又被抛向谷底，舰体左右摇摆近30度，舰艉螺旋桨多次露出海面，重达1吨的铁锚被风浪掀上甲板。船舱里面就更是乱成了一团，没有固定的物品全滚到甲板上。

"沧海横流方显英雄本色。"他冒着危险登上舰艇最高处用测风仪测量风速，结果实测风速是12级！此时，舰艇已发出恐怖的轰响，轰隆之声震天。他全身的筋脉更是被狂风撕扯得隐隐作痛，豆大的汗水从脸上流下来，额头青筋暴起。面对这突如其来的血腥场面，他果断地命令帆缆兵将两只船锚一左一右分开抛下大海，稳定船身，命令航海兵操作船舵将船头迎着台风方向，避免船身侧翻，命令主机全速运转。尽管不少官兵都已晕船呕吐，但官兵们硬是凭借顽强的意志，坚守岗位，战风斗浪4昼夜，终于迎来了胜利时刻。

台风过后，乌云逐渐消散，海浪逐渐变小，恢复了平静的大海又如同一匹在风中舞动的无际的绸缎，充满着诱惑。斜阳仿佛一个粉红透明的水晶球悬浮在碧海之上。那夕阳就像一个正在盛开的梦，一个游走在人间和深蓝天空之间的梦……他披风立在船头，远眺南沙。南沙的天是蓝的，海是蓝的，灵魂也是蓝的。

正当他仰天长啸之时，却突然接到老家打来的电话，说90岁的老爷爷病重住院，生命危在旦夕，务必赶回，见最后一面。他一听泪水就不禁夺眶而出。小时候，他是爷爷一手带大的，爷爷经常带他去爬昆仑山，将大山的坚毅与刚强传递给他。爷孙感情特别深厚。到了绿色军营后，由于大多时间是在海上，很少回去看爷爷。“还没来得及好好孝敬老人家，怎么就要离我而去呢?”他心想无论如何也得回去见爷爷最后一面。可是守礁怎能离开呢？他忍痛割舍了对老人家的挂念之情，全身心投入守礁。半个月后，当他匆匆从海上赶回老家时，爷爷已经去世了。父母告诉他，爷爷临走前一直在念叨他的名字。跪在爷爷坟前，他号啕大哭……

去年秋天，他以“特战队员”身份，登上钢铁战舰，踏上远赴亚丁湾、索马里海域执行护航任务的新征程。战舰经西沙、南沙，过新加坡海峡、马六甲海峡，穿越印度洋，抵达任务海区。一天，护航队得到消息，一艘大型商船正在遭受海盗袭击，两艘海盗小艇向商船靠近，并用武器攻击，船员边反抗，边呼救。接到报告的军舰立刻让直升机起飞，随即加速靠近呼救的商船。他一见海盗即鸣枪示警，小艇上的几个海盗见势不妙，迅速把枪械扔进海里，逃之夭夭。中国商船成功“虎口脱险”后，立即打出一条横幅：“祖国万岁”。

家国情怀，山海情深。在家没待几天，他又听从大海的召唤，急冲冲地奔向大海。不知道是巧合，还是命运的安排，他这次刚好调往昆仑山舰服役。踏平怒海，他再次驾舰劈波斩浪去守卫祖国万里海疆。他说：“穿上军装应懂得什么是忠于祖国肯献身，手握钢枪应懂得什么是保卫祖国乐奉献。”24 年的海军生涯使他和大海结下了不解之缘、不变之盟。他发现自己已越来越离不开大海了。他说：“现在上岸，我会晕码头。”面对湛江“蓝色崛起”采风团的“长枪短炮”，他露出了灿烂的笑容：“大海就是我生命的圣地。”

天连海，海连天，海天相连。谈及海上“晕船”经历，他引用习近平总书记的话说：“当水兵有没有本事，不在你吐不吐，而在你吐了之后还能不能吃。”

信仰如磐，使命如山，征程如歌！他又开始新的远航……

（2014.1.1）

湛江之美

我们是湛江的一分子，湛江却是我们的一辈子。湛江为天下而美，我们以湛江唯美。湛江之美，美在大海、江河、山岭、原野、城市浑然一体；湛江之美，美在田野、山岗、乡村、海岛、庭园四季常绿；湛江之美，美在整座城市的生态自觉和对美丽湛江梦的不懈追求。

湛江之美早就引发了人们的赞叹。邓小平同志赞美“北有青岛，南有湛江”。周恩来总理称颂湛江是东方“小巴黎”。陈毅元帅则把湛江喻为“中国的日内瓦”。文学巨匠冰心大师也在《湛江十日》中描绘了湛江之美：“一九六一年底，我在湛江度过了难忘的十天。我们从严冬的北京，骤然来到浓绿扑人的湛江市，一种温暖新奇的感觉，立刻把我们裹住了。浓密的树荫，如锦的红花、如茵的芳草，还有高大的椰林，蔚蓝的波光，微风吹送着一阵阵的海潮音，这座新兴的海滨城市，景物是何等地迷人呵!”

湛江居大陆之南，处南海之滨，地势呈北高，中平，南低走向。境内沃野千里，田畴万顷。螺岗岭、石板岭、龙水岭、交椅岭、尖山岭等兀然隆起，雄视百里；鉴江、九洲江、南渡河、遂溪河纵横全境，碧水流长。东海岛、南三岛、硇洲岛、特呈岛、南屏岛、新寮岛、六极岛星罗棋布，姿态万千。红树森、橡胶林、桉树林、香蕉林、甘蔗林连环叠翠，四季簇绿，弥漫出沛然的生命之美。穿行在湛江这片红绿蓝交织的梦幻土地上，仰可观蓝天白云，俯可视碧海银沙，坐可吸清新空气，躺可数晶亮星星。

从空中鸟瞰，只见湛江如绿色的大灵龟横卧在南海碧波之上。2043.5公里长的海岸线上撒满了140个绿宝石状的岛屿。碧海、银沙、岛屿、巨轮、渔船构成了一幅风光旖旎的水彩画。有人说，湛江是一座因海而生，因海而长，因海而幸福的城市。这是一句大实话。因为湛江是广东海岸线最长、海岛最多、海洋资源最富集的地区。“海”不仅是湛江最为重要的城市元素，而且承载着湛江崛起之梦想，寄托着湛江人追寻一种人生如海的浪漫和情怀。湛江的海很大很宽，海域面积达2万平方公里。湛江的海很蓝很绿，绿得发蓝又蓝得发绿，蓝蓝的天与蓝蓝的海融为一体，让人怦然心动。

城里有海、海在城中、陆海一体。在这座城市的任何一个角落，都可走向大海；在城市的任何一个方位，都可闻到大海的气息，闻到大海那种让人怀着生之欢愉的味道。

“外观沧海、内观碧湾”。乘舟飞驰湛江湾，只见海面碧蓝如玉、波澜不兴，渔帆点点、码头吊机忙转。海城、海港、海岛、海鸥、海湾大桥，交相辉映，好一幅现代文明与原生文明共生的画景。远处，军舰、商船、游艇静静游弋，犁出洁白的波浪。一大群海鸥时而低翔，时而俯冲，时而围绕在船头翻飞，让人担心洁白的翅尖会被海水蘸蓝。泛舟港湾，似乎能听到远古渔船破水犁浪的声响，似乎能听到悠扬的淡水歌从云霞间传来。

“风从海上来”，湛江的海风澄澈又爽洁。凭栏临风，总有一种强劲和阔大来临的感觉，可让人吐出胸中的沉郁污浊之气。好风漫上，湛江的海风虽然夹杂着丝丝淡淡的鱼腥味，但有种无所不在的穿透力，它能挤过密密匝匝的树隙，能旋出重重叠叠的花丛，能把红土大地吹绿。

风熏大地三春绿，湛江大地不仅草木繁茂葱茏，而且四季鲜绿明亮。那广袤的平原、起伏的台地、翠绿的山岭，勾勒出湛江酷似北欧的美感。在湛江那片12471平方公里的神奇土地上，长着420多万亩桉树林、18万多亩菠萝林、8.7万亩剑麻林等。穿行在这片散发热带植物气息的红土地上，满眼都是红、绿、黄、蓝交织出来的田野风光，堪比托斯卡纳。

地绿风清，海河洁净。受温润的海洋气候调节，湛江空气像被淘洗过一样的清新。湛江城市空气质量常年位居全国环保重点城市前列，市区人均公园绿地面积12.7平方米，建成区绿化覆盖率45.8%。中国唯一的玛珥湖——湖光岩景区高密度空气负离子含氧量高达每立方厘米10万多个，堪称“天然氧吧”。湛江近岸海域环境功能区和饮用水源水质达标率均保持100%。

一位名叫刘效国的导演，曾三次到过湛江。1988年，他为拍摄电视剧《过埠新娘》而到湛江取外景。回想起当年的湛江，他说，湛江是个美丽的海湾城市，有点热带味，举目可见橡胶林、剑麻林，当年公路上到处是牛车，装的都是甘蔗。当时，空气不但清新，而且弥漫着甘蔗的甜味。时隔24年重踏湛江故土，他说，湛江的楼高了，路宽了，车多了。但唯一不变的，是湛江的空气——24年前，是那么的洁净清新；24年后，还是那么清新，那么多的负氧离子。他说，湛江充满了植物的蓊郁之气，清新的空气总能让人从睡眠的朦胧中瞬间清醒。

好风如水，白云如絮。在湛江，低头可见芳草滴露，抬头可见白云飘飘。湛江的白云，离奇变幻，灵动飘逸。那些白云或挂海角，或悬碧空，或云下带树，或江上缥缈，或月中破影，像一首首天上流动的诗歌。那大团的云，形如南极之冰川；小团的云，白似刚脱苞之新棉。这些大团小团的云在浩渺的碧空中飘浮、聚散、舒卷。色彩或粉红、或浅绿、或金黄、或铁灰、或雪白，变幻莫测、交相辉映。蓝天白云下，一群肥壮的黄牛在习习风中自由徜徉，不时抬起头来仰天长啸一声，响如春雷。云层的上面，是湛蓝的天幕。

夕阳西下，湛蓝的天幕上冉冉升起橘红色的晚霞。晚霞由浅红，渐变成暗红、深红。晚霞燃烧、燃烧，把大海、云霞、海岛全染红！夕阳下的湛江港湾，很温暖、很宁静、很安详。偶有一排排波浪涌起，带着燃烧的火焰。一艘艘刻着岁月足迹的小渔船，伴随微风，在海浪的簇拥下，轻轻地摇——

水鸟披着夕阳的霞光掠过薄暮浮云。慢慢地，落日坠入大海墨绿色的怀抱。海岛、轮船、渔人渐渐睡去。稍许，星星悄悄地爬上了深蓝的夜幕。啊，两颗、三颗、十颗、百颗……愈数愈多，再数亦不可数，一时间幽蓝的天空突然就缀满了星星。“星星”这个与生活疏离了许久的词汇，突然从脑子里闪过。星星有多亮，梦就有多美！横卧在渔船上数星星，一种不可言喻的快乐顿涌上心头，繁星点缀的记忆也从岁月里闪出来。仰望壮丽的星空，忽然记起郭小川诗句：“让满天星斗，全成为人类的家乡……人生虽是暂短的，但只有人类的双手，能够为宇宙穿上盛装；世界呀，由于人的生存而有了无穷的希望。”啊，星星、月亮、大海、渔火、椰树和琴师勾勒出一幅醉人的图景，叫人不愿醒来。

蔚蓝的天空、葱郁的大地、叠翠的山峦、开阔的海湾、清澈的河流、殷红的火山营造出一个天生丽质的湛江山水。面对大自然的眷宠和恩赐，湛江百般珍视，百般呵护。湛江人都像呵护自己的眼睛一样呵护半岛的纯净、纯美；湛江不仅把蓝天白云记在心头，而且把“生态建市”写在发展的旗帜上。

“既要经济崛起，又要蓝天碧水”、“坚决守住蓝天白云碧水底线”、“贫困落后的碧水蓝天换不来幸福，但破坏碧水蓝天就会使百姓在追求幸福中失去幸福”……湛江城乡、村寨、海岛都响起了壮丽的号子，山水间激荡起“生态崛起”的情怀。

“保护生态环境就是保护生产力，改善生态环境就是发展生产力”。去年，湛江拿出3亿元展开了一场声势浩大的港湾清障大行动，让湛江港恢复了20多年前的潮平海阔。2006年以来，湛江市累计投入100多亿元，实施碧水、蓝天、宁静、洁净、生态和治污保洁工程，使湛江的天更蓝、地更绿、水更清；使百姓出行10—15分钟就可到达一个公园、绿地。

“树叶四季不落，花草四季不败”。湛江之美是真美、是实美。湛江之美很养眼、很实用，是每一个人家门口的美，也是每一个人心灵深处的美。

梁一元是廉江一个地地道道的农民。从2007年起，他在九洲江下游河插村江边承包了近50亩农田，保护候鸟！每到黄昏，太阳坠落至地平线时，都会穿上迷彩服，慢慢地靠近江边绿洲，数一数归巢候鸟的数量。他在农田里竖起警示牌“伤鸟就是伤我!”3年前，几名外地人拿着猎枪来到村里射杀候鸟，梁一元提醒对方要保护候鸟，对方以“关你鸟事”回应，并摆出动武的阵势。梁一元毫不畏惧，请来几个朋友助阵，对方见状后马上撤离。有一次，几名从外地来的捕鸟者，驯养了几只老鹰捕捉候鸟。梁一元果断站出来制止，遭到对方恐吓。梁一元遇强更强，拿起刀棍将对方赶走。几年来，在绿洲栖息的候鸟逐年增多，从几只增至几百只，实现了人与候鸟共生、共存、共融。江水漫草丛，芦苇随风动，候鸟掠低空，多美的一幅江边画景啊！徜徉江边，看候鸟翔集翻飞，心中禁不住发出爽朗笑声……

是呀，生态环境好才能笑到最后，才能笑得最甜，才能笑得最美。有人说，湛江就像一个凌波仙子，带着出水芙蓉般的清丽脱俗，带着动人心魄的美丽绽开四季。

“蓝天白云，碧水晚霞，良田沃野，生态极佳。”这是国务院副总理汪洋描绘的湛江之美。美丽是亲近所得，面对湛江的“原生态”之美，你可以不动声色，但不可能不被它感染。

(2013.11.16)

武当之约

“亘古无双胜境，天下第一仙山。”几千年来，武当山以一种无可超越的尊严，仰止太和，俯瞰苍生，演绎着天人合一的大象无形，造就了道教名山、皇家道场、武林圣地“三位一体”的伟大传奇。

我十分景仰武当山，也无限向往天柱峰。很久以前，我与武当山就有了心灵之约。时序癸巳年七月，我有幸与欧先伟师兄结伴共赴武当，共去追寻仙人的踪影，共去探寻这座大山的浩瀚奥秘。登山的前一夜，导游余玲娟就给我们讲述了武当 72 峰、36 岩、24 涧、11 洞、3 潭的胜景奇观；讲述了“天柱晓晴”、“陆海奔潮”、“雷火炼殿”、“月敲山门”、“祖师出汗”、“海马吐雾”等四时奇景；讲述了尹喜、马明生、吕洞宾等武当寂寞修行的神奇故事；讲述了张三丰创立武当派的不老传说；讲述了金顶的建筑之谜、铸造之谜、雕刻之谜以及那盏长明灯 600 多年不灭之谜。

余导说，武当山的山水、建筑、人神情貌无一不透露出道的神韵，道法是武当的精髓。几千年来，在通往武当的大道上来来往往着络绎不绝的朝拜者。他们仰望追寻的可能不是肉眼能见到的巍峨殿堂，而是盘桓在他们灵魂深处的那份对“道法至上，道法自然”的由衷敬仰和对武当地理之美、植物之美、自然之美的衷心礼赞。

清晨，耳畔传来了穿越千年的钟声。我们猛然从床上弹起来，草草

洗漱后就向着余导旗子所指的方向，向着心中的圣地进发。晨风迎面，我们从山脚下仰望苍茫群山，但见七十二峰凌耸九霄，且皆俯身颔首，朝向主峰，俨然“万山来朝”。主峰天柱峰屹立于群峰之巅，犹如金雕玉琢的宝柱雄峙苍穹。高峰白云深处，三两只苍鹰在低低盘旋。鎏金的金殿直耸在千仞危岩之上，在晨光的映照下，散发出熠熠的光芒，让我们产生了无限的遐想。

晨光掠过金顶洒在武当群山之间。阳光下的武当群山环抱，仙雾蒙蒙，一派清荣峻茂、奇异绚丽的景象。青石铺就的古道阶梯，在密林中蜿蜒、迤逦而上。我们迎着晨风，在山林间穿行，阵阵松涛间，隐约传来了清脆的鸟语声和潺潺的流水声。途经琼台时，天气渐变，山雨欲来。金顶已隐匿在自己扯起的一片云雾后面，天柱峰也时隐时现，若即若离，缥缈于有无之间。抵达三清殿时，浓雾不时从林中喷涌出来。一出三清殿，天下起雨，远山一片朦胧。雨中登金殿！我们撑着雨伞、穿上雨衣融入登山“混合编队”。稠密的雨点顺着风斜劈下来，像一支支利箭，击在山石上，溅起无数水珠。山、庙、坛、亭、台、桥、树在眼前一晃而过，我们一手撑伞一手扶着护栏，艰难地前行，根本看不清楚前面有多长的路以及多少级阶梯。山风掠过密林，如涛声一般，一浪高过一浪。凭借风势，雨势更磅礴。滂沱大雨汇成了溪流从崖顶沿壁直挂而下。人在雨中走，鞋子很快就灌满水，衣衫也全湿透。

十步之外相望眼，两处茫茫皆不见。我们在雨中蹚过太和宫、南天门，踏上几乎是垂直而上的九连蹬。九连蹬，其宽不足一米，只能容人上下交错而走。虽知梯外深不见底，但我们不能停留，更不能停步，唯有惶惶然蹚过积水，拉紧铁索，一脚浅一脚深地向上攀爬。

金殿鹄立在天柱峰之巅，恍若仙山琼阁从霭霭雨雾中升腾而起。作为武当山的象征，金殿面阔进深各三间，高 5.54 米，宽 4.4 米，深 3.15 米，全系铜铸鎏金仿木构建筑，屋顶采用的是皇家专用的重檐庑殿式，与北京紫禁城太和殿形制相同，体现了“万乘独尊”的皇权与神权思想。金殿坐西朝东，似为山而生，山也似为金殿而荣，两者自然交融，浑然一体，共荣共生，演绎出建筑与山水完美结合的山岳风景，契合了“身心合一”的深刻生命意蕴。殿中间供奉着真武大帝神像，神像前那盏“长明灯”，仿佛穿越了时间隧道。据说，神灯自从 1416 年点燃后，600 多年不摇不摆，不大不小，总是在金殿中发出均匀的光。无论狂风骤雨，不管电闪雷鸣，从未熄灭一次。我深深凝望那长明不灭的灯火，心中有说不出的温暖，有说不出的快意。

远处云雾似海，顶上人流如鲫。台基前里里外外站满了朝拜者，铜栏杆处前前后后围满了摩挲人。我绕宫殿走了二圈，聚精凝视那盏神灯，使劲地将神火以及金殿雨中美景刻印在脑海里。

风雨过后，山更深远、树更翠绿。我们从金顶来到紫霄宫时已雨停

云开。紫霄宫半掩在山腰的绿树丛中，其顺应自然的建筑思想，充分体现了道家文化的内涵。紫霄宫内不仅供奉着张三丰神像，还处处流传着与三丰祖师有关的传奇。传说张三丰在武当山修炼时，仰观日月星辰，俯察山川河流，根据天地阴阳二气的原理，创建了以养生为主的“武当内家拳”，它和少林武术一起，奠定了中华武术“北崇少林、南尊武当”的地位。

踏入紫霄广场，阳光已破云而出。“这是练武的好时机！”先伟兄抱拳行礼，随后起势、金刚倒锥、懒扎衣、六封四闭、野马分鬃、白鹤亮翅……他的动作外形缠丝旋转，刚柔并济，松活弹抖，闪展腾挪，煞是好看。

先伟兄是一位胸藏锦绣，文武兼修之人。“炼通灵之体，养浩然之气。”先伟兄作为“铁杆太极迷”，喜广寻天下太极名师。这次武当之行，也期待能与太极名师不期而遇。先伟兄说，阴阳为之道，阴阳演化太极。太极拳是一种“文人拳”，更是一种“哲学拳”。

忽然，紫霄殿上锣鼓箫钹，经声袅袅，一阵悠然的仙乐轻轻飘来。我们循声寻去，喜见一清纯靓丽的道姑在古树下“站桩”。道姑明眸皓齿，肤色白皙，杏眼桃腮，美目流盼，双颊带晕，发鬓高耸，模样甚是清丽脱俗。待道姑收功立定，我们立刻上前抱拳施礼，请其不吝赐教。

道姑微笑着抬起头，上下打量着我们这两位“不速之客”：“你们喜欢太极拳？”

道姑明眸一转，笑意盈盈地说：“一起交流交流吧！”我们如获至宝，赶紧抱拳拱手，表演几个招式。道姑含笑鼓掌说，“太极”是“圆”的运动，尚意不尚力，以不变应万变。

紫霄殿的色彩格外明亮，树木格外青翠，花草也分外的芳香。如何虚领顶劲？如何含胸拔背？如何放松？如何呼吸？在古树下，我们提了一连串问题。道姑莞尔一笑："没那么复杂，其实练太极越简单越好。呼吸自然、松整自然、拳法自然。"我似乎瞬间被拨亮了心灯，看到了生活的另一种可能。

风吹道袍，更加勾勒道姑无比的美貌。虽然是武当内家拳第十五代嫡传弟子，但道姑十分自谦，称自己常偷懒，功夫练不到家。据说，道姑从 8 岁开始就上武当山修炼了，除了一身好功夫外，她的笛箫独奏也"独步武林"。有人说，她每次吹奏，都能感到体内的能量伴随着自己的音律旋转着。那流畅飘逸的音律不仅诠释了道的深邃，而且能体现道教天人合一的境界。

应我们的不情之请，道姑答应给我们展演张三丰原式太极拳。只见她踏着袅袅仙乐，两足平行分开；双眼轻轻闭合；双肩自然下垂；双手慢慢移至胸前。她身随神行、柔中有刚、似松非松、将展未展、劲断意不断，有如长江大海，滔滔不断。绷、挤、按、捌、探、靠，她一招一式皆中规中矩，一丝一毫均清清朗朗。掌风绵绵，她将一套飘逸的原式太极拳演绎得淋漓尽致。金风吹过，她犹如行云流水般的步伐戛然而止，如穿花蝴蝶般闪现挥舞的双手也停下来，收功立定。她道裙飘飘，体态婀娜，步履轻盈，给人以仙风道骨的飘逸之感和唯美享受。我们一直沉醉在太极的玄妙之中，时空仿佛自由穿梭于千年。不知不觉间竟忘记了鼓掌。道姑脸上泛起红晕："功夫有限，努力无限。"我们用相机、手机记录了道姑飞跃的剪影，别样的柔美。在留住她的美丽之时，我们也想留下她的电话号码。道姑那双水波荡漾的大眼睛里透出一股清纯："我的手机只有父母、师傅知道。练武之人讲求'缘'字，如果今后我们还有缘在武当相见，我一定会给你们写下手机号码。"

啊，武当之约，武当之缘！啊，武术不古，武当不老！

（2013. 8. 22）

海东之幸

大海向东、城市向东，历史选择了海东！

湛江海东新区头枕鸡咀山，脚踩麻斜海，形如“潜龙”横卧在龙王湾上。“海东”坐拥8公里长的环形金海湾，对望日渐崛起的霞赤新城，背靠尖山岭，后揽182平方公里海积平原腹地。如此得天独厚的岸线、土地资源，足与香港的尖沙咀、上海的浦东相媲美；也足可担当起引领城市拥湾发展的历史重任。

“一湾两岸”，是大自然赐给湛江的天然瑰宝。千百年来，东西两岸一衣带水、隔海相望、唇齿相依。早在1899年，法国侵略者就觊觎“西海岸”这块风水宝地，强行“租借”广州湾作为“停船屯煤之所”，并划西营（今霞山区一带）为港埠及行政区。长期以来，湛江城市发展局限在黎湛铁路线与西海岸带状的空间里。海湾东岸因一海之隔，交通受制，前进步伐受阻。一道浅浅的海湾不知让多少海东人“望海兴叹”，备受煎熬。那时，平乐码头是沟通东西两岸的唯一海上通道。舟楫相渡、摆渡过海，一艘艘木壳船、小渡船、大渡轮不知载走多少流水和无奈。尽管渡轮由小变大，年年增添，节假日甚至无间隙摆渡，但候渡车辆仍排起长龙。大风大雾天气封航，更令急需进出两岸的商旅客顿足。许多投资项目，也因交通不便而“泡汤”。

平乐码头作为广东省内最后一个公路轮渡，不仅记录了几代海东人外出闯荡的艰辛，也刻录着湛江的忧思与沉重，更折射出湛江的瓶颈之伤和切肤之痛。

建海湾大桥，让天堑变通途！这是埋藏在东岸人民心底的共同期盼，也是始终萦绕湛江人心头的“世纪梦”。

有梦想就有动力。1992年10月，湛江市委、市政府作出了筹建湛江海湾大桥的决定；2002年11月，大桥奠基；2003年7月，大桥正式动工；2005年12月，大桥主塔封顶；2006年6月，大桥胜利合龙，2006年12月，大桥正式通车，湛江人的半世纪大桥梦终成现实。“飞象过海！”海湾大桥犹如湛江城建棋局上的一枚“活子”，一子活全盘活。一桥飞架东西，城市发展空间顿时豁然开朗，海东新区呼之欲出。

大桥通了，梦想圆了。但过了半年，人们发现大桥并未出现货如轮转、钱似云来的“黄金”效应。高昂的过桥费成了一道高高门槛，纠结于湛江人的心中。当时，按单程收费计算，一至五类车的收费标准为5元、20元、35元、70元、95元。大多数来往两地的车辆为避免高昂的过桥费，宁愿舍近求远。为谋“海东新区快速崛起”之大计，湛江筹资5.2亿元向省路桥建设发展有限公司回购海湾大桥80%的股权，使海湾大桥将正式“回归”湛江。

如今，雄伟的湛江跨海大桥，犹如一条巨龙在海面上飞腾。桥上两座高耸的主塔，就像高高举起的火炬，点亮了海湾两岸璀璨的灯火，也点燃了港城人民的憧憬和希望。

海湾大桥正式“回归”后，车流如鲫，人流如织。海东的投资、人才“纷纷因桥而动”。一个全新的大桥时代正昂首向海东走来。

2010年，省运会主会场体育中心宣告选址海湾大桥南侧，依海边而建，占地面积528亩。喜讯犹如长了翅膀一样，迅速传遍海东的每个

角落。2011 年，市委常委会三次研究主场馆建设问题，经反复科学论证后决定将主场馆从桥南“移”到桥北。这一“拱卒过桥”的“点睛”之笔妙招着实令人拍案叫绝：主场馆挪至桥北，一下子就打通海东新区的全身“经脉”，舞动 1400 多米长海岸线，撬动龙王湾土地“宝藏”。桥北建主场馆，不仅可与对岸的中央商务区遥相呼应，而且，促进“南北联动”，使海东新区的开发建设至少提速十年。

一子落定满盘活。很快，一条巨大的水龙腾空而起，磅礴的沙水混合物喷涌而出，在空中形成了跨度达 30 多米的“黑色彩虹”。桥墩西出现抽沙吹填的壮观场面。曾为这个项目宵衣旰食、殚精竭虑的海东人，眼睛湿润了。

然而，更令老百姓欢欣鼓舞的喜讯接连传来：今年，海东新区作为湛江扩容提质的重要平台，列入了省政府工作报告。今年 4 月 28 日，中共中央政治局委员、省委书记胡春华在听取湛江工作汇报后作出重要指示，明确要求把海东新区作为城市扩容提质的重大平台，集中精力和资源，高水平谋划和加快推进建设，力争五年建成广东地级城市扩容提质的崭新亮点。市委书记刘小华、市长王中丙更是倾力去躬耕那片阳光灼热的土地。

机遇千载难逢，发展时不我待！海东在人们急切的企盼中吹响了激越的冲锋号角。我们踩着激昂鼓点，直抵海湾大桥桥顶。桥上的斜拉索闪烁着银光，我们站在桥头遥望海东，但见海湾深处千里熔金，翔鹭飞舟；白色游艇上有海鸥翻飞。这些海鸥穿云破雾，击水欢歌。龙王湾边，长蛇飞动，桩柱齐擎，“一场三馆”雄姿初展；一辆辆卡车来回穿梭，钻机猛旋，奏响着一曲雄浑的建设乐章。

龙王湾海滩上停泊着一艘古老的渔船。渔船是木制的，很深邃地横着，像横了百年。似乎又像在等待，等待驾驶它航行的水手。风吹浪

打，船的骨节在响。我们在船弦上坐下来，凝望碧波，倾听涛声，静静呼吸海风送来的鲜蚝清香。

顶着烈日，我们走进体育馆建设工地。主场馆的混凝土结构已全部完工，两侧的三层看台呈流线型布局，动感十足；体育馆内部，工人们正进行屋顶钢结构焊接，一段段钢结构拱顶将分段吊装。整座主场馆犹如巨型海贝傲立海边，“三馆”形如三片白色的贝壳，自由散落于沙滩之上。在主场馆施工现场，我们谛听到了海东跳动的脉搏；感受到了催人奋进的鼓点和奋发崛起的急迫心音。宽阔的奋勇大道已横贯新区腹地。总投资 50 亿元的 68 层地标五星级酒店、总投资 12 亿元的鸿智家电商贸城、总投资 10 亿元的湛江（义乌）小商品国际商贸城等纷纷签约落户海东；湛江海关、湛江海事、中国移动湛江分公司、广东医学院附属医院新院等一批企事业总部和名医院名校也跨过海湾大桥选址海东。全区原有的 49 家实心粘土砖厂烟囱将被拆除，整合利用砖厂连片的 4300 亩土地，即将喷薄上市。友人说，海东新区就是青春的赛场、财富的基地、智者的天堂。

盛夏奔跑在海东新区，骄阳灼烤，热浪滚滚，仿佛天空在燃烧，四处充满热力。海东大道施工现场更是热气腾腾。该大道现已全线动工，2015 年前即可交付使用；茂湛高速公路官渡平交改立交二期工程、茂湛铁路、调顺跨海大桥、调顺跨海隧道、奋勇大道北段等 7 条道路，海进大道、海江公路、沿海大道等内外路网建设正如火如荼。

海东新区在人们期待中破土，在希望中奋进。“仁海花园”是最早扎根海东的开发商。它占地 1200 亩，总开发建筑面积超过 400 万平方米，开启了湛江的大盘时代。“仁海花园”的广场上竖立“双龙盈珠”的雕塑，寓意海东“潜龙”将有一次美丽的高飞。

“雄关漫道真如铁，而今迈步从头越。”海东新区已吹响了激越的时代强音，奏响了雄浑的建设乐章。

历史既然选择海东，就注定海东是幸运的、非凡的。

（2013.8.1）

金土，金土

一声渺远的鸡啼打破了夜空的寂静，唤醒了甜睡中的金土村。“早睡早起”是村里人信奉的健康信条，当报晓声轻轻叩响黄铜门环时，全村 800 多盏灯火骤然闪亮。

劈柴、烧火、煮水、做饭，早起的渔民们用炽热点燃了渔村的炊烟，开启了村庄忙而有序的生活。饮炊烟，踏露珠，渔民们扛起橹抬起渔网，划着舢板船驶向村头那片海。妇女们荷上锄挑起粪箕，走向村尾那片坡。老人和小孩子则在屋前，洒扫庭院，擦桌拂尘。老人和孩子们浓浓的雷州话给小院注入了无限的亲情与活力。

天刚蒙蒙亮，那湾海滩、那片坡地、那条村巷上早已人影绰绰。朝阳初升，村庄披上了醉人的霞光。

金土村是一条充满奇异色彩的古老渔村。它像一枚小小的贝壳镶嵌在徐闻四百里海岸线上。它三面环海，一面接陆，既被大海滋养，也被大海阻隔。一段时间以来，它都无法甩掉徐闻县最穷渔村的帽子。虽然穷，但村民们想得明白也活得明白，祖辈都在珊瑚砌的房子里过着柴米油盐的寻常生活，都在红砖砌的祠堂里坚守平淡人生，演绎和缔造了村子“百岁不老”的传奇。村子不大，人口也不多，全村仅有 2060 人，

但却产生过7位“世纪老人”。90岁以上的寿星高达60位，80岁以上的寿星多达150多位。四世同堂、五世同堂，比比皆是。

黄体壮老人今年已101岁。他可能是村子里起得最早的人。在村庄醒来之前，他已坐在锅灶旁，守着锅灶上那个瓦煲。瓦煲里飘溢出番薯的清香。厨房很窄，但摆放有序。厨房里有干柴，有垒砌的锅灶，和一个大水缸。大水缸里装满井水。虽然村里已拉通了自来水，但老人家坚持饮用井水。黄体壮说，用井水煮出来的粥不容易变味。据悉，村里共有8口古井，人如果站在古井边，就会产生穿越之感。

黄体壮老人慢慢往锅灶底下添柴，往瓦煲里加水，那些娴熟的动作，一次又一次，一遍又一遍地在岁月中重复着。正当柴火烧得正旺之时，孙辈们给他送来了活蹦乱跳的大腿鱼。老人先把鱼倒进菜盆清洗后，不开肚不刮鳞，就直接丢进瓦煲里煮。鱼汤煮熟后，老人揭开瓦盖，简单地撒点海盐。瓦煲内鱼汤翻滚，鲜香扑鼻，老人笑着说：“鲜鱼血”煮好了。据说，这种只用盐和水煮，不“添油加醋”的烹饪方法在金土村已传承了几百年。“新鲜海鱼身上都是好东西，哪一样都不能扔掉。”村干部庄琴珍介绍说：“不刮鱼鳞，不除鱼骨，不添加其它配料，直接把鱼丢进水里煮。这种返璞归真的烹饪方法最能保持鲜鱼的‘鲜’味，也最能煮出原汁原味的‘鲜鱼血’。”庄琴珍说，“龙肝不如‘鲜鱼血’在村里已流传百年。”

一碗“鲜鱼血”，一碗番薯粥。黄体壮老人的早餐很简单。虽然牙齿已悉数脱落，但老人家就凭上下牙床也硬将番薯粥嗫嚅吞下。老人家的长寿秘诀是不是就在番薯粥和鲜鱼血里？我们不得而知，但庄琴珍介绍说，老人一日三餐的食谱，百年来几乎一成不变。

吃过早餐，黄体壮移步至门前的院子。此时，老伴庄家正坐在小院里整理鱼网。庄家今年也已93岁，两人牵手已几十年，但从未红过脸。黄体壮牙齿虽已脱落，却耳不聋，眼不花。如今还能唱一整本雷歌。

黄家的庭院左有珊瑚围墙，右有绿树护围。庭院里，栽有木菠萝树、芒果树，果树之间绑着鱼网状的吊床。院子里人畜共同活动，鸡鸭犬其乐融融。院子后方筑有猪圈，两头湛江荷兰猪一边咀嚼残羹，一边发出“赫赫”的嚎叫。庄家给猪送去“猪潲”后，便折返，坐到吊床上，听老伴唱雷歌。她说，自己是小姑娘的时候就喜欢听他唱，一听就是几十年。庄家说，自己一直没听懂他在唱什么，但几十年来就是傻傻地听，傻傻地伴着他走，且走且珍惜。庄家戴着老花眼镜，手不停地在削番薯：“傻是因为决定了，认定了。”

雷歌唱罢，两老“十指相扣”走向村巷。据说，他们每天都会出去走一走，两人手牵手的样子，成了村子的一道风景线。

村道依然是条泥路。村道两旁种有木棉树、古榕树、刺桐树、凤凰树等。村道边仍耸立着很多古老的珊瑚房子。那些经过开凿打磨的珊瑚石，一块一块码在低矮的墙体上，具有强烈的质感和拙朴之美。珊瑚房子都没有窗户。但黄体壮老人说，珊瑚房子会呼吸，冬暖夏凉。

在村巷里穿行，我们还见到了一棵棵大“呆树”。“呆树”长得很高，成排分布，呈“U”字形环抱着整条村子。庄琴珍称，“呆树”都是自然生长的，老的已有300多年树龄。“呆树”一年四季都苍翠欲滴，且都能散发出大量的负离子。村民们说，如站在“呆树”下就可听到“呆树”的呼吸。

在村头一块开阔的空地上，六棵大“呆树”相抱成林。树与树之间悬挂着20多个网床，构成了村子一道奇特的风景。“呆树”下，网床边，聚拢着大批村民。他们有的在聊天，有的在下棋，有的在“斗地主”。村民们的衣着都很朴素，音调也很低沉，侃的话题几乎都是新闻、天气、海水、捕捞、种植、牛羊和村庄。他们并不怎么在乎名车、名包、名表、名衣、名鞋，并不怎么在乎名誉地位、流言蜚语、异样眼神。他们有说有笑，浓浓的乡情似乎就隐藏在里面。

黄体壮夫妇来到“呆树”下时，村民一起起哄，喊他来一段雷歌。黄体壮不推托，张口就唱起来。村民们说，在“呆树”下唱歌不需要太专业，只要用心唱就会有掌声。黄体壮收获掌声后，又加入“斗地主”行列。

黄体壮说，“斗地主”实质上就是“三打一”加“跑的快”。“斗地主”有一种市场规则，四人上场，庄家时时新，朋友时时换，没有不变的对手，没有不变的朋友。虽然是牌坛老手，但黄体壮今天运气不佳，几乎盘盘皆输。虽满盘皆输，但黄体壮依然抬头笑春风。他说，人生就像“斗地主”。“斗地主”的过程就是追求快乐，所以输赢不得计较，不必计较，何必计较。

“以快乐为节日。”黄体壮老人的“金句”，让我们想起了丹纳《艺术哲学》中的一段话：“希腊是一个美丽的乡土，使居民心情愉快，以人生为节日。”以人生为节日，道出了希腊民族的精神气质和超越寻常的价值追求。“以快乐为节日”也让我们看到金土人的精神世界和人生态度。

“以人生为节日，以快乐为节日！”黄体壮告诉我们：“现日日有鱼吃，天天有歌唱，所以每一刻都很快乐，每一天都很快乐，每一年都很快乐。”

海风从远处吹来，吹绿了“呆树”。在“呆树”下，我们见到了快乐的村民，读懂了快乐的金土。

夕阳西下，落日熔金。金土村铺满了灿烂的晚霞。黄体壮夫妇披着金色的夕阳踏上归途，虽然步履蹒跚，但没有丝毫慌乱。望着老人家远去的背影，我们更加觉得夕阳无限好！没有金色戒指，却有金色的年华；没有金色的土地，却有金色的夕阳！啊，金土，金土——

（2013.7.26）

巍巍钻塔

这景观只消抛上一眼，热血就会沸腾。

“南海四号”钻井平台傲然屹立在惊涛骇浪之上；三条红白相间的擎天钢柱上接苍穹、下插海底，中托巨型钢铁船体；巍巍钻塔挺立在海天之间，八角形飞机坪横空飞出，披露出一股雄浑的阳刚之气，展现了一股威武不屈的凛然。

风大浪急，“南海 211”拖轮像野马在平台周围乱窜。进退波峰浪谷之间，船体剧烈晃动，采访团成员个个胃冒酸水，呕吐不止。“顶风压浪前行!”拖船在风浪中摆舵，艰难地向平台靠拢。平台起重机抛下吊篮，我们猫腰、闯浪钻进篮里。吊篮迅速提升，我的心似提到了嗓子眼上，双手使劲拽着吊篮，唯恐绳断坠入大海。吊篮越升越高，心跳也越来越剧烈。

吊篮一触到甲板上，我们便鱼贯而出。一踏进平台，摸着平台坚硬的骨架，心里的惊慌已变成惊叹。平台有 45 层楼高，全身都是钢铁，从钻塔到钻机，甚至是人。钻台上布满了机械手臂。一个重达 300 多斤的大钳，被钢丝绳吊在半空，两名身穿橘红色工衣的“铁汉”正在旋钢绳、抡大钳、下卡瓦、对丝扣，硬硬将钻杆扣死在大钳的铁嘴里。钻塔旁机器轰鸣，大钳、管钳、锤子碰击套管的“叮当”声震耳欲聋，震得

“钢城”一阵阵地发抖。一位憨厚的“司钻”正叉立在钻台上，双手紧紧扶住刹把，双眼紧紧盯住仪表。钻杆挺拔如松，齐展展地绕缠在接箍上。据说，这些钻杆已经在浩瀚的南中国海完成了150多次钻井，刻录着无数石油人为油而战的艰难与辉煌。高耸的钻塔冲天而起，矗立的井架直插云端，那巍巍钻塔，不仅见证无数海上石油人闯“虎穴”、擒“油龙”、降“气虎”的神奇故事，还擎起了无数海上石油人的光荣与梦想。

塔顶上的吊杆滑轮因满负荷而“吱吱咯咯”作响，吊钩也因负重绷得紧如弓弦。我们沿着“天梯”爬上38米高的塔顶。塔尖上风云翻滚乱云飞渡，让人顿生一种让灵魂振翅、驾云高飏的冲动。

脚下的大海怒潮澎湃，巨浪以摇动乾坤的大气魄，横扫千里，席卷沧海。暴戾的惊涛一排排、一幢幢，汇成了气势汹汹的马队，接连不断地呐喊、冲锋，仿佛成吉思汗的森森铁骑，犹如秦王的浩浩战车；有数不清的雷霆、弹火，在平台周围频频炸响，震耳欲聋、气壮山河。

远处航铃声此起彼伏，号歌连天。两艘补给船不时游荡在平台四周，日夜守护平台。

海风猎猎。憨厚的“司钻”将刹把往下一压，抬起身，走向甲板。在甲板上，他时而像外科医生准备一次复杂的手术一样，在细致地观察风速、风向和船体；时而挥动铁锤和甲板工一起敲打钻杆；时而蹲下身子，握紧焊枪，轻巧一敲，引出美丽弧光……

甲板工告诉我们：他就是油田的卫总，虽然权倾油野，但一年四季都来平台“三同”。他说，如果离开平台，就会失去根基、失去血脉、失去力量。他每次到平台“三同”都“自降三级”。

他穿过回廊，登上几层楼梯，信步走到直升飞机坪上。究竟在飞机坪上迎过多少朝阳，送走多少晚霞，他已记不清了。但他说：“海上的日月是写不尽、忆不完的。”

那些与海共舞的日子至今仍历历在目。记得登上平台的第一天，外国司钻就要求他在限定的时间内登上 38 米高的钻井架，将一把木柄铁锤拿给在塔顶施工的井架工。他攀上舷梯，气喘吁吁地爬到塔顶，把木柄铁锤交给井架师傅，但井架师傅只在木柄上画个圈，又让他送下去。他沿舷梯返回，把木柄铁锤交给外国司钻，而司钻也同样画个圈，让他再“爬井架”。如此循环往返四次，他已经浑身是汗，两条腿抖得厉害。但他擦了擦汗水，坚持转身走向舷梯——

他在井架循环攀爬中锤炼了过硬过细的作风，也与钻塔结下不了缘，与钻工结下不了情。他常说：“将心比心，不如以心换心。”

那年的冬天，“南海四号”正在北部湾钻井，当时，海面狂风呼啸、狂潮怒吼。钻台上寒风刺骨，冻得人直打哆嗦。下班后，他习惯性地钻进泵房巡查设备，突然发现井架上汩汩流动着一股黑色泥流。“立管油壬刺漏了，赶快补漏！”油壬刺漏就像人的动脉血管被刺开口子，如不及时修复，就会造成严重的钻井事故。

他拉起甲板工拔腿往钻台冲去。刚开拔一刹那，只听到“轰”的一声巨响，一根粗硕的井绳从钻顶上砸下来，就像一条笨拙的蟒蛇，瞬间瘫软在地。由于躲避及时，避免了人身伤残；也因处置及时，避免造成了严重的钻井事故。

与日月为伍，与钻塔为伴，以大海为家！自从命运将他与大海、平台联系在一起，他便和别离结了缘、和期待结了缘。一年四季，他起码有三季漂浮在海上。他很少写信，也很少发信息，每次上平台只告诉父母井场的方向。夕阳西下时，就独自朝家那个方向遥望，寄托心中那份对父母的挂念。在平台上，苦活、累活、脏活他总是抢着干，腿脚站麻了，就在原地伸伸腿、跺跺脚；手冻僵了，就使劲哈几口气暖和暖和。实在撑不住了，就围着设备跑几圈。他在品尝到平台的艰辛过程中，也一步一个脚印地从甲板工、钻工走向副司钻。但在竞选司钻时却遭同僚们的“围追堵截”，竞岗失败了。外籍司钻博乐曼一直在观察竞岗：“竞岗掺和着某些‘关系’，夹带着某些‘潜规则’，其实很多投票者都是以自身利益为核心的。”然而，他的世界何其辽阔呀！他轻拍尘土，又踏船出海了。在海上漂泊十个春秋后，他终于实现了人生梦想，从副司钻、司钻、平台经理，走向油田总经理岗位。岗位在变，待遇在变，但他唯一不变的就是好的作风。在他的眼里，只要是和钻工有关的事，就没一件小事。有一天，一名新上平台的钻工“水土不服”，又呕又吐。他知道后，天天端水到床前，天天下厨煮青菜瘦肉汤，还专门从拖船上吊来苹果、桔子……

孟子说：以力服人者，非心服也；以德服人者，中心悦而诚服也。他说，好作风，就如好钻头，能穿越地层，穿透高温，直抵“龙宫”，直抵人心。

长时间不接地气，会莫名地烦躁——这或许是海上钻工与陆上钻工最大的不同。

一年冬天，大海连续8天刮大风，拖船没法航行，更没法及时给平台送上猪肉、青菜、水果、面粉和淡水。钻工生活受到了很大影响。绰号为“老鬼”的钻工，就直接拨通了他的电话，指名道姓，骂娘又骂爹，质问为什么不派直升机送菜？他一字一句耐心地听完钻工的叫骂，还电话录了音。第二天，立即召开干部会议，把昨天工人骂他的原音播放了一遍，有个别领导忍耐不住了，说要立即开除“闹事者”。“工人骂得好呀！”他语重心长地说。

邓小平曾感慨：“为什么过去很困难的局面我们都能度过？根本的问题是我们的干部、党员同人民群众一块苦。”

“我们只有与平台工人一块苦、一块干、一块过，才能凝聚起实现‘海上大庆’梦想的磅礴力量。”

第二天，油田把这段愤怒之强音送给媒体播发。同时，卫总坐直升机“押送”青菜、水果直飞平台……

我们躺在飞机坪上，仰望浩渺天际，观看闪耀星辰，心中有说不出的惬意。

“快去看海上日出！”我从梦中惊醒，一跃弹起，直奔飞机坪。这时天空刚吐鱼肚白，海天难分。渐渐地，海天相接处闪现半个火球。火球升腾，扩张，爆烈。刹那间，鲜红的太阳已喷薄而出，霍霍燃烧的火焰，映红了海面，映红了巍巍钻塔。

（2013.7.5）

那缕艾香

已经很久很久没闻到艾香了！嘴上常说艾草、艾香难忘，但实际上已是一点一点地将艾草、艾香淡忘了。那些关于艾草、艾香的温暖记忆也已逐渐模糊不清了。

千百年来，幽苦的艾香一直氤氲、萦绕在乡村的烟火里。我是闻着艾香长大的，对艾草、艾香一直怀有特别的感情，也一直用仰慕的目光注视那古风犹存的山野美草。村里人说，艾草是春天的先驱，一闻到春天的气息，它就率先破土而出。野艾刚长出来时，是青色的，茎叶上带着绒毛。野艾茎叶如菊，呈羽状对称而生，迎风而长。几缕春风吹过，野艾便开始发芽、长叶、拔节，直直的茎上托着翠翠的绿叶。它们挤挤挨挨、挨挨擦擦，成片成片聚拢在河畔、地头、沟壑、荒坡上，彰显了从不择地而生的品性。"哪里能扎根，就在哪里生长。"艾草几乎都是野生的，生命力极强。不管土地如何贫瘠，环境怎样恶劣，它都能坚定发芽、茂盛成长，而且一长一大片，一长一面坡。纵使给刀割去一茬，新的一茬很快又会冒出来；纵使被火烧过一遍，也会在很短的时间内长出新芽。那蓬勃葱郁的样子不仅醉了春风，还喜了路人。

艾草不招虫，不招畜，更不引人注目。在几许人眼里，它是一种很不起眼的植物。但它从不自暴自弃，从不虚伪媚俗，仍旧是以山野为远志，仍旧是以《离骚》和《诗经》的诗词为食粮，默默地守望着那片淡薄天地，悄悄地在春夜里潜滋暗长。这种不事张扬的“暗长”，路人以及猪马牛羊都难以察觉。进入三月，艾叶在不知不觉间蓄满碧玉般凝重的绿，叶面恍若布满蝉翼般白白的霜。整片艾园极似漫山遍野怒放的野菊，蓬蓬勃勃，蓊蓊郁郁。微风过处，艾叶哗啦哗啦地翻卷，舞蹈一般跳动。给人一种不能言传又不失美丽的朴实。至春夏之交，田艾生长进入最茂盛的时节。此时，艾株茁壮，艾叶簇密。羽毛状分裂的叶片如手掌一般伸张，裂片呈椭圆形“托”起黄色花蕾。鲜嫩、水灵、端直、高挑，夏季的艾草就像亭亭玉立的乡村少女，清秀淡雅，温婉脱俗。整株艾草除根之外已全绿透。每片叶子都在散发出淡淡的艾香，这股清香，仿佛是从《离骚》中飘来，从古老的传说中飘来。那清苦浓烈的香味一直芬芳着我的童年。

孩提时上学，从田野上走过，总闻到那微风吹来的艾香。那艾香苦丝丝，不甜不腻，不浓不淡，让人吸了顿觉神清气爽。“彼采葛兮，一日不见，如三月兮！彼采萧兮，一日不见，如三秋兮！彼采艾兮，一日不见，如三岁兮！”家乡采艾的风俗已延续千年。放学途中，我们常常奔向田间地头去采艾，直采得满兜满篓而归。村子附近野艾被采光后，我们划船漂过袂花江、鉴江，到林道村、下林村、新村及鉴江平原去采集。那里的艾草一丛丛、一簇簇。叶片上的露珠晶莹滚动，闪亮润泽，日之精华仿若合于这株玉露艾草之上。我们赶快俯下身来，双手捧住滚动的露珠，轻轻地抚在脸上。随后，我们挥起镰刀，揪紧艾草的茎，咔嚓、咔嚓地割去，一炷香时间就割掉一片。我们边采艾边玩耍，往往乐不思归。每次采集，我们都会扯下最嫩的艾叶揉搓，再放置口中咀嚼。嚼一口，口中顿生苦丝丝的清香。苦中带香，香中带苦。边咀边嚼，我读懂了艾草的苦乐年华。采艾叶的手，常留有艾香。即使用肥皂水多次冲洗，艾香仍挥之不去。

曾记得一年秋天，我到鉴江边捕鱼，不小心给害虫咬了一口，腿脚立即红肿，奇痒难忍。母亲紧急用艾绒条给我熏灸，用艾熬水给我洗擦，在艾水艾烟的氤氲中，腿脚居然消肿了。

打那以后，我就由衷地喜欢艾草了，更由衷地喜欢上《诗经》里的那句“彼采艾兮”的诗词。每次把碧绿水灵且带着湿润的泥土气息的艾草采回来，我都会用艾草泡水洗澡，以驱寒气。坐在漂浮着艾叶的木盆中，闭上眼，深呼吸，让缓缓上升的芬芳香气缓缓浸入心骨，顿感心驰神往，就如喝了一杯上品“大红袍”，一种无法形容的畅快悄悄地萦绕着、氤氲着。

风吹，艾香弥漫。草动，芬芳幽深。我们采撷到新鲜而水灵的艾草后，还将它擂成绒，加红糖、糯米搓成皮；加花生、椰丝、芝麻、肥肉捣成馅，并倒置木凿的模子压制成形，再用菠萝叶子或“能木”叶子包垫，蒸熟，精制成田艾糍。咬上一口，香软甘甜，鲜美无比。

乡亲们除了将艾叶擂成田艾绒外，还习惯性地把艾杆扎起来，挂在屋檐下晾晒透干。那高悬的艾蒿，静静地注视着乡村的生活，注视着乡村的炊烟。待到夏夜纳凉时，乡亲们便会抽出几株风干的艾蒿，揉搓成草疙瘩，用火点燃。村头的古榕树下立即弥漫开独特烟气，所有的蚊虫纷纷逃离。村子里的家长里短、村子里的爱情故事，还有《三国演义》、《杨家将》、《水浒传》等都会在艾叶的烟香里过滤、讲述、传播。

“清明插柳，端午插艾”，到端午节，家家户户都采艾草作“门神”，悬挂门上。那一束束斜插在门楣上的艾草，卷起暗绿的叶子，露出银白的叶背，散发出淡淡清香。那清香，丝丝缕缕，驮载着村子浓郁的寄托和憧憬。千百年来，那幽苦的清香一直氤氲、萦绕在村子的烟火里，绵绵不绝。

然而，自从“农门”跃进“城门”后，儿时的那缕香、那丝烟已渐渐远去，那株草也已渐渐淡出视线。“端午插艾”的温情与敬畏也已渐渐丢失。久居在钢筋水泥之城，真如蜗居在水泥钢筋的城堡，灵魂充满着喧嚣、浮躁、矛盾、杂乱的声音，已很难品嗅到寒来暑往、季节变更的味道，更记不起艾草那种幽远而淡雅的清香了。十多年来，我一直没回乡采过艾、摘过叶。自己亲手做田艾粄已经成了越来越遥远的记忆。“端午插艾”的记忆似乎停留在那个连鸡腿都要分着吃的青涩年代里——

前几天，湛江雷声隆隆，暴雨滂沱，“龙舟水”如期而至。龙舟水涨，龙舟鼓响，艾草飘香。一眨眼，端午节又快到了。母亲也打来了几个电话：“今年端午节要记得回家插艾。”听着母亲的唠叨，我才幡然醒悟：端午插艾不仅是一种念想、一种习俗，更是一种长根、凝神、聚心、铸魂的生命驿站。

为了忘却的纪念，为了纪念的忘却。走，走，走，今年端午，开车回乡插艾！让那沉淀了千年乡情的艾香延绕门庭，让那贮藏了千年芬芳的艾草永远温暖生命记忆。

（2013.6.11）

早春的气息

寒流遮不住春风，寒潮割不断春路。一个乍暖还寒的日子，我们掬一弯水月，挽一袖清风，迫不及待地奔向郊野、乡村，去呼吸早春的气息！

一出门，天空就飘起了毛毛细雨。那细雨像牛毛、如花针、似银丝，密密地斜织着。细雨中的湛江大地像披上了一层轻纱，海岛隐在云雾里，树木笼在烟雨中，港城的大街小巷平添了灵动和飘逸，半岛的田野乡村飘荡着绿意和春色。南国热带花园、渔港公园、绿塘河公园、金沙湾观海长廊、中澳友谊花园处处花红柳绿，处处春意萌动。徜徉在南国花园，淡淡的清风从指尖滑过，霏霏的春雨从头上散落。沐浴春雨，呼吸着甜润的空气，心湖顿然漾起一缕幽幽的坦然与释然。园内的苹婆树经春雨洗礼后，显得更加青翠和挺拔。小鸟在树桠间欢呼雀跃，那婉转清脆、悦耳动听的鸟语声，似在讴歌春天的美丽。一群小孩正扯着风筝在公园里奔跑，嬉闹声灿烂了整片天空。

雨越下越稠，如丝如缕。我们冒着丝丝细雨向着遂溪县马六良村进发。路边，青草穿石隙、拱砖块、破硬土、悄悄地钻出地面。青草一丛丛、一簇簇，点缀着返青的禾苗。“何物最光知，虚庭草争春。”“草色遥看近却无。”我们的思绪随着春雨飘飞。

马六良村浓妆艳抹，池塘边500株桃花吐蕊争艳、粲然盛开。粉红的花朵，在风中摊开，泌出缕缕芳香；嫩绿的叶芽，透出勃勃生机。“正是春光最盛时，桃花枝映李花枝。”桃花园里，笑语喧哗，那是16对新人在桃花下见证爱情时发出的忘情声浪。

一次呼吸，花香沁心，走动几步，花香满衣。桃花深处，一对新人仰起脸，微笑守候阳光。新娘子林湖的一根大辫子特别显眼，她脸朝天空，发出银铃般的笑声。“左手幸福，右手桃花。”林湖含笑向我们讲述了自己桃花树下的经典爱情。她说，自己是在桃花烂漫的夜里出生的，特喜欢看桃花雨。每次看到红红的花瓣在雨中飞舞，心中就浮想联翩。与新郎上官建国就是在大学校园的桃花树下相识、相知、相恋的。那时，俩人常在桃花深处追逐嬉戏，携手踏浪看斜晖脉脉……

桃花濡染春水，新郎上官建国一直站在桃树下。他身上穿一条玄色西裤，月白线衫，手机、钥匙串在皮带上挂在腰间。据说，新郎一路携梦前行，曾做过白糖推销员、海鲜摊档主、北运菜供销员，一路跌宕起伏。后来，他成立了一家科技有限公司，从事信息网络工程，并逐步取得成功。2001年，他瞄准糖业和房地产业潜藏的巨大商机，毅然把投资目标锁定房地产开发和糖业。长袖善舞的上官建国在峥嵘的商界存活并壮大，今年年初，投巨资，开办船务。摸爬滚打多年的上官建国已坐拥庞大的商业王国。但他不招摇、不炫耀，生活十分节俭。他的办公室依旧是“鸽子窝”，书桌与沙发依旧是“老掉牙”，手腕上只戴着普通的电子表。上下班一直坚持挤公交，请朋友去吃饭也是“打的”。

“节俭是一种永不过时的美德。”他说，“长孙皇后是唐太宗时的宫妃，是大名鼎鼎的贤后。她出生于显贵之家，又富拥天下，但她却一直坚持着节俭的生活方式，衣服用品都不讲求豪奢华美，一件衣服总是洗了再穿，穿了再洗，甚至穿补丁衣服；饮食宴庆也以节俭为美，从不浪费，因此也带动了后宫之中的朴实风尚。”

枝叶扶疏，花朵丰腴，色彩艳丽。桃花映衬着这对新人甜蜜的笑脸，让人感受着别样的早春风光。桃花树下，新郎给新娘戴上结婚戒指。本以为这是一枚钻戒，可证婚人告诉我们：“这枚戒指不贵，是地摊货。”他说，“节俭”已成为蛇年春节的关键词，也成为他自己的“热词”。

戴上“地摊戒指”，林湖脸上依然绽开幸福的笑容。她说，节俭是人生的导师。我们要节俭结婚，低碳结婚。我们悄悄领证，只在老家“农村食堂”摆三桌酒席，只在博客上公布了一张桃花树下的合照，QQ和MSN挂上“结婚了”的签名，就算是婚礼了。

这时，林湖的手机响了，她简短地说了几句感谢祝福的话，洋溢着一种抑制不住的甜蜜气氛。“一辈子一次的婚礼，如果跟隆重、绚丽不沾边是否会有遗憾?”我问。林湖嫣然一笑，说：“仪式隆不隆重不重要，重要的是跟你结婚的那个人，和你婚后的日子。”

我们由衷地祝福这对佳偶，她又微微笑了，没有说什么，只有腰间流苏坠子发出环佩轻叩的声响。她说，“有梦想之人，才是最可爱的人”。

风吹桃花，雨打桉叶。我们带着桃花春雨向廉江篁竹村驶去。道路两旁，野花烂漫，遍野怒放。田野上，几头老黄牛在拉犁翻土，田野上空，几只纸鸢在飘荡翻飞。农舍屋檐下，燕子正在衔泥筑新巢。路边有一池塘，站在水里的水杉，剥去褐桠枝头，伸展出一瓣一瓣嫩绿的翠叶。雨点滴落在池塘上，击起了圆晕，圈圈扩散。几只口渴的绿燕，俯冲下来，“嗖”地呷口清凉的江水，又飞向高空。池塘边，浣衣少女正蹲在平坦石板上洗涤青衫，用纤手掀起一帘春梦。

潇潇雨歇，太阳初露。我们沿着浣衣少女的指向，进入篁竹村。篁竹村已有500多年历史，村前有口神奇古井，井水清甜可口，四季满而不溢。古井不仅濡染、鲜活了篁竹村的灵性，更滋养了篁竹村淳朴的民风。

我们喝着甘甜清冽的井水，走向村头的十里稻田。温湿的微南风迎面吹来，稻田渐渐暖和并复苏，丝丝温馨湿润的水汽从泥土的毛孔中蒸发弥散出来。稻田边的芳草经春雨的滋润，更显羞涩和轻盈。稻田里铺满红色薄膜，全村男女老少正在烹饪、分菜、上碟，忙碌“万人宴”。根据习俗，附近村每年都办“年例”，办大围宴（当地叫“公饭”），祈祷风调雨顺、国泰民安。篁竹村就是今年的“东道主”。我们与村支书走在田埂上，倾听布谷鸟激情的鸣叫。村支书对我们说：“谁知盘中餐，粒粒皆辛苦”。习近平总书记关于“厉行勤俭节约、反对铺张浪费”的批示在全社会引起强烈共鸣。今年春节，村里村外都劲吹“节俭”之风。本着节俭原则，村里年例搬到稻田里办，且菜式简化，每席只许四菜一汤。

黄昏时分，我们随人潮鱼贯涌入稻田，与乡亲们一起分享“万人宴”的喜悦。踩在松软的稻田泥土上，我们深刻地感受到生命的温床如此地平实。

稻田里铺满了红色薄膜，薄膜上摆着四菜一汤。汤是萝卜炖猪骨，鱼是咸鱼，鸡是土鸡。“虽然没有山珍海味，但大家吃得开心，喝得痛快。”700席，近一万名乡亲！他们或站、或蹲、或席地而坐，举箸提杯，汇成一片欢乐的海洋。

乡音乡情在交融，亲情友情在凝结。我们斟满“乡下米酒”，在稻田里频频举杯，与乡亲们同享独特的春光：“来，来，来，为了中国梦、人民梦、小山村之梦，干杯!”

这样的原野，这样的美景，这样的温情，我们千杯不醉。吮吸着稻田里泥土的芬芳和淳朴的乡风，我们心底激起一种莫名的悸动和兴奋。

春色满园，撩人生香。在稻田上呼吸着早春的气息与温馨，我们久久不愿离开……

（2013.3.18）

红鼻村长

村子空了，古井枯了，燕子飞了。

村口那株苦楝树也老了。苦楝树枝桠虬结，就像一个饱经风霜的老人落寞地站着，在向风诉说抑郁。寒风掠过，枝果飘零，撕裂人心。

“汪！汪！汪！”在一间低矮的泥砖房前，一只黑狗朝着我乱吠，并不时地摇着一条灵巧的尾巴。狗声后面，走出一位满脸沧桑的老人。老人一见我，两眼流出了一串浑浊的泪珠，嘴唇嗫嚅着，似乎想说些什么……

老人名叫“狗叔”，曾是我“走转改”的“三同”户。坐在苦楝树下，与将近80岁的“狗叔”聊天，都与这个村子有关——谁升官了，谁发财了；谁当大老板了，谁养“小三”了；谁打私彩了，谁吸毒了；谁谁家搬进城了，谁谁家的地丢荒了。

真没有想到，岁月会以如此方式，荒芜掉我所熟悉的乡村印记。“年轻人几乎都走了，现只剩下480多个独居老人和留守儿童守着沉寂的村子。”“狗叔”感叹道。

“红鼻村长呢？”“红鼻村长？别提他了.....”狗叔唉声长叹。

“红鼻”没当选村长前，曾是一个铁匠。孩提时代，我常跑到“红鼻”打铁铺去驱寒取暖，闻木炭味。打铁铺面积不大，只有10平方米。

铁铺中间有个大火炉，火炉左边安装着鼓风机，右边铆定龟形铁砧子，铁砧子旁搁着盆冷水。墙上挂满了镰刀、菜刀、锄头、火钳、白铁剪等铁制品，屋子周围还杂乱地堆着木碳和铁器边角料。

红鼻铁匠个子不高、肩膀宽厚，最引人注意的还是他那红鼻子，又圆又大，鲜红鲜红的，就像是一个红苹果安在脸上。他那双手，也很宽，大拇指像根树桠，横生斜长，手掌上长满黄色的老茧。我记得，红鼻铁匠当时最爱穿土灰布衣裤，最爱戴出檐的半鸭舌帽。每天上午，他都戴着鸭舌帽，像铁塔一样立于红红的火炉旁。他拉风箱，拉得呼呼生风，炭火在风的煽动下越烧越旺。“埋”在火炭下的镰刀也越烧越红。拨开红彤彤的火炭，他把烧透的镰刀夹放在铁砧子上，然后抡起铁锤，反复捶打，锤子落下，火星飞溅，有的直接溅落到他的身上，可他浑然不觉。正当我看得入神时，铁匠突然把锤着的镰刀伸进水里，嗞嗞的脆响，而冷水则哗哗地冒泡。

镰刀烧了又锤，锤了又烧，再烧，再锤，再冷却，如此循环。火光中，铁匠表情专注、执着、期待。他那陶醉的表情竟把邻村一位寡妇给吸引来了。

后来，红鼻铁匠参加了村委会主任选举，但前三次均因十票之差而落选。第四次竞选时，他吸取前三次落选时的教训，请来商人阿明和隔壁村的村主任阿涛来“助阵”。“竞选团队”上蹿下跳，多方串连。他们以公开宴请、封官许愿、现金买选票等手段，拉拢收卖村民。竞选时，双方相互抬价，不断加码。对此，他们采取“逐个击破”的方式打压泛蓝阵营。投票之日，他们给村民发“引导票”，并现场监督投票。花了九牛二虎之力，“红鼻”终于登上村主任“宝座”。

上任第一天，红鼻村长发表了“施政演说”。

《责任不能缺失，良心不能免检》是他演讲的题目。他用很长的篇幅讲述了自己振兴村庄的战略构想及自己该担的责任。我在现场聆听，但不知他的演讲稿是否出自“秀才”之手。他还引用了民间流传的一则轶闻说：“明朝开国皇帝朱元璋有一次对几位大臣进行警示教育，若老老实实地当官，守着自己的俸禄过日子，就像守着‘一口井’，井水虽不满溢，但可天天汲取；反之，就有被砍头的危险。”他表示，要守好自己的那口“井”，喝清白水，做清白人，干清白事。并誓言旦旦地说要凭良心办事，做有良心的村长。他演讲时唾沫横飞甩出假牙，引爆现场热烈气氛。

上任的第一天，村头六爹家就办喜事了。六爹三登“宝殿”请红鼻村长赏脸。红鼻村长为塑造“亲民”形象，最终应允了。

来到酒桌上，红鼻村长说：“村上有事，我只能喝一杯。”

六爹和远道而来的客人，一看村长有公事要办，也就不敢劝酒了，都怕村长喝多了误事。“村长见酒留量，说明这个村长头脑清醒，办事有分寸。真是个好官呀!”大家异口同声地赞美红鼻村长。

红鼻村长被恭维着，心里很是受用。但看到透明的玻璃杯，碰得嘣嘣响，他又感到十分懊悔。因为他本来就是好喝酒之人，面对着酒的诱惑，馋虫就不断地往上乱爬。

酒场气氛越是高涨，红鼻村长的心里就越难受。每次端酒杯敬，连嘴唇都不敢湿一下，担心厚厚的嘴唇一下子就把酒沾没了。

日落西山时，酒场才散。红鼻村长心情沮丧地回家后，气哼哼地把帽子朝地上一摔：“他妈的，说不喝，六爹就真不让喝了。那一瓶子一瓶子的好酒，才喝到一杯呀！亏死了，亏死了——”

红鼻村长在以后为“官”的日子里，再也不敢找借口留酒量了。每逢参加宴会，一上来就“白切三杯”。三杯酒下肚，气氛就起来了。渐渐地，酒桌成了红鼻村长的江湖，他把自己的胸襟与气度，豪爽与谨慎，全斟在酒里。每次喝酒，他都会念一首顺口溜：“激动的心，颤抖的手，满怀深情来敬酒——”然后，张嘴就喝。喝，喝，喝——他每年几乎都要喝掉40公斤的“白酒”，但从来没醉过。他自豪地说：“在基层，不会喝酒，就等于不会工作。”

经过无数次“酒精考验”，红鼻村长渐渐变了。他奉行“‘得罪人’的事不干，‘讨人嫌’的话不说”的原则。只要不出事，宁愿不做事。

他白天穷吹海聊，打牌喝酒。夜里上网泡妞，睡懒觉。对村里的大小事务都充耳不闻。特别是对小东江的百里金堤坝加固，河道疏通，更是不管不问，得过且过，日子过得清闲自在。

2008年8月初，天连降特大暴雨，小东江洪水咆哮而至，上下官地村堤坝瞬间坍塌，整个村庄一遍汪洋，红鼻村长酒醉中醒来，一跃而起，在洪水中，跌跌撞撞地救起人来……。虽然全村房屋被毁，村民无家可归，但村长却因抢救了几个村民，却被市里树立为“救灾英雄”，到各镇去作巡回报告。

掌声，鲜花。红鼻村长每次走上演讲台，心里就有说不出的高兴。但比红鼻村长更高兴的却是商人阿明。阿明认为：这次“投资”给“红鼻”投对了。

洪水退后，上级财政拨来16万元救灾款。红鼻村长向村民谎称救灾款是村委会向上级争取到的，属村委会所有。2008年10月，救灾款打入灾民帐户，红鼻村长等即收集400户村民的存折到信用社代支救灾款16万元。之后，村委会按每户40元、80元、96元不等的标准发放400多户共62536元，余下9万多元归村委会所有。2008年12月，红鼻村长挪用6万多元组织阿明、阿敏及9名村干部去泰国旅游。

泰国旅游回来后，红鼻村长的胆子更大了。2010年5月，红鼻村长以村委会的名义，将村里12亩土地以每亩50.3万元的低价非法转让给阿明、阿敏介绍来买地的商人阿森。就这单买卖，阿明、阿敏赚到“中介费”60多万元。

2011年，红鼻村长又将村里沙场以80多万元的低价转让给阿成。当时，村民颇有微词。红鼻村长就组织村委会和支委会“两委”开会，之后又开了一次村民代表大会，然后说服他们签名同意。成交后，红鼻村长谎报卖沙场款是46万元，剩下的44万就由村委会“两委”人员分了。

“君子周而不比，小人比而不周”。红鼻为了把村委会变成“家天下”，大搞“小团伙”、“小圈子”、“小帮派”。对敢于担责的村干部诸多排斥、设计陷害。

红鼻村长还提拔一位未婚姑娘任村妇女主任，然后进行“感情投资”，勾搭成情人。东窗事发后，红鼻开出巨额的离婚支票。但妻子不依，红鼻村长大发雷霆，把家里的家具和家电全部打烂，后来，岳母上门大闹，红鼻一怒之下打掉了岳母的两颗门牙。

红鼻村长还在村中立一条铁的村规：村中凡有人去世，亲属必须无条件交纳1. 2万元，否则上门找麻烦。对此，村民们怒不可遏，但忌于“红鼻”镇上面有“靠山”，他们敢怒不敢言。

“‘老虎’‘苍蝇’一起打!”2013年初，红鼻村长被反腐旋风刮进监狱。“狗叔”说，红鼻村长被抓走的那一天，全村都燃起了鞭炮——

一个阳光明媚的日子，我再次走进村子。田野，山岭都有层层叠叠的深浅不一的绿色涌现出来，带着奔腾的动感。村寨里，鸡鸣犬吠、炊烟袅袅，勤劳的村民已经荷锄挥锹，除草蓄水、翻土垒埂。大部分田野已经被犁铧翻过，田野里的水光，亮得可以用来点灯。少部分田里的秧已经抽出了一茬茬让人心疼的绿来。

“狗叔”高兴地告诉我：“红鼻村长被抓走后，村里很多青壮劳力回来了，现全村正掀起生态文明村的建设热潮。”“狗叔”嘴里咬着一根野草，样子十分开心。“狗叔”牵着我的手走向江边。远远地，我就听到一座水车在岸边吱吱呀呀地吟唱，看到村姑们在河边悠然地捶洗着衣服，“千户捣衣声”的古韵又重在古河上空回荡。江边那株木棉树临风怒放，火焰似的繁花，炽烈烈、金灿灿，似在告诉人们春天来了！

（2013.2.16）

五岛连心

“五岛镶一湾”，乃神来之笔；“一湾挽五岛”，开鸿篇巨著。

特呈岛、南三岛、东海岛、硇洲岛、南屏岛逶迤相连，如朵朵星莲悬浮在湛江东海岸上，这是造物主从大海的浴盆里捧出的瑰丽的明珠。五岛虽大小不一、风景各异，但它们气脉相通，心手相连。空中俯瞰，五海岛酷似金翅大鹏，枕卧于湛江湾万顷碧波之上。潮水激荡，大鹏欲驾碧舟飞渡，展金翅九天翱翔。能把一片辽阔的“五岛一湾”摆布得如此周到、协调，精妙绝伦，我们由衷地感叹造物主的神奇。走进“五岛一湾”，我们会更深刻地感受到造物主的妙旨。

一

海鸥清脆的叫声破空而来，借烟波、帆影，我们向南三岛进发。南三岛从远古的歌谣中走来，从美丽的传说中走来，从南海的涛声中走来。明朝洪武九年（1376 年）始设南三都。清光绪《吴川县志》记载：“南三都广州湾村坊，殷、曾、陈杂居，分四、五村。”

历史回望：1701 年 7 月，法国船长安非特里德驾“白瓦特（Bayard）号”驶进中国海面，遇台风，停泊于广州湾避风，乘机登陆窥探，见地形重要，港湾优良，便探测水道，绘制地图，提交给法国政府。

1898年4月22日，法国侵略者悍然派“巴噶号”、“袭击号”等舰，穿北部湾、越琼州海峡，直插南三岛，强占广洲湾。

弃舟登岸，我们从历史的烟云中踏入靖海宫。靖海宫绿墙黄瓦，古朴典雅，离海面只有十多米，但不管海上风浪多大，海水都卷不进宫里。几百年来，宫里香烟袅袅，香火不绝。

宫里除供奉妈祖神像外，还供奉着一块黑色的大石头。此黑石相传是南三岛一位渔民在海里拖网时所得。一天，他拖网十小时，一条鱼未捕，反而拖起一块黑石，心中十分不快，狠狠地把石头抛回大海。但奇怪的是，几次换位撒网，都网起这块大石。疑是神灵作怪，他便对石头许愿：“如果你是神灵，就保佑我捕鱼满舱，我立你为神。”后来，他天天满载而归。渔民很高兴，便将石头立在沙滩上，盖起寺庙供奉。一段风雨飘摇的日子，大王公常常显灵，常吓退海盗，常吓退劫匪。

靖海宫，见证了一段悲壮的历史，承载着神奇的传说，也寄托着渔民的希望。渔民们至今仍把靖海宫的传说和前辈抗法故事挂在嘴边：有一次，法军闯靖海宫，宫内突然狂风大作，倾盆暴雨，他们被吓得抱头鼠窜，从此不敢再“越雷池一步”。靖海宫，也因此成了南三村民共商抗法大计的据点。

法军强占广洲湾村坊后，不断修兵营，建炮台，激起了人民的义愤。南三岛率先燃起抗击侵略者的大火，并举木棍禾叉与法军对阵，永载史册。

靖海宫风风雨雨千余年，晨钟暮鼓到如今。了解历史，尊重历史，让历史照耀未来！近年来，南三镇拟开发广洲湾村坊旅游区，建设抗法纪念馆，倾力打造爱国教育基地。我们在靖海宫门前徘徊，抚摸着村前的孤舟遗木，心头悲喜交集，无数前尘往事，自心底尽数流过。

带着靖海宫的传说和宝贵的抗法精神，我们徒步走进海岛的深处。

南三岛本由10个分散的小岛联成。联岛前，群众要到霞山赶集，至少要渡七次海。“有女不嫁南三岛”、“最贱不过南三泥”——这是当时民间流传的顺口溜。海岛还常年遭受到风沙和咸潮袭击。海潮汹涌时，农田被浸淹，耕地被毁坏。恶劣的生存环境并没有吓倒英雄的南三人民。

20世纪40年代初，南三人民打响了围海造田的第一炮。《南三岛志》记载：和平围围堰合拢时，勇敢的南三人民跳入冰冷的海水之中，手挽手，肩并肩，筑人墙，挡急流，堵潮水。和平围、风辇围、光明围、解放围、五里围……一个个浸染着南三人民的汗水，承载着南三儿女梦想与激情的围堰段段告捷。

五堤围宛若银龙锁住风潮。堤围左边是浩瀚的大海，右边是万顷良田，远方是茂密的林带。

吹一路绿风，染一路浓绿，我们钻进了木麻黄林带。那4万亩防护林带绿海天成，林涛滚滚。高亢雄壮的波涛声滚滚而来，与雄浑激荡的林涛声遥相呼应，似乎在诉说着南三人民对生活孜孜不倦的追求；也似在张扬着南三人民昂扬向上的生命力量。

走进林带的深处，犹如置身于南疆的“林海雪原”。那高大的木麻黄树，排排挺立，树树相依，根根相连，构筑成了铜墙般的绿色屏障，紧紧地锁住风沙。然而，谁又曾想到，这里原是一条沙丘连沙丘、荒凉连荒凉的浮沙带。

联岛筑围，防风植林。1954年，海岛奏响“植树造林，消灭风沙”的时代强音。星晨挑水，落霞除草，炎夏施肥，经过4年苦战，他们终于在浮沙上营造了长23公里、宽3公里的木麻黄树林，硬硬地将白色的沙丘变成碧绿的林海。

十里海滩十里林。画家关山月以此为题材的画作《绿色的长城》至今仍高悬人民大会堂。田汉赋诗赞叹：“不许风潮犯稻粱，沿滩百里木麻黄。北涯南滘岛连岛，东陌西阡秧接秧。曾说白沙遮日月，今看绿水泛鸳鸯。归来已是湛江夜，灯塔回眸万丈光。”

林带安静而清幽，萦绕耳际的唯有啁啾的鸟语。季节变更，但海岛景色依然。登岛时虽已是冬季，但很少看到落叶，林海依然郁郁葱葱。

谋定而后动！2013年1月19日召开的市委十届四次全会，吹响了把南三岛建设成为国家级滨海旅游示范区、中国南方冬休度假基地、湛江旅游产业龙头和彰显湛江旅游形象的代表作的号角。喜讯传来，海岛沸腾了。岛民们说：“南三岛在冬天里迎来了春天。”

二

南三岛与东海岛隔海相望。两个重量级海岛互为犄角拱卫着湛江湾，熔铸成湛江港的金色翅膀。

东海岛平坦而开阔，面积达286平方公里。岛内那条全国第一、世界第二的长滩，那条6.5公里长、全国少有的深水海岸线，既承载着湛江振兴发展的梦想，又吸引着世界目光。1993年9月，时任中共中央总书记江泽民来到东海岛视察，给全岛人民以巨大的鼓舞。

追梦，我们一路向东，快速跨过东海大桥。虽然已是冬季，但海岛无土不绿。车队过处，风生香起，鸥鸟不惊。路边，红树林雀跃，野花在透明的风中不停摇弋，蓬勃着旺盛的生命力。

走进东海岛，就走进了它古老的历史。这座面朝南海的全国第五大岛，在历史的年轮中，曾上演了一幕幕史诗般荡气回肠的故事。随着岁月的脚步渐渐远去，与日月传承的那份激情，已经化为这个海岛特有的养分，它滋养着海岛的子孙后代，赋予他们敢为人先的勇气。

追寻着海的梦想。我们直奔“龙海天长滩”。长滩呈新月形，远处

大海与天空融为一体，雄浑而苍茫。天连水，水连天，苍茫大海如苍茫大地，闪着远古洪荒般的鱼鳞光泽，蕴藏着一种无以言说的神秘力量。美国诗人惠特曼的诗蓦然涌上心头：“啊，大海，这一切我都愿意交换，如果你能把一道波浪起伏的诀窍换给我，或者你能在我的诗上吹上一口气，并把它的味道留在那里。”

大海涨潮了。伫立在“新月弦弧线”边，远远就能听到万马嘶鸣般的声响。滔滔巨浪声似雷霆万钧，势如万马奔腾。如山的波涛一排排、一座座，翻滚着，跳跃着，呼啸着，咆哮着，泛着白色的泡沫，以惊涛裂岸之势向着海边的礁石发起猛攻，掀起滔天水柱，浪花四溅。壮观的海潮，使人感受到大海的气势磅礴，谛听到大海深处生命的喧嚣。

“龙海天长滩”背靠东海岛的最高峰——龙水岭。龙水岭是湛江市56座火山锥形之一，形似高昂腾天的巨龙。一路上山，散布在路两旁的火山碎石见证了海岛的沧桑。“登龙水岭而小东海”，在山岭上，蔚蓝的蔚律港和热气腾腾的东海岛尽收眼底。

龙腾至蔚律港深水海岸线长6.5公里，水深26—44米，可同时通航两对30万吨级以上的货轮和50万吨级的油轮，是建设深水良港的绝佳之地，也是建设临港重化工业最理想的区域。

这条绵长的海岸线，蜿蜒逶迤，蕴藏着湛江人的智慧与勇气，也承载着湛江人的光荣与梦想。岸线前，奔腾不息的大海在激荡回旋；岸线后，腹地广阔而平坦。面对大自然如此丰厚馈赠，湛江人民把这条“黄金岸线”当成“眼睛”一样爱护好，并以独到的战略眼光引领视线。几十年来，在这“黄金海岸”上建大钢厂一直是湛江人的梦想；几十年来，这条“黄金水道”一寸都没分割！梦想路上，行者无疆。为托举起梦想，湛江万变不退，披荆斩棘，砥砺前行。因梦想而强大，为梦想而求索，承载着湛江“振兴之梦”的东海岛终于迎来了喜悦时刻：钢铁、石化两个“巨无霸”项目都选中了“黄金岸线”。两“巨无霸”项目相继落户东海岛，这在全国尚属首次。两“巨无霸”项目承载着湛江的光荣与梦想，也担负着伟大的历史使命。2011 年 11 月 18 日，东海岛“黄金岸线”上彩旗飘飘，礼花绽放——中科合资广东炼化一体化项目正式宣布开工。目前，宝钢已经投入超过 80 亿元的投资，完成了球团、30 万吨码头、自备电厂等系列工程，钢铁项目具备全面开工建设条件。炼化项目场平清表工作全面展开，即将迎来大规模全面建设。这个寄托着湛江提升国际竞争力梦想的项目，将于 2015 年底建成，2016 年投产达效。

站在山岭上举目远眺，但见几百台大型钩机、挖掘机、推土机、压路机、吊车、土方车来回穿梭，掀起滚滚尘浪。冬日暖阳下高大的龙门塔吊也一片繁忙，几艘来自澳大利亚的运输货轮正停泊在蔚律港码头装卸货物。“龙腾物流”的厂房已高高耸起，一船一船的铁矿石粉正通过接驳设施转移到输送皮带上，经干燥冶炼后，变成一个个小球团，一条跃动希望的现代产业走廊正如卷轴般徐徐展开。

海风习习，我们站在龙门塔吊下，深深地感受到东海岛的滚烫，触摸到东海岛跃动的脉搏，谛听到湛江开创工业时代的急迫心音。东海岛宛如初升的红日，喷涌出炽热的光焰。踩着脚下这片生机勃发且尚待敷荣的热土，我们的心在飞翔……

三

浪遏飞舟，我们在风浪中登上了硇洲岛。

硇洲岛为南海之咽喉，湛江之门户，大鹏之头颅。海岛神秘而古朴，原始而离奇。全岛陆地面积虽然只有 56 平方公里，却背负着厚重的历史。

踏上码头就是岛上中心墟镇淡水。旧时的淡水全是清一色的石屋石楼石板街，现在虽已消失，但历史痕迹依稀可见。

沿着公路，我们向着岛腹纵深进发，沿途林荫夹道，海鸟啼鸣。在通向赤马村的路上，我们听到了在当地流传百年的民谣："唐时硭洲岛，宋末帝王都，幽境仙风在，不见宋王朝。"

我们从民谣声中轻轻触摸宋皇古迹和遗风。据《中国地名大辞典》记载："宋景炎二年，帝欲往居占城，不果，遂驻碙洲（现硇洲）是年四月帝崩，卫王立，有黄龙见海中，升硇洲岛为翔龙县。"（南宋景炎三年，即公元 1278 年，元兵南进，南宋王朝君臣从福建沿海岸南逃，宋帝赵罡因惊吓病亡，赵昺即位于今硇洲岛，升硇洲为翔龙县。）不久，元兵杀到，陆、张二人又拥帝东逃到崖山。次年，元兵破崖山，陆秀夫抱帝投海，大宋皇朝从此灭亡，写下了悲壮的史诗。

站在赤马村南侧的宋城旧址，只见那里杂草丛生、树木蔚然，皇城大多数古迹已不存，仅留有"青石筑垒，中间填土"的古墙残骸。宋皇井离宋城旧址很近，传说宋二王刚到岛上，淡水奇缺，人心恐慌，有一马用前足扒地，冒出水来，味甘清醇，解决了用水之困。井水终年不枯不竭，700 多年一直为岛民所用。离井约 50 米就是有名的宋皇碑，碑高约 1.2 米、宽约 1 米，竖立于泥土中，碑文已被风雨剥蚀殆尽，只有三五个字尚可辨认，却不明其意。

古风蕴藉。硇洲，这个见证了南宋二代王朝的火山岛至今仍流传着一个个凄美动人的故事。

寒风中，古榕树下，我们心中生出无限的苍凉。沿着当年宋王出行的青石御道，我们走向海岛的最高处——马鞍山。硇洲灯塔就耸立在马鞍山之巅。

1898 年，法国殖民主义者强租广州湾后，强拆原石塔，建起这座世界级的水晶磨镜灯塔。硇洲灯塔高 23 米，底宽 5 米，顶宽 4 米。塔顶部为鼓圆型灯座室，灯座由水银承托，马达带动，以每 12 秒一周的速度，反复旋转，集束放射，把方圆 26 海里内的大海彻夜照亮。硇洲灯塔历经百余年，但坚如磐石，灯火常明。登上塔顶，似能听见远古风雨如潮。

历史既见证过去，又昭示未来。近年来，硇洲传承海岛的历史文脉，抓住历史黄金机遇，建成了湛江首个国家级中心渔港。在岛上穿行，我们深深被那浓烈的绿包裹着。海岛古榕翠影、竹篱绿满。满眼皆是蓬蓬勃勃的色彩，置身其中，我们心怀激荡！

硇洲岛与南屏岛一衣带水。一坐上飞艇，我们就看见南屏岛泊在水的中央，犹如一条玉带，镶嵌在海与天的画卷中。

海岛很原始、很天然，没有任何掩饰，更无喧嚣之声音，无污浊之空气。只有红树、渔船、海鸥、碧海，一幅绝妙的南海风情画，让人流连忘返。

四

从南屏岛驱车到霞山已是子夜时分。枕着霞山粗壮的臂弯甜睡的特呈岛渐渐从晨雾中醒来。一坐上飞艇，浓雾尽散，特呈岛清晰在前。

特呈岛呈南北走向，一头连着“海上森林”，一头连着碧海蓝天，像浮在海上，又似悬在碧空中。

海鸥逐浪，浪摇飞艇。友人说：“特呈，古粤语意为团结、和谐、吉祥之岛。”

风浪中，我们还听到了一个美丽的传说。相传仙人下凡，看见海边人无地可种，龙王又禁止下海捕鱼，仙人心生怜悯，利用夜间挑土填海造田。当仙人挑着一担土到半路时，已是鸡啼五更天快亮了，急急忙忙

放下这担土赶回天上，这担土就变成了两座小岛。人们为感念仙人的恩德，就把其中一个岛叫特呈，即“神仙特意呈送的东西”，另一个则叫东头山。

遥望特呈，可看到古老的渔船、白色的风帆、高高的桅杆。艇上侧耳能听到海浪翻涌、海风呼啸，以及白帆在风中猎响。

一踏上特呈，一股清新的空气及浓浓的绿意扑面而来，身心顿时沉浸在明清风韵之中。牌坊刻满岁月，码头铺就沧桑。“共建文明生态旅游新渔岛，同沐和谐渔村发展好春光”，这是书写在特呈岛码头牌坊上的对联。

岛上树木经晨露洗涤，翠绿的枝干更显风骨苍劲。树荫下，一尊雕像面容安详地注视着远方，这是明朝翰林学士解缙。600 多年前，他曾登上特呈岛，并留下了七言律诗《题特呈山温通阁》：“……风送潮声平乐去，雨飘山色特呈来。地灵福气生天外，自有高人出世才。”

随着诗中的神秘意象，我们犹如穿越时空隧道，走进了特呈岛的前世今生。

特呈本是一个没有湖泊、河流、水库的海岛。800 多年来，饮水难、卖鱼难、行路难、避风难一直困扰渔民。

2003年4月10日，时任中共中央总书记胡锦涛到特呈岛视察，还到渔民陈武汉家做客，嘱托各级领导认真解决特呈岛“四难”问题。

时隔1个月，特呈岛就打了两口200米深水井，建起自来水站。第一口井出水的那天，梁亚妹早早地等候在水龙头旁，抖动着双手接满了一碗清泉。捧着那碗水，她舍不得喝，颤巍巍地端着转身向家里走去。她说：“以前水贵如油啊！捧着那碗水，我想用来祭奠先人，让他们也跟着高兴。”

梁亚妹说，她是从外岛嫁到特呈的。新婚的第二天，天没亮，她就起床梳洗打扮，去向婆婆问好。没想到，婆婆却生气了：“还好什么！水缸里仅存那点水，都被你用光了。先去打水再说！”那是寒冬腊月，梁亚妹挑着水桶在外头找啊找，方圆几里见不着水的影子。最后，好心的邻居借给她半桶水，才渡过难关。

“饮水难”解决后，“行路难”、“卖鱼难”、“避风难”也很快得到解决。

目睹海岛的可喜变化，陈武汉致信给胡锦涛报喜。胡锦涛复信，要求“早日把特呈岛建设成为文明生态旅游新海岛”。

老子说，宇宙、天地、万物和人类都是由道化的，“道生一，一生二，二生三，三生万物”。老子宇宙自然生态观的核心思想与根本规律是“道法自然”。特呈岛居民和建设者们，把“文明生态旅游”和古代哲学家们的生态智慧联系起来思考，心豁然开朗了。

他们在开发建设过程中，修路没砍一棵树，建度假村没砍一棵树，特呈岛6年投入2亿多元搞开发建设，没毁一棵树！他们还成立了护林队，将岛上红树林、防风林以及200多种植物，全部实行挂牌保护。

阳光灵动，轻风舒缓。整个海岛散发着美丽古朴的原生态美。一座

座掩映在海滨防风林带的草屋、木屋，有如海上仙境，让我们感到人、天、地的温情。

穿林带、过竹园，我们钻进有 600 多年历史的“海上森林”红树林，深褐色的火山岩沉默而凝重。茂盛的红树林，吐露着无尽的绿意，在火山岩上密密匝匝地生长，迎着海风开枝散叶。海螺在树下蠕动；弹涂鱼在树根飞跃；招潮蟹在树枝上舞爪。它们仿佛在诉说某种生命的寓言。

岛上溜达，所到的每一户人家，男女主人不论年少年长，脸上一概挂着友善谦和的笑容，眉眼之间，透露出对日子的满足。

文化广场上安着篮球架，孩子们在投篮嬉耍。几个老婆婆并排坐在石凳上晒太阳。广场离坡尾村只有几百米。村子郁郁葱葱的草木间，似乎还能嗅到古老的海风。鸡鸣绿荫处，有银发婆婆向地上撒着谷粒，咕咕咕，好像童话。银发婆婆已经 80 多岁，皱纹里交织着岁月的痕迹。海风已将她的头发染白，却根根精神。脸膛黑里透红，看去不到 60 岁。见我们七嘴八舌连声称羡，她憨厚而幽默地说，生活在这个地方，再不显得年轻些，能对得起身边的红树碧水、蓝天白云吗？古岛屐痕，我们听到的是顺应天然的清静安详，看到的是舒适平和的松弛自由，感觉到的是物质富足和灵魂安适。

华灯初上，飞艇驶离特呈岛，直插湛江港。湛江港港内岸线长近 200 公里，是世界第一大港荷兰鹿特丹港的三倍。孙中山先生在《建国方略》中提出了在湛江兴建南方大港和修筑连贯西南铁路的设想。1956 年 5 月，新中国第一个自行设计施工的现代化深水商港投入使用。之后，他们用半个世纪的热情，把湛江港建成了国家级枢纽港。“海港湛江，日与夜，勤劳无暇。看吞吐，往来汝我，欧非美亚。”陈毅元帅的著名诗句，吟唱出南方大港的磅礴气势。

福如东海、寿比南三、吉祥特呈、古韵硇洲、如玉南屏，天然湛江港。“五岛一湾”串联开发，既是湛江瑰丽的梦想，更是湛江的战略布局。

东风夜放花千树。突然，海面闪出火树银花，千条彩练。停泊在海港里的商贾巨轮，舰艇轮船夜放灯千盏。无数的光柱从各个方向投射到海面上，折射出五彩的光影。清风过处，那些光和影又化作无数金灿灿的鳞片，铺满了整个海港。

轮船在移动，灯光也在移动，无边的鳞片在抖动中变幻出深红、翠绿、金黄、碧蓝的色彩。海天相接之处，灯火融成一片。长蛇般蜿蜒的灯火蕴含着湛江崛起之梦，更诠释着民族复兴的“中国梦”。

飞架在东西两岸的湛江海湾大桥，如长虹卧波。两岸霓虹闪烁，车灯如流，和天空的繁星呼应成天上街市。舟上听碧海潮升，赏云霞飞渡，飘飘然，我们已不知身在何处……

（2013.1.28）

辉映吴阳

细雨斜飞，吴阳古镇被灵动的雨雾笼罩着。烟雨里的千年古镇透出浓郁的岭南风情。

我撑着雨伞，走在湿淋淋的红砖路上，雨中打量着这座古老而又安详的海边小镇，水里触摸着这座涵养民族精神又洋溢着勃勃生机的千年老镇。

吴阳东濒南海，西襟鉴江。境内田畴百里，沙丘千座，碧波万顷。傍海依江的独特地理位置，造就了吴阳独特的自然奇观："东海朝阳"、"一览凭高"、"渔翁撒网"、"极浦渔归"、"延华弄月"、"限门飞雪"。自隋朝建郡直至解放前夕，吴阳为历代吴川县治所在地。千百年来，吴阳开教化之先河，领学风之新潮，一直是个商贾云集的繁华之地。历朝历代，经世经年，科举不绝，人才辈出！古时计有进士 8 人，举人 50 人有余，总兵、乡贤更是不胜枚举。粤西唯一的状元——林召棠就生于斯长于斯。

吴川市委书记曹兴、市长江毅说，吴阳就是一座历史积淀起来的古镇，不管向东走还是向西走，都会看到历史在吴阳烙下的印迹。从镇政府出发，向前走，你会看到"双峰塔"；向后走，你会看到古兴隆寺；向左走，你会看到圣殿学宫；向右走，你会看到城隍庙。甚至你从脚下幽长的老街上也能感觉到历史厚重的印痕。方圆几公里内的极浦亭、上郭读书楼、状元故居、状元坊、城南门以及白衣庵、巷门寨东炮台遗址、芷寮港遗址等无不在诉说着古镇的历史沧桑，无不渗透着老镇特有的历史人文风貌。

雨，缥缥缈缈、绵绵飞洒。状元故居、状元坊已隐没在飘忽的雨雾里。我从雨丝中走向状元故居，从风声里去搜寻状元坊的历史回响。

状元坊、状元井、林召棠纪念馆坐落在离镇不远的霞街村内。霞街，本是一条街，又是一个村。街内竖铺的红砖路既古老又幽长。在清代，霞街村人树起“家穷养猪，人穷读书”的村风，形成人人向学的村景。民国期间，村建起了一批具有岭南特色的花园式建筑，廷生书房、凤岐书房、月川书房等都是村民的常往之处。

走在红砖路上，可以用心去抚摸着街边历史厚重的红砖石栏，也可以用心去贴着斑驳的砖墙与历史对话。天下首策，林公状元及第。林召棠纪念馆为砖石构筑、黑色纸灰沙墙壁，牌坊式，宽 12 米、高 6 米多，分正门和左、右侧门，为拱形，门额镶有“状元”碑。馆前栽种着伟岸的圆柏。风推纪念馆大门，“吱呀”一声过后屋里却是寂静的沉默。但却感觉到一股古老的诗风扑面而来。纪念馆属三进型制的庙堂建筑。古色沉香的建筑特色，显示书香门第的大家风范。馆内悬挂着林召棠会试、殿试的答卷及书法真迹。并有历代各界名流的题联题匾，其中包括林则徐的题联：“彩衣荣似三公衮；珂第祥留五色云。”馆内文化氤氲缭绕。林召棠为人尚气节，淡仕宦，爱廉洁，重工农，怜贫苦。道光二十二年（1842 年），林召棠辞官回乡侍奉母亲，并在村中首创“义仓”，倡办“宾兴”（奖学基金会）。

呼吸着古老文化的气息，浸润着状元文化的汁液，霞街人带着满身的阳光与自信，从美之浸润走向文化自觉。走在霞街的村头巷尾，远远

就能听到琅琅的读书声。霞街至今考上高等院校的学子仍名列全镇前茅。

雨，依旧下。雾，轻弥漫。从雨雾中穿过霞街直抵中街。“平芜尽处一峰圆”，始建于南宋淳佑年间的极浦亭依然傲立中街之上。极浦亭背岭面水，与湛江市笔架岭遥遥相对。极浦亭前原为海湾，鉴江就从亭前注入大海。古时，每当夕阳西下，归帆点点，沙鸥低翔，数百渔船聚集于亭前，呈现“极浦渔归”的醉人景色。南宋丞相陈宜中曾游极浦亭，题诗壁上：

颠风急雨过吴川，极浦亭前望远天。

有路可通寰宇外，无山堪并首阳巅。

岭云起外潮初长，海月高时人未眠。

我从雨中走向古亭。极浦亭占地500多平方米，三进高脊砖结构，两边檐墙均绘花鸟壁画，庭内建有“梅花石柱”，亭前水塘边绿树婆娑，九曲桥、凉亭点缀其间，充满诗情画意。古亭在明、清时期虽多次重修，但主体仍保持旧貌，脊上翘檐雕塑质朴、古雅。雨轻轻洒落亭前，风淡淡吹铃亭檐。伫立亭内石碑前，我不知道梅花石柱里藏有多少欢声与苦难，但我却知它真实地见证了吴阳的兴衰与成败。亭内踱步，我的思绪连着雨声蜿蜒得悠长、悠长……

风吹云动，淡淡的白雾从极浦亭直铺李屋巷。白雾笼罩下的李屋巷风清水秀。李屋巷是一条有千年历史的南宋古村，至今仍保存着宋代建筑。一进入村内，我就被那株在浓雾里灿烂绽放的百年古梅所吸引。这株古梅树长在“深柳堂”的庭院里，至今已有130多年的树龄。古梅花竟然能在亚热带海洋气候的吴阳生存上百年，且年年开花，这不能不说是一大奇观。更奇妙的是此古梅常是先开花，后长叶。站在庭院中，但见一朵朵白花缀满枝头，每朵白花均有五个花瓣，银枝玉洁，满庭幽香。赏梅，吟梅，村里一直沿袭传承唱诗习俗，且于14年前成立了“梅花诗会”。农闲时，村民雅聚梅花下，吟诗作对，唱响“唐风宋韵”。据说，村里已嫁接栽培出五代梅花，并计划营造十亩“热带梅花园”。

呼吸着古老文化气息和泥土的芬香，我流连在古镇的村与村、寨与寨之间。每走一步，都感觉到文化血脉在平原，在台地，在山丘；在黑山，在文翁岭，在铜锣岭上交融、交织、流淌。

面对丰厚的历史遗存，血液里奔腾着文化基因的吴阳人秉承厚于德，诚于信，敏于行的精神，唱着“春天的故事”，率先闯过罗湖桥。据说，现每天往返深圳和吴阳之间的客车达40多班次。在深圳创业打拼的吴阳人高达4万。在深圳街头，经常能听到吴阳的乡音。“根在吴川，血脉在吴阳。”许多吴阳乡贤致富后不忘家乡，且以各种不同的方式回乡助建幸福村居。

烟雨中轻盈走进宁静的吴阳乡村，美丽的小花伞四处在游动，置身其中，不知是你点缀了它，还是它点缀了你。

一条条美丽的村庄如同一幅幅水墨丹青在大地上徐徐地展开。这些生态村既是古老的，又是新生的，古老到和吴阳的历史一样悠久，新生在于村庄处处都吐纳出现代气息。如果走进村巷，便会看到这些新村雅致成趣，高楼林立，草长莺飞，“工作在公园、生活在花园”已成为今日吴阳农民的真实写照。祠堂前的水上公园、依伴鱼塘边的石凳上，可以听到村民爽朗的笑声。田间地头可以见到穿着时尚的年轻人的身影。村子几乎看不到土坯垒墙的传承了千年的泥砖房了。沟通每一个村庄的道路全部实现了硬底化，永久性地告别了泥泞小路。据说，全镇乡村公路路面硬化总长 200 公里，2005 年前就实现了乡村水泥公路村村通，且创出全国文明村 2 条，生态文明村 100 条。烟雨里的吴阳乡村，意蕴深沉而又风姿绰约。

雨打荷面，清澈如珍。吮吸着淡淡的荷香，我撑一纸伞，走在通往全国文明村——蛤岭村、芝蔼村的大道上。穿过蛤岭村的“十里荷塘”，步入芝蔼村。村里小洋楼户户挺拔，环村大道宽敞洁净，路灯石椅崭新齐备。村文化广场中间搭起了大舞台，上面挂着红彤彤的传统灯笼，一派祥和喜气。红灯笼下，一批美丽的村姑手持 iPad 或电脑正惬意地坐在方桌前，发微博、玩 QQ、浏览信息、下载邮件、看网络电影。特色文化楼前，一白发老者坐在竹椅上，读报品茗。谈起村子的变化，他口若悬河：芝蔼村有 1300 多人，232 户。改革开放前，村民皆住茅草房，村里没有一台电话，没有一条水泥路，垃圾遍地。改革开放后，村民纷纷到深圳、珠海、广州、海南、云南、贵州、北京、上海等地务工经商办企业。现在，96%的村民住上了小洋楼，98%的家庭添置了电视机、摩托车，98%的家庭安装了程控电话，30%的家庭购置了小汽车；大部分的村民都过上了安逸富足的生活，再也不为锅里缺米而熬煎，也不为屋漏而愁肠了。

香茶渐渐变绿，老者用手指蘸着茶水在桌上写下了“幸福芝蔼”四个字，给人留下了巨大的想象空间。村口，矗立着一座手执海螺的渔民雕塑。人们说，这座雕塑是静谧的诗篇，连接着过去，承载着现在，寄托着未来。

走出芝蔼村，正值雨过天晴，羽落云间，万道霞光从云隙间照射下来，滴着雨水的树木被染成金绿，散着雾气的千年古镇也被映得通红……

(2012.12.17)

篝　火

篝火在燃烧，燃烧，燃烧！火舌舔着干柴，发出噼啪的声响，尽展生命之澎湃盎然。那蓝色的火苗照映着月慧师姐不再年轻的脸庞。南三岛的海风很浓烈，吹乱了她如霜白发。她默默地将一根根干柴投进火堆。火借风势，风借火威，篝火越烧越旺。跃动的火苗在黑暗中升腾跳跃，无数小火球飞舞着卷入夜空。师姐久久地盯着袅袅上升的热气，喃喃道："这篝火能否烘干潮湿的心？"

师姐曾是鳌头古镇的骄傲。曾以骄人的高考成绩昂首走进国内一所名校。那时，师姐青发如炭，细眉如柳，朱唇如樱，肌肤如雪，轻盈如蝶。"美女加才女"，师姐拿着证书和作品到省级媒体毛遂自荐，当场就签订了合同。"最美丽的风景在基层，最鲜活的素材在田间。"师姐带着火一样的热情，奔走在路上、活跃在乡村、忙碌在现场。大山深处溜索桥，春运千里返乡路，汶川地震救援地，神州九号发射场，超强台风登陆点等都留下她不知疲倦的身影。"纸上得来终觉浅，绝知此事要躬行。"她带着对群众的深厚感情躬行大地，走乡串户，用心去体会群众疾苦，用情去感知百姓冷暖，用脚一步步去拉近与乡亲的距离。"身如竹叶心如水，不带江南一线归。"月慧师姐清清爽爽地行走于阡陌之间，采写出一大批散发着泥土芳香的扛鼎之作，以实际行动深刻回答了记者的源头和方向。

海风阵阵愁煞人。师姐一脸愁容拿起插在沙滩上的火把，点燃质地坚硬的木头。木头快速燃烧，发出“嘎吱嘎吱”的声响，流出“泫泫汩汩”的树汁。海风劲吹，篝火越烧越旺。望着摇曳不定的火焰，师姐眼里闪烁一种莫名的恍惚，一次次惊险而又难忘的采访镜头在脑海里重现。

1996年，一场超强台风正面袭击粤西。“不用扬鞭自奋蹄。”师姐连夜驱车，直奔台风登陆点。路上，黑云压城，狂风咆哮。稍顷，风雨交加，地动山摇，海啸涛怒。台风以摧枯拉朽之势，横扫大地。台风掠过，树木被连根拔起，龙门吊被刮翻下海，高速客轮被抛上岸，门窗玻璃被震碎成刀片飞舞于空中。风力之大，雨势之猛，超乎想象。她冒着生命危险，追风前行，并抢拍下了台风登陆时的惊险镜头……

基层是最好的舞台，群众是最好的老师。到基层去，到群众中去，到生活的最深处去！师姐忘不了月月走田间的情景，更忘不了那次深入到西藏采访的点点滴滴。坐车、骑马、步行，在零下30多度的严寒中走进藏民家中，在与藏民的朝夕相处中，深深感受到藏民命运的巨大变化。

回味那些从陌生到熟悉、从相识到相知、从交流到交心的一个个动人故事，她总感到虽苦犹乐，快意无限。20多年来，师姐始终不渝地保持着对自由生命的仰望，始终不渝地保持着对心灵之树的看守，始终不渝地保持对新闻理想的执着追求。

师姐带着厚重、鲜活的新闻一步步走向新闻界最高领奖台，掌声和鲜花接踵而至。但“木秀于林，风必摧之。”造谣和诽谤也比肩而来。师姐在“羡慕忌妒恨”的风潮中沉浮。采访途中的美好风景也渐渐被风化了。

篝火边，大海正涨潮。海潮那无奈的喘息声里，仿佛也溢满了孤独旅者的心绪。

两年后，单位公开竞聘正处级岗位。师姐笔试、面试都第一，但在民主评议时却戏剧性地落选了。巨大的困惑像一座大山迎面压来，她陷入了严重的抑郁："看看，再看看那一张张曾经熟悉的脸，我忽然觉得好陌生好冷酷。"去年，一次新闻奖评选，师姐自荐了一篇题材重大、角度新颖、写作精良、极具政治价值和新闻价值的消息。报送材料一盖上公章，就引发了"红眼病"。作品虽有惊无险闯过"初评"关，但进入评委定评环节，却遭到了"炸弹"袭击，一些"莫须有"的匿名信息接二连三"群发"至评委手机，作品没有进入最后定评票决就"名落孙山"了。

一个标准的"白富美"开始没缘由地发脾气、落泪、叹气，并陷入到精神迷茫、信仰危机的旋涡中。她说："信别人和让别人信自己都成了一件奢侈的事。"

在"心灵海啸"的袭击下，她的世界渐渐倾斜了。信念没了，信仰没了，是非立场没了，以生命殉之的理想也虚化了。阳春三月，一封署名为"忧忧月"的读者来信寄到她的案头。来信列举了塘霞村"红鼻村长"强霸水闸，强占宅基地，强奸村妇及大肆发"计生"、"殡改"横财的种种恶行……

月慧师姐接信后，快马奔向村里调查。但采访只进行到一半，就被迫叫停了。望着滚滚逝去的江水，师姐仰天长叹："说句真话，难呀！"

她凝望着那若红若蓝的篝火，疲倦的背影拖至波澜起伏的海面上。

曼德拉说："生命中伟大的光辉不在于永不坠落，而在于坠落能再度升起。"

我们肩搭肩围成一圈，绕着篝火转了起来。远聪师兄用吉他弹奏起

《开始懂了》。远聪师兄说：在这个‘拼爹’时代，你能混成这模样已经很不错，该知足了。师姐似乎被这舒畅而张弛有度的曲调打动了。

“篝火和酒一样醉人，来、来、来，让我们为往事干杯。”8只杯子在篝火的上方轻轻一碰，师姐的脸往后一仰，酒入愁肠，围着篝火，她接连喝了6杯烈性的谷酒，似乎将篝火移入胸膛，而且胸膛里的篝火似乎比身边的篝火烧得更旺。

海滩笼罩在朦胧的曙色里，沙滩上已无人影，那一簇曾经热烈燃烧着的篝火渐渐熄灭，但依然闪烁着靛蓝色的火苗。

（2012.12.7）

六极岛意象

“金岛一号”轮船一启锚，大海就把整个六极岛苍白地交给我。

“金岛一号”破水犁浪，直指海岛。六极岛两头小，中间大，形似金龟，悬浮于徐闻东海岸的万顷碧波之上。海岛面积虽仅有 2 平方公里，但却坐拥北莉、冬松、金鸡、住平、佳割五座小岛。这些岛礁像一只只“鸟巢”星罗棋布在曲折的海岸线上，承启着岛民的过去与未来。

踏上海岛，像猛然闯进“海上世外桃源”，一切都那么真实，又真实得让人不敢置信。海岛好风如水，无土不绿。清新爽洁的海风从大海深处拂来。束起一尾不羁的好风，心田上的焦土快速瓦解，心底里的池塘也快速长出茸茸的春草。漫步在海岛的乡间小路上，可以看到红树林、木麻黄、野菠萝、野菊花、仙人掌及相互缠绕着的藤蔓。野菠萝似乎因为吐纳了大海的灵气，显得格外精神，果实由绿转红。仙人掌虽然长得非常低矮，但非常善解人意，纷纷在晨风中绽放蛋黄色的花朵。然而，最惹人的还是那一簇簇野菊花，这些花儿层层叠叠，随意伸展，恣意开放，淡淡的芳香中散发着野性。与野菊相视，我不知道是海岛滋育她的野性，还是她的野性诱发了海岛野情。

穿行于茂密的水草间，有不知名的野鸟倏地从身边腾起，然后带着一串悦耳的叫声向海岛千亩草场掠去。

海岛千亩草场景色奇丽。墨绿的青草和浅白的曼陀罗缀满了水珠。蓝天白云下，一群肥壮的黄牛正在悠然吃草。牛背上，一牧童横笛而吹，笛声似潺潺流水，传遍山坡。

千亩草场的上面，是湛蓝的天空和缥缈的白云。六极岛的云，十分独特，不干，不湿，像水洗过一样的清新。那些低垂的云像一垛垛随意堆积的棉绒，似乎伸手便可抓到一把。随着白云轻盈地奔跑，我无意中闯入一个小小的渔村。村子里炊烟袅袅，空气中弥漫着木柴烧饭特有的气味。在村巷中穿行，总能见到白发苍苍的“老寿星”。曾有诗人将六极岛称为“海上世外桃源”。据说，岛上人家过着自给自足的生活，可以夜不闭户，岛上 85 岁以上的老寿星就有 60 多位。六极岛因此被民间称为“长寿岛”。村巷里散发着木麻黄的气息，红瓦的渔家村屋前有小狗跑来跑去，把蹲在墙角的土鸡惊吓得跳起来。走在村巷里，似乎还嗅得到古老的海风。蹲在木麻黄树下，我与纳凉的“老寿星”闲聊。老人曾出过海，捕过鱼，但从未离开过”六极岛”。60 年前，六极岛一艘运沙船在罗沙岛附近海面突遇 9 级台风袭击。船只即将沉没，就在这千均一发之际，8 名船员全部跳入波涛汹涌的大海里，生命危在旦夕。他得知险情后，挺身而出，迅速起动渔船，紧急出航。他冒着狂风，顶着 6

米多高的巨浪，艰难地航行了2个多小时，最终抵达出事海域救起落海船员……

老人如今已经90多岁，皱纹里交织着岁月的痕迹。他虽年迈，但脸上却泛出如大海般蔚蓝无穷的宁静。在岛上生活了几十年，他是最爱“六极岛”的人。那熟悉的渔船承载着他一辈子的希望。他踏踏实实地躺在竹椅上晒太阳，沐浴温暖的阳光，感受丝丝和煦的海风拂面而过。而那安静的深处，正隐含着率性与放达。望着老人的身影，我顿悟：宁静可贵，但更可贵的是喧嚣过后的宁静。

和老人一样面朝大海，但见海浪轻摇渔船。渔船边是茂盛的红树林。红树林一棵棵、一排排把根深深扎入了海岛之中，根系相互交织缠绕，默默集聚生命的能量，坚毅地守护着海岛，守护着海岛的原生态。这些红树林与人无争，与海无争，与渔无争，与牧无争。只有一个争，就是争着扎根，永远地扎根。它们似乎懂得，深深扎根，才是她张扬生命的根本。根下有鱼、虾、蟹在蠕动觅食；根上有海鸥、白鹤、麻雀翻飞。根根相连，抱团聚族，它们仿佛在诉说某种生命的寓言。

夕阳西下，火红的晚霞把海面染成一片金黄，数十艘渔船一字排列在静谧的海面上。夕阳、渔舟、海鸥、海岛、红屋、红树林共同演绎出一份恬淡的宁静，诉说不被人类所影响的海岛美丽特质。海岛无喧嚣之声音、无污浊之空气，有花开田间、鸟鸣枝头，处处散发着原生态之美，置身于这个“海上世外桃源”，层层包裹的灵魂慢慢解负，身体里那些原始的情感逐步被唤起。坐在礁石上，远眺矗立在邻岛沿岸的那一排排风力发电风车，远看一艘艘送流水的渔船，心底有一种说不出的空茫。

登船离岛。六极岛逐渐变小，变小，先是墨绿的一团，再是墨绿的一点，苍茫云水间似乎听到悠扬的渔歌从岛上传来——

（2012.9.10）

“海　狼”

黑色的油龙释放着千年的压抑，从数千米的海底飞蹿而出，直刺苍穹。“嘭！嘭！嘭……”钻井平台燃烧臂上突然喷出橘红色的火焰。火焰霎时照亮了北部湾漆黑的夜空和蔚蓝的海面。“出油啦！出大油啦!”顿时，整个“南海四号”钻井平台沸腾了。“海狼”又跳又舞，把工帽高高抛向天空。“是富油！富油!”“海狼”掏出手机，向我“报料”时，声音都变了调。

与“海狼”相识缘于一次海上采访。那是十年前的一个烈日炎炎的酷夏，我随湛江市主要领导乘直升机飞抵“南海四号”。“南海四号”钻井平台如“钢铁巨人”傲然屹立在滚滚波涛之上，三根擎天钢柱直刺苍穹，以一种力度沉雄的强悍和威武不屈的凛冽傲视汹涌惊涛。“海狼”身穿橘红色连体服，手握刹把叉立在钻台上。“海狼”那高仰的头颅、深邃的眼睛、紧抿的双唇和满脸的胡须，无不显露出一种阳刚深沉和豪放之美。他脸上经历沧海的古铜色的沉默和被风浪暴雨雕刻成的坚硬的身架，流露出一种石油人的粗犷气质。我知道，这是钻工和命运抗争中铸造的骨架，是和大自然的拼搏练就的坚强和粗犷。

“天外黑风吹海立”。突然，狂风卷集着乌云，掠过海面，直扑钻台。塔顶的乌云如战马般奔腾嘶鸣。巨雷滚滚，俄顷，大雨滂沱。海面被翻滚的浪涛撕裂，浊浪排空，奔腾咆啸。暴风雨横扫钻台，天地一片混沌，“钻头正在穿越油层，人不能离岗!”“海狼”手持刹把，紧锁的目光里闪烁出一种悲壮和坚毅。“海狼”屹立在风雨中，如山般不摇不摆，给人以力量，给人以强烈的震撼。石油人挑战大海的过程，是否早就注定了充满激流险滩、狂涛巨浪?

风停雨歇，大海恢复了平静，太阳又火辣辣地照射在平台甲板上。骄阳烤炙着他那张沾满泥浆的脸，汗流如川，汗水迷蒙了双眼。“嗨哟哟!”他猛力地旋转大钳，将一柱柱钻杆戳向大海深处。他说：“只要钻机还在钻，转盘仍在转，我们就要坚守。”

坚守是一种生命的自觉和尺度。“海狼”在钻井平台上已坚守了整整20个春秋。自从踏出中国石油大学大门的那一刻，他毅然奔向这片魂牵梦萦的海，走向这座召唤创业者的钻井平台，开始与海共舞、与平台共荣的人生。

上平台没多久，“海狼”就口舌生疮。“海狼”每天都在高达50摄氏度的甲板上作业。每年都要在平台上抗击台风、海啸、寒潮。当时带上平台的3只鹦鹉，不到2个月，就患风湿病站不起来，甚至得了抑郁症，见谁都乱叫。与恶劣的自然环境相比，更考验人的是比这片大海更漫无边际的寂寞。问苍茫大海，寂寞无边。那浓稠的寂寞憋闷得像块沉重的铅，塞满了人的胸怀，令人窒息和压抑。每天除了干活就是睡觉，醒来再去干活。有人坚持不下去，走了，和“海狼”一起来的28个“石油大学生”，现在只剩下他了。

“海狼”说，坚韧是生命的基石，寂寞是成功的动力。“古来圣贤皆寂寞，惟有饮者留其名”是李白豪放的寂寞；“会当凌绝顶，一览众山小”是杜甫沉郁的寂寞；“小楼昨夜又东风，故国不堪回首月明中”是李煜感伤的寂寞；“无韵之离骚，史家之绝唱”的《史记》是司马迁悲壮的寂寞；“举世皆醉我独醒，举世皆浊我独清”是屈原伤心的寂寞。

“没有寂寞，我们就无法认清自己。”“海狼”刚上平台时，深知自己最缺乏实践经验，于是要求从除锈、刷漆、打扫卫生等最基本的甲板工做起。踩在50多摄氏度的甲板上，有一种被烧烤的感觉，不一会儿脚背脚底都被灼痛。一次，“海狼”看外国司钻如何操控刹把，却被外国司钻“示意”出去。“海狼”的自尊心被深深刺痛了，暗自发誓要把刹把夺回来。从此，“海狼”视责如命，一穿上橘红色连体工衣，兜里就揣着本本，偷偷将外国员工的操作“秘笈”记下来。他夙兴夜寐，起早贪黑，一次次地观察、记录、总结、验证，逐步摸清了平台上300多台设备“脾气”，掌握开启石油地宫之门的核心技术。“海狼”在寂寞中磨砺成长，8年后，就从外国人手中“夺”过了刹把。

生命的过程就是品味寂寞并超越寂寞的过程。20多年来，“海狼”已经记不清多久没有回过家了。曾经的女友，因为他没有实现当初在平台只干3年的承诺，决定和他分手。在亲情和事业中，“海狼”选择了后者。“其实，做出这个选择很简单，但实际上又很艰难。”“海狼”的内心一直都很矛盾。

“啊，大海——一派寂寞、单调的景色”。窗外，黑暗无边，忧郁无边。2008年9月的一天夜里，就在油井钻进高压气层的关键时刻，“海狼”接到了父亲病逝的电话。得知噩耗，他一个人独跪在飞机坪上，面朝北海方向祭奠。

夕阳西下，天空燃烧着橘红色的晚霞。那映照在浪峰上的霞光，又红又亮，像一片片霍霍燃烧的火焰，闪耀着，滚动着。光凝的七色，云聚的斑斓，交织出大海灿烂的景象。霞光尽染的大海恰似一个无边无际的红圆球，“南海四号”正位于圆心。举目四顾，海天相接处，红霞晕染。很快，夜色便怯生生、无声无息地吞没海上船只。海面一片漆黑，远处，渔灯点点，银白橘黄，闪闪烁烁，时疏时密，将天空衬托得越发高渺幽远。子夜，大海突然变脸，狂风卷起十几米高的巨浪，好像一群群发疯的恶狼掠过海面，直冲平台擎天钢柱，激起十米多高的水柱。风搅浪，浪拽风，风狂浪吼，大海正以雷霆万钧之力、铺天盖地之势、摧枯拉朽之猛冲击着钻井平台。“海狼”说：“搞海上石油勘探开发既要抗台风、抗海啸、抗巨浪，还要防井喷、火灾和毒气。”

有一次，钻井平台在莺歌海海域打气井，钻到3000多米时，需提钻换钻头。突然，一股褐色的泥浆夹带着地层水、天然气和沙石从井口呼啸着喷出。“咔喳咔喳。”钻机陡然哀号起来。“第一步要把钻具下到井筒中，第二步要关闭井口，第三步要用重泥浆压井。”面对险情，“海狼”异常冷静。“泵房，快！”“海狼”呼喊着，像匹野马奔向泵房。“哧——哧！”远远就有一种呛人的油味扑鼻而来。泵房内果真雾气弥漫，浓烟滚滚。动力夹带正切割着大量泥浆肆虐地往外溅。泥浆像一股蘑菇状暗柱子，“呜呜”嗥叫着，尾部拖着一股热气。“冲！”“海狼”的声音和话语像是向心灵深处叫喊一般，听得让人感到焦急万分。“海狼”率先迎着浊流扎向泥浆泵。这时，肆虐的泥浆像几百条银鞭劈头而下，激流狂击他的脸，像乱舞的妖魔在撕扯他，仿佛要把他推向深渊。“海狼”敏捷地一闪，迎着浊流又扎去，烫人的浊流顺着他的头发、脸颊往下淌，他咬紧牙关，摸索着、前进着……强行把钻铤进了井筒，关闭了封井器。井喷被制伏了。虽然大腿上那个血口不断地涌血，但他还是一个劲儿地笑了……

“太阳出来了！”我拖着疲惫，向东方极目。太阳？太阳。只见一个火红硕大的圆盘颠了两颠，霍地爆裂开来，不需要任何的烘托和过渡，是那么轻易而又无情地甩下世俗的浮尘。朝阳像是一团霍霍燃烧的火焰，映红了海面，映红了海上所有船只。

朝阳冉冉地升高了。霍霍燃烧着的火焰越来越旺，红色的光线不断增粗、增多、增浓，千道、万道连成一个通红的大光圈，把大海和太阳连接起来，像一条路，一条不扁不方的路，一条永不闭合、不断上升的路。似乎沿着这条路走下去，就可以走向希望，走向神秘的“天宫一号”。

(2012.8.6)

飞驰在路上

昆德拉说，生活是没有排练的演出。早起的布谷鸟，声声啼鸣，催人启程。还来不及与家人“交会对接”，林任发老总又出发了。汽车如浪里的船，在浓雾里左穿右插。车轮沙沙地辗过路面，压出一种时光破碎的声响。他深深地吸着旱烟，吐出缕缕烟圈，不停地拷问自己：人生究竟是为了什么而出发？

蒙动的雾，雾中的雨。汽车在雨雾中缓缓前行。窗外的景物依稀在一层薄雾中，灯光迷离于田野之上。高速，高速，高速——汽车取道遂溪，直插渝湛高速，一越过收费站，就像一匹脱缰的野马撒蹄狂奔。

渝湛高速飘逸如带，平坦如砥，像一条青黑巨龙，穿行在湛江至重庆崇山峻岭、绿野碧水之间。他驾“路虎极光”直迎空阔腾起的朝阳，飞驰在渝湛高速路上。小汽车、大货车、大客车流光奔窜，形成了滚滚车流。追一程，赶一程，太阳终于驱散了浓雾，散发出耀眼白亮的光芒。一路飞奔，青啼、麻雀、黄莺、鹞鹰、斑鸠惊悚而起；山石、草木、河流、村庄、田野倏忽而过。林总说：“人一旦踏上高速公路，就注定要飞驰、飞奔，不知疲惫地去寻找出口。”

季节已是初夏，成片的荔枝园、香蕉园，水稻田浓郁地染绿了公路两旁的丘陵山岭。高速路带中，花朵迎风绽放。汽车一路飞奔，窗外的荔枝树、棕榈树、香蕉树、橡胶树、菠萝树疾速而过，来时的景顷刻化作随雾而逝的云，来时的路刹时变成随风而去的烟。

车至廉江安铺镇互通立交，高速公路带着弧度绕了一点弯，旁边矗立着三棵苍翠葱茏的大榕树。据说，这三棵榕树已有上百年的树龄。建设者们不忍心将榕树“连根拔起”，特意绕了一点弯。如今，三棵大榕树成为渝湛高速上一道独特的风景线。但由于车速太快，这三棵大榕树只是一闪而过。林总叹道：“生活就像在赛跑。忙、茫、盲，让我们纠结。一路忙碌，只顾飞奔，我们不知错过了多少路边的美景！”

是呀，在这个快节奏时代，人们总是急匆匆地向前，急忙忙地赶路，几乎一切都在加速。快餐、快递、快讯、闪婚……凡事似乎都想着快。生命的旅程中，人们似乎慢慢失去了屏住呼吸回望心灵的能力；似乎慢慢失去了关注季节的变换，人世更迭的闲情；也似乎慢慢失去了关心草木荣枯，日升月沉，风晨雨露的逸致。在生命的道路上放慢脚步回

望从前，放宽心胸瞭望路边风景，似乎成为了一种生命的奢侈。

如果手机关闭 1 小时，人们就会焦躁不安。“再不疯狂我们就老了”的歌曲，更折射出人们对快节奏生活的感慨。

林总加足马力，“路虎极光”像飞一般奔去——车在飞驰，山在飞驰，树在飞驰，田野在飞驰，思想也在飞驰。“快点，快点，再快点”一种沉重的声音由远而近。汽车飞一般驶进了时空隧道——

林总生在鉴江边，长在鉴江边，乳名叫林飞飞。孩提时，常枕着老奶奶的手臂入睡。梦醒时分，老奶奶拉着飞飞的手哭诉道：我想飞，早想飞，想飞呀。可是一辈子都没有“飞”出半亩庭院。牛年除夕，老人借酒浇愁，未饮先醉。

带着老奶奶的嘱托，林总还来不及思考，便装载着梦想、呐喊，希望在“杀开一条血路”中闯过深圳罗湖桥。

与许多淘金者一样，林总每天都在奔跑着寻找淘金的门道与生存领地。面对各式各样的生命切片，林总领悟到现实与超现实如此密不可分。曾经许下的诺言，曾经迷恋的梦想，在还没来得及抓牢的时候就不知所踪了。在“物质至上”的步步紧逼下，理想、信仰、道德难免步步退却。精神出口也越来越逼仄。苦和累，血与泪，忧愁与失落、压抑和无助，种种不无压力的体验与经历，就只好成为必然。

在物质、财富的诱惑中，林总越变越“精致”，一举一动都笼罩着利益的影子；原则、信念都可以为了利益让路，心灵被浓浓的铜臭气息裹挟得密不透风。在追赶物质、欲望的横流中行走，林总抢建了“商业航母”，积累了殷实的家底。同时，也经历着精神失重、道德悬置与价值错位。精神上的矮化也使林总没有那份心境去欣赏路边的三棵榕树。

汽车越开越快，方向盘不停地抖动。林总感叹道：“更多时候，是诱惑太多，是利欲太重，是心态太急！我们越活越忙，越活越累，人几乎变成了一架挣钱的机器，每天都在‘酒场—钱场—情场’三点一线上‘打转’，打谷场的欢笑，飞翔的鸽影，清脆的蛙声等生命中一切有意义的记忆，早已随风远去。人生的道路看似精彩，实却无奈。”

“路虎极光”全速驱动，经广西，入遵义，进贵阳，通黔南，娄山关风光、喀斯特风貌、亚热带风情一路飘过。车抵祟溪河时，原本艳阳高照的天空忽然乌云密布，轰隆隆的雷声从天边翻滚而来。突然，一个惊雷直扑大地。惊雷贴着车顶炸响，腾起一束束电光。顷刻，暴雨倾盆。路边大树被狂风吹得摇摇欲坠。狂风挟着暴雨像无数条犀利的鞭子，狠命地抽打着“路虎”，即使将雨刷打到最快档，窗外仍然是一片白茫茫。猛然间，又有一道刺眼的闪电划破天空，闪光飞进车里，投下一声霹雳。车子开着雾灯，在电闪雷鸣中艰难前行。林总叹道：“人要挣脱风雨的侵蚀，俗世的侵扰，谈何容易啊。”“人的一生，似乎都是奔走在回家的路上。”

流水一样，人必定要跟着岁月在路上忙碌奔走，从清晨走到黄昏，又从黄昏走到黎明。周而复始，循环轮回。出发是为了归来，归来又是为了出发。然而，在漫长的高速公路上奔跑，能有多少人静下心来，聆听内心最深处的声音呢？又有多少人能听从灵魂的召唤呢？

雨过天晴。雾气弥漫的玻璃窗，慢慢变得明亮。打开车窗，迎面扑来了花草树木的芳香。林总打开电脑，屏幕上跳出“枫叶红”发的留言：在“路上”太久，最初所求、最初的自由心灵，还在不在？坚守责任，笃定理想，回归内心，驻守精神家园，让生命在真正归来时仰无愧于天，俯无愧于地，行无愧于人，止无愧于心。

朝发湛江夕至山城。“路虎极光”穿越岭南海风、苗岭风情、八桂之乡直抵重庆江北。清幽的风迎面吹来，“路虎”依然飞驰在路上……

（2012. 7. 9）

水墨吴川

绿野中的鉴水、骑楼上的白鸽，烟树里的人家、落日下的橹声。千年古镇、江海之城——吴川在我心中，永远是一幅常读常新的水墨画。鉴江、梅江、袂花江、小东江，穿城而过，纵贯全境，给这座岭西古邑以独特的意象。三江并流，独流入海，又让这片“鉴江三角洲”以独特的风骨。浩瀚、博大、刚劲、清澈的江水灌溉着鉴江两岸万顷绿洲，承载着吴川千年灿烂的文化，孕育着吴川开放兼容的胸襟气度，也洗刷着吴川人对远古的呼唤。

趁着紫燕衔来的谷雨，沐着紫荆吐艳的熏风，我航行在鉴江之上。比之承载过大汉湍流盛唐烟雨的长江，鉴江只是一条“小溪”，然而，这并不妨碍它成为岭西水墨中的神来之笔。顺江而下，揽水怀中，可见鸥影横波，风帆鱼贯，鱼翔浅底。清代诗人邓奇俊在《鉴江》诗中赞曰：“山如簪碧玉，水似带青罗，谁把秦时镜，千秋照清波。”轻风徐来，江面波光粼粼，朦胧水雾中，水浮莲若隐若现。两岸水草丰美，树木郁葱，江景如画。河堤之上，野花生一片片迎风怒放；河堤之外，绿水草一株株随风飘荡。江重水复，一湾一胜景；水复江重，一岛一生机。河中绿岛——江心岛屹立于碧水之上，郁郁葱葱，生机勃发。岛上氤氲的薄雾随着空气缓缓流动，与深绿的树木交融相映。岛下江水安静得看不出它的流淌，唯有江面上枯叶的远去，才感觉得到它的流动。岛上的经典故事在逝川里水水地摇曳。船侧岛而过，但见岸边的别墅连排，高楼林立，梅菉水城景观尽收眼底。

碧水在江中流泻，路人在江边行走，民居在江畔排列，花草在江旁摇曳。面对如此和谐纯朴的水乡图景，我禁不住在水流盈波的江上舒啸，恬淡清净的感觉在心里复活。

船至鉴江出海口，江面骤然开阔，江边升腾着白雾，海浪拍打着小船，绽放出无数纷飞的浪花。船工抛出一根缆绳。顷刻，我们的渔船像一只敛翅的海鸥，留在了烟波深处，留在令人陶醉的水乡水墨之中。

弃舟登岸，行走在河道蜿蜒交错的鉴江原野上。翠绿的农田一丘接一丘。稻田的清香，从水中升起，弥漫整个沃野。来自鉴江的水渠，淌着清亮的江水。白云，在田间，悠然飘过。老黄牛在田边悠然吃草。田野的风极具穿透力，穿过密密匝匝的禾苗，旋出重重叠叠的绿浪。稻田间长着几棵小榕树，树边有水雾般诗意的村庄，还有可爱的稻草人。这是一幅怎样的水乡画卷呀！在田垅上走过，惊动一路田蛙。踏蛙声而行，确是一种惬意的经历。荷叶深处蛙声一片。不知不觉中，我们撞入全国生态文明村——蛤岭村的十里荷塘怀里。荷塘四周柳树环绕，翠竹掩映，密密麻麻，好一幅“荷花荡里柳行间”的诗意图。清淡的荷香飘荡在十里荷塘之上；飘逸的雨丝漫洒在荷叶绿裳之中；轻盈的蜻蜓飞立在荷花叶尖之端。叶子出水很高，叶上滚动着晶莹剔透的雨珠，荷叶宛如薄薄的绿纱，托起红艳艳、白莹莹的荷花。叶子底下是脉脉的流水。

徒步走进荷塘的深处，衣衫处有暗香浮动，丝丝、缕缕，点点、滴滴，侧耳倾听，似能听到淙淙清响。那潺潺流水将荷塘与村子勾连一起，也将村子的古老往事和灵性捆成一串。蛤岭村原是一条贫穷落后的小渔村，村民世代以打渔种地为生。漫长岁月里，村子的男人始终是建筑古道上一支独特的队伍。唱着《春天的故事》，他们挑着空空的灰桶和水泥刀行走四方。凭着精湛技艺和勤奋，他们不仅在北京、上海、广州、深圳等大都市获得栖身之地，而且摇身变成了闻名遐迩的建筑大亨、房地产老板和民营企业家，有的身家过亿。但是，深情的蛤岭人心里，无法淡漠鉴水的清朗光泽，更无法忽视乡亲的长期守望、殷殷期待。

他们致富思源，用坚实的行动报答家乡的养育之恩、守望之情。从2000年以来，蛤岭村一群老板慷慨解囊，捐资一亿多元，建成了环村大道、十里荷塘、文化中心、小公园、商业街、文化长廊。村里楼房耸立，微草眷露，香熏细柳，蜂飞蝶舞。几位白发老者缓缓行走在村巷里，尽管他们的背影苍老、脚步迟缓，但那种怡然坦荡的自得、心底无忧的从容，尽在脸上映现。好一幅“黄发垂髫，并怡然自乐”的图景呀！

文化大楼高高耸立在村里。“致富思源，富而思进”，这八个醒目的红色大字，镶嵌在文化长廊上，也镶嵌在蛤岭人的心中和鉴江之上。文化楼前，曾经留下了中共中央政治局委员、国务院副总理张德江的爽朗笑声；曾经留下了中共中央政治局委员、广东省委书记汪洋的阳光足印。在村道上，偶遇回乡捐资修文化楼的陈董。现实生活中，有些人不仅把钱当钱，而且把钱当命。但他却豪掷近亿资金助乡建设，此乃何故？陈董淡然一笑：“回报社会是一种态度，一种责任，一种使命。把钱用在回报社会上，人添喜，钱增值。”

一样的鉴水，一样的情怀。和蛤岭村的老板一样，许多“鉴江之子”在经艰辛闯荡的历练和鉴江清流的滋润后，更具水乡的气度和家乡情怀。他们慷慨捐资，为家乡兴办学校、铺路架桥、扶贫敬老、兴修水利、大搞新农村建设。走马吴川大地，你可发现最漂亮的学校几乎都是老板们捐资兴建的。最美丽的乡道也几乎是老板筹资修的。这些“鉴江之子”在行走四方与回归家园的历程中，不断带给家园希望和变化，并使吴川有了“建筑之乡”的荣光。对于那些历经千辛万苦的游子，又有什么能够比回报乡亲、造福乡梓更自豪更快乐更幸福呢？站在村外，我们看到的是诗意和美丽；走进村内，我们深深体味到“鉴江之子”的奉献和温情。

蛤岭村离鉴江不远，漫步于静谧的江堤上，但见夕阳映天红，鉴江送水蓝……

(2012.6.11)

父　亲

杨桃树花落一地，袂花江水悲一河。夜色如水，父亲的手越来越冰冷，脉搏越跳越微弱。一阵冷风吹来，父亲随风而逝。那一刻，我的心如刀割般剧痛，眼泪像决堤的洪水哗哗直流，深知哭声已唤醒不了父亲沉睡的生命，但我还是放声痛哭，歇斯底里地哭。生离死别一瞬间，父亲就这样走了，不知留下多少生之无奈——

父亲生于20世纪30年代，9岁丧爹失娘，成了孤儿。家徒四壁，一贫如洗，父亲在风雨中度过了贫困且苦难的童年。饿了，就挖野菜充饥；冷了，就卷起稻草御寒。给亲戚割牛草，送草后磨蹭至晚上，就只为吃上面包。“人什么都可没有，但绝不能没有信仰。”父亲虽然穷困潦倒，饥寒交迫，但坚信活着就有希望。父亲说，信仰就像在自家的菜地里种菜，菜种上了就有寄托，就有力量！长大后，父亲坚信马列，并入了党。

父亲小小年纪就学会耕田、种菜、养猪。当时父亲就在自己赖以栖身的土坯房里养猪。那两只长白猪白天出野，晚上归来，放养寻食，屋后排泄，和人同居和睦相处。能在这困厄的岁月里养猪，确实不易。但猪长膘后却不翼而飞，据说是饥饿难忍的村民偷宰了。那两头猪成了父亲心头永远的痛。在那段苦难的日子里，父亲凿壁偷光，自学了一些建筑知识。后来，父亲有幸考进茂石化，一举从“农门”跃进“龙门”。

在茂名炼油厂建筑工地上，父亲总是穿着沾满灰尘的粗布衣服，手持瓦刀，把一块又一块红砖砌上去。尽管汗水浸透衣襟，双手磨破皮挤出血，但父亲脸上还是挂着憨憨的笑。人有旦夕祸福。一个寒冷的冬天，朔风凛冽，父亲和几位工友围坐在露天矿边抽水烟筒边取暖，突然矿塔发出“轰隆”巨大的爆炸声，一股滚滚黑烟扑面袭来。父亲对着工友呐喊“快跑，瓦斯爆炸了。”随后拉起一位工友拔腿就跑，但火舌袭来，大火烧着了他们的衣服。一股浓烟把他们呛昏在矿口。父亲醒来时，已被人抬到医院。父亲脸部、腿部严重烧伤，幸好抢救及时才保住性命。逃过大难大劫，父亲更加珍惜来之不易的工作，且把全副身心都投入到工作上。当雄鸡撕破黑夜之时，父亲已在上百米高的钢架上攀援；当烈焰炙烤着大地之时，父亲仍扛着脚手架在刚砌的高墙上行走；当寒风迎面袭来之时，父亲还在井底深处开挖——

“人间的甘甜有十分/您只尝了三分；生活的苦涩有三分/您却吃了十分”。不知不觉，父亲的鬓角露了白发，脸上布满风霜的痕迹，沧桑中显出不屈的刚强。父亲燃烧激情，踏实工作，逐步从泥水工成长为施工队长，施工总工程师。那段日子，父亲很少回家，但每次回家带回来最多的就是奖状。泥墙上的奖状贴得密密麻麻，有先进工作者、优秀共产党员、广东省劳动模范、全国劳动模范等。小时候，我就是从泥墙上的奖状里认识父亲的。令我印象最深的，还是镜屏上那张“与长江大桥合影照。”那是父亲到全国石油系统参加劳模大会，路过长江大桥时摄下的照片。据说，他是村里第一个跨过长江的人。

父亲几乎是以工地为家了。那时候，我对茂名炼油厂充满好奇，逢寒暑假总是跑到茂名。但父亲却以安全为由，从没带我进过炼油厂。父亲每天都是披着曙光去上班，伴着夕阳下班的。父亲上班最早，下班最晚，每次等他从饭堂打饭回来，我都饿得饥肠辘辘了。但看到父亲满头大汗地将饭菜端到面前时，我眼里又饱含泪水。

父亲总是有干不完的活：“多干点活，就能给孩子多买几个鸡蛋，就能让孩子多读点书。”那时，我真正感受到父亲是一个简单的人，也是深刻的人。

渐渐地，父亲的肩上给扁担压出了两坨肉茧。一看那肉茧，我就想到驼峰。父亲就像烈日风沙中负重前行的沉默坚韧的骆驼，驮载着我们艰难前行。

偶尔回家，父亲总爱拿起那把旧葵扇为我扇风驱蚊。在葵扇扇动的日子里，我渐渐喜欢上听中央人民广播电台“新闻和报纸摘要”节目和珠江经济广播电台的“小说联播”节目。看着我每天跑到“村头文化铺仔”去听广播，父亲若有所思。那天，烈日炎炎，路边的水稻已经熟透。父亲说：“走，咱去镇上买台收音机。”父亲将草帽给我戴上，牵起我向镇走去。路上，我看见一串串汗珠顺着父亲的额头流下来，乡路如一条烫人的黄带，弯弯曲曲走也走不完。到了镇上，供销社关门了，营业员回家收水稻了。我又累又渴又失望。父亲又哄又劝：走，到茂名去买。父亲借来了一辆“永久”牌自行车，骑到茂名百货商店，用积攒下来的 20 多元钱买了一台巴掌大小的多波段收音机。父亲骑上自行车，卷起几片黄叶。看着此情此景，我陡然有一种泫然欲哭的感觉。那台青砖大小、穿着黑皮革外衣的“海燕牌”收音机从此在我的床头响个不停，且成了我了解时事、观察世界的第一窗口。读高中时，我的第一篇散文《不要叹气》就在珠江经济广播电台播出了。“青砖”收音机虽已叫不出声了，但它却成了我永远的珍藏。

后来，父亲转战南海，成为南海石油勘探的拓荒者。一路走来，父亲不知吃了多少苦，受了多少难，历了多少险，但从不牢骚满腹，从不怨天尤人。

1990年一个春寒料峭、乍暖还寒的午后，父亲因腿部长“一小硬块”而走进医院。后经医师切片检查，被判定是绝症。突如其来的恶讯把家人吓蒙了，大家都发出了撕心裂肺的哭声。全家也因此陷入悲凉凄惨的痛苦中。那是一种生命难以承受之重啊！但父亲却说自己身体很好，劝我们不用担心。将父亲送进住院部时，我的心骤然一紧、鼻子一酸、哽咽得说不出话来。父亲每天都似乎在炼狱中煎熬，在如针刺刀割般的疼痛中度过。眼睁睁地盯着父亲在呻吟，我似感受到万根箭镞直扎心底。那段日子，夜长得漫无际涯。经过半个月的化疗，父亲发现症状异常。请求医院重新切片送中山医科大学检查，最后确诊为“良性”。医院的误判，令父亲饱受折磨，险些丢命。但父亲不流泪，不埋怨，拔掉针头就离开了医院。出了医院，父亲以假装的镇静，密封了内心的翻江倒海。阳光亘古如初，照耀在袂花江上。这朝阳如生命的使者，将生之灵光照耀在父亲身上。见到初升的太阳、听到小鸟的鸣叫、闻到朝露的清新，父亲脸色渐渐朗润起来。一种死而复生的幸福，倏然将父亲生命的许多角落照亮。那天，父亲得知妹妹考上大学，执意去拿高考录取通知书。归途上，一场狂风暴雨骤然而至。父亲躲进车棚，用塑料袋一层一层地包裹着《通知书》，揣到怀里，深怕被大雨淋湿《通知书》。父亲说：“这既寄托着孩子的前程，又寄托着我的希望。”老父亲啊，你就像一盏灯，苦熬干自己也要带给儿女们明亮心境啊。

希腊神话说，夜神是黑夜的主宰。他有一对孪生子：穿白衣的睡神和穿黑衣的死神。他们干的事情都是让人睡去。不过，睡神要让人在白天醒来，而死神是让人长眠不醒。

2012年4月，父亲的身体状况急转直下，在与病魔的抗争中，父亲从不说疼痛。头虽勾在胸前，下颏儿无奈地垮下去，但依然笑对，并叮嘱孙辈们一定要好读书，读好书。这是何等的毅力呀！父亲就这样走了，永远地走了，硬朗的背影已随风远去，呼之不回。我长跪在父亲跟前，泪水在心底流淌。当呜咽的唢呐奏出如嚎啕般凄凉的《大出殡》曲子时，屋子里顿时响起穿云裂石之声，那一刻，我感受到了灵魂的巨大震悚。抬着父亲亡灵，蹒跚默行时，我心底如同被数百万个螺丝钉同时钻入一样剧痛，撕心裂肺般剧痛……

“长亭外，古道边，芳草碧连天；晚风拂柳笛声残，夕阳山外山。天之涯，地之角，知交半零落；一杯浊酒尽余欢，今宵别梦寒——”怀着凄婉欲绝的心情，我们送别了父亲。此别竟成永别，老父亲啊，你可听到儿孙们哀鸿般的号啕悲声？老父亲啊，去天国的信仰道路很长，请你珍重，一路走好——

（2012.5.14）

品读海滩涂

滩涂既是天又是地，既属水又属土；涨潮时是海是水，退潮时是土是地。滩涂貌似贫瘠、荒凉，但却亘古、壮美。

湛江海滩涂古老、悠久、雄浑、恢宏。104个海岛、沙洲；48.9万公顷10米等深线以内浅海滩涂，装满了千年辉煌的湛江海洋文化。那绵延千里的滩涂不知吸引多少海珍聚居，也不知养育过多少代赶海、耕海人。伫立在湛江东海岸那片具有几千年历史的广袤滩地上，浪花溅湿了我的思绪，海风熏湿了我的衣衫。远处，碧海和蓝天融为一体，海天一色。莽莽的红树林尽情地朝远方苍茫着，卷曲的树干和滩涂上的根枝相挽，结下了弧形的红树籽。绿叶万丛中，不时可见鹭鸶惊飞，在空中划下一道道诗意般的弧线，摇曳出苍凉的意韵。而那布满滩涂的“刀山剑海”——数千亩蚝场，正以它兀兀之躯，映衬着天空的浩渺与旷远。脚踏这片没有污染、没有杂尘、没有雕饰且清新得有些苍凉的海滩涂，我的眼里噙满泪水。这片滩涂充满了原始气息，浸润在这种气息里，生命会自然律动，神思也回归自然。

滩涂浩瀚无垠，旷远得让人猝不及防。我踏着泥泞，走向滩涂的深处。不时赫然显现的滩谷，深邃静谧，只有风穿过海面发出的“呜呜”声，才能使这莽莽滩涂，少了一丝苍凉悲壮的气息。这里没有钢筋水泥

的阻隔，海风轻轻吹，海草轻轻摇。徜徉滩涂腹地，恰似携春而行，一种对滩涂的原始恋情与源远流长的历史激动，不期而然地被呼唤出来。耳边似乎就聆听到了亘古久远的弦音。

站在滩涂的深处品读滩涂，似在品读一部神奇浩瀚的自然史诗。海水苍茫，思绪万千。说实在话，我以前对于滩涂一直没有特别的激情和向往，从来没注意过它的存在，也从来没注意到它身上草木的兴衰荣枯，更没注意过它的雄厚与壮美。

一只野鸭从风中跑过，半绿的海草在风中摇曳。置身于这片天然海洋湿地上，我惊觉，滩涂上每一片泥泞，都是历史老人留下的备忘录。里面镂刻着岁月的屐履，律动着乾坤的吐纳，映照着耕海文化的悲欢离合。

“吸纳污浊，吐纳清新”是大滩涂的天性，看着那片层层叠叠、莽莽苍苍的红树林，就可以感受到大滩涂的博大和无私。浓烈的海风吹来，远处的纵横交错却井然有序的网帘随风舞动。披着夕阳的霞光，一群村姑踏着泥泞走进滩涂，挖沙虫，抓跳鱼，插杆挂苗绳。一锹挖下，挖出来的滩泥，一层黏土，一层沙土，一层暗红，一层淡黄。似看无字，却有字。每一页上都写满了自强不息！对沿海居民来说，这些滩涂就是他们肥沃的良田，是他们祖祖辈辈耕作的神奇的土地。勤劳的村民在这里发展滩涂水产养殖业，养殖扇贝，养殖牡蛎，养殖青蟹，养殖珍珠，养殖海参等。数万种鱼、虾、贝、藻等海珍正在这滩涂里和谐地繁衍生息。

万顷滩涂一头连着陆地一头连着大海，涨潮时和大海浑然一体，水天一色；退潮时它又成为“新陆地”，成为沿海居民赖以生存的家园。

夕阳西下，整片滩涂染成一片橘红。滩涂上密麻可见黄眼蟹爬过的爪印、跳虎鱼拱起的巢穴。再往前走，污泥上一阵骚动，所有的跳跳鱼都消失得无影无踪。啊，这绵延千里的滩涂，筑造了人与自然的和谐乐园，蕴藏着沧桑与辉煌同在的历史，承载着金灿灿、沉甸甸的海洋文化和人文情怀。

行走在滩涂边缘，自己也不知不觉地灿烂起来，心灵的空虚和浮躁随涛声渐渐远去……

（2012.4.14）

凄美起舞

湛江，渔港公园，情人节之夜。73岁的颜叔眼噙热泪，独自走上舞台。抱着妻子的遗照，在寒风中凄美起舞。这个舞，他跳了十多年，以前是在妻子病床前跳，现在是在舞台上跳。乐曲婉转低回，充满了爱恋和哀愁。似乎听到爱妻的灵魂之声，颜叔将妻子的遗照紧紧贴在胸前，纵情地跳，忘情地舞，心思在婉转的乐曲中飘飞。那一刻，天空忽然飘起了毛毛雨，仿佛是上天怜悯的眼泪。颜叔含着泪在舞，口中喃喃地念叨着爱妻的名字。寒冷的海风吹来，颜叔的泪水溢出眼眶，滑过脸颊，凄美而悲凉。泪水轻轻拨动着观众的心弦，台上泪花闪烁，台下泪水在飞。

“不哀伤，不断肠，唯有一生不忘，只愿一世守望。”颜叔的脸上萌生出了一种莫名的感伤和怀想。舞台上泛出万千婉转低回的旋律，颜叔迷了、醉了，影舞步虚风，浑浑然不知身飘何处……

颜叔和妻子一句相约，兑现的是凄美浪漫，不悔的传奇。有一种爱叫相濡以沫。几十年来，他俩过着明月当空清风为伴，日出而作日落而息的神仙伴侣生活。赶场，喝茶，洗衣做饭，唱歌跳舞……夫妻俩总是相伴左右，不离不弃，那热乎劲，令旁人既羡慕又嫉妒。

夕阳西下，夫妻俩总是出现在金沙湾观海长廊，惬意地享受着宁静与淡泊。海水漫过沙滩留下了浅浅的脚印，留下了悠长而和谐的背影。华灯初上，夫妻俩总爱挽手滑入舞池。一支中三舞曲，正是他俩熟悉的舞步的好曲子。踏着轻快的节奏，他们旋转、穿梭、编花，配合得天衣无缝；华尔兹、伦巴、探戈、狐步，每一种舞步都使人目不暇接。“我们相守若让你付出所有，让真爱带我走。”他俩把家作为一种幸福的“事业”去经营、去演绎，共同谱写了“磐石无转移”爱情神话的故事。

但生命如水，潺潺流淌出来的不尽是欢乐的歌声，更多的也许是呜咽。1999 年 5 月，颜妻不幸患重病需做开颅手术。一次手术，颜妻颅腔突然大出血，病情恶化，不省人事，徘徊在生死边缘。二次手术后，颜妻大脑已近死亡，摇身变成了“植物人”。犹如晴天霹雳，颜叔懵了。他整天守着妻子流泪。妻子住院的 10 个月，颜叔的体重从 60 多公斤降到了 40 公斤。忘不了妻子的贤淑，忘不了妻子滑动的舞步，忘不了妻子背着自己去医院求医的情景呀……情到深处，颜叔俯身亲吻妻子的面颊。

照料“植物人”最难的就是进食。颜叔将易消化的鱼、鸡蛋、红萝卜等食物捣成浆，慢慢喂妻子。妻子根本不会咀嚼、吞咽，只有在睡着时，才勉强咽一口，黄豆一样大的食物，要吃上 1 小时，颜叔一天 10 小时都在给妻子喂食。由于进食不多，妻子瘦得皮包骨，颜叔心痛极了。但颜叔坚信，爱可以在暗中移动和改变物质。为此，他常在妻子床前跳舞，希望能给妻子带来一丝欢乐，企图能唤醒妻子。

爱是一种责任，爱是一种具体。为了防止妻子的肌肉萎缩，颜叔每小时为妻子翻一次身，用温热水清洗，用精油按摩。四千多个日日夜夜，颜兆生从未离开过瘫痪的妻子，从未停止过对爱妻的呼唤。

去年，颜妻含笑离开了人世。颜叔动也不动地坐在她身边，眼里浑浊的老泪如断了线的珠子般扑簌簌流下来。想到伊人远去，此生就此别离，颜叔不禁泪流满脸——原来，生与死的距离是这么的短暂，仅仅一瞬间，已是芳踪难觅，山盟空许。苏轼有言：十年生死两茫茫，不思量，自难忘。千里孤坟，无处话凄凉。此种心境，痛失爱人的颜叔最能理解。

时光也许不能够抚平过去的伤痕，但会使记忆埋藏得更深。颜叔常在家里擦拭妻子的照片，对着镜框中妻子深深一吻。颜叔也常在梦中梦见爱妻。梦醒时刻，颜叔孤灯夜下写《忆妻》：“奄奄一息在瞬间，花容凄惨闭玉眼，痛悼爱妻成永别，肝肠寸断哭诉难，夫在创伤心难苦，宠爱吻别情恨晚，黄泉之下尚留影，柔情奢恋圆梦间。”

往事如烟，随风散去，而爱，却始终存在，永不磨灭。

“妻子喜欢跳舞，我就用一支舞表达对她的爱。我会一直为她跳下去，希望她在天堂能幸福。”颜叔手捧妻子的遗照，独舞于舞台之上。歌月徘徊，舞影凌乱。颜叔踏着舒缓缠绵的乐声在旋转，脸上写满了哀惋的忧伤。那份发自灵魂深处的忧伤是凄美的，凄美的还有他的舞影。

夜色渐渐笼罩了渔港公园，朦胧的月色在海边跳跃，远处的渔火也在无声地闪烁。啊，凄美的舞影，凄美的夜色。

（2012.3.11）

牵牛花昂然绽放

褐色的藤蔓，翠绿的叶子，绛紫的花朵，牵牛花在冷风中昂然绽放。一个乍暖还寒的日子，我们来到南三岛。沿海滩涂上草瘦树枯，唯独牵牛花，于枯败中见生机，于残黄中现绿意，昂然绽放生命的不惑与别样灿烂。我们迎着冷风，一头扑到牵牛花跟前，凝神细视，诧异与景仰交织。

牵牛花匍匐于前，郁郁地生，葱葱地长，酽酽地开。虽匍匐在滩涂上，但藤蔓却一个劲儿地向上攀，一串串紫色的小喇叭高高昂起，自信而虔诚。粉嘟嘟的花冠娇细柔嫩，仿佛柔柔一口仙气就能吹破。花冠的丝脉清晰匀细、晶莹透亮，似水洗、如云抹。花茎上的花蕾，或含苞待放、或含笑怒放。粉红的花瓣灿若云霞，红中带紫，紫中泛蓝，蓝中渗黑，黑中又透红，让人无法形容，也无法逃遁。浅白的花蕊，纤如细线，一根根轻轻吐出，傲然向天。一种浓烈的自然美，在花叶间显得格外灵动。

那藤蔓缠着木麻黄卷上去，一环环回旋向上，盎然的叶子上奔腾着一股力量，稳稳地托起绛紫的花朵。

海风扑面而来。风中裹挟着浓烈的腥味和远古的气息。牵牛花在风中摇曳，蜻蜓在花蕊丛轻盈地飞舞。晨风中的牵牛花，花苞凝露，骨子里透着安静和内敛。

风雨摧不毁，雷电刺不痛，海潮淹不死，漠视击不败。牵牛花虽然娇小单薄，但生命力却很顽强。不管是在山坡野地，还是在沿海滩涂，都昂起头，蓬勃地生，快乐地长，绚丽地演示，静静喷吐芳华，完成独属于她自己的花事，悄悄地点燃天涯海角的艳丽。牵牛花无须别人为它浇水，施肥，打药，一切顺乎自然，该发芽时发芽，该开花时开花，该结果时结果，什么都不耽误。藤蔓看上去很柔软，但却蕴含着独立、顽强的品性，蕴含着比骨头更硬的心劲。那环状碗口形花冠虽轻薄，却彰显了一种刚烈超然的傲骨精神。

一有水分就生长，一有阳光就热烈。眼前的牵牛花恪守着平淡的律条，为自己灿烂而开放，为自己无悔而开花。这让我无法不想起袂花江边的那一垄牵牛花。

小时候，我住在袂花江边。那牵牛花就匍匐于江畔，蓊蓊地生，肆意地长，并沿着江边，铺向菜园。很快，菜地边的木栅栏便扯满了一条条花索。这些缠绕着篱笆的花索，一个劲儿地向上攀。江风轻拂，牵牛花在风中轻舞，淡白的管身，一点点扩张；淡蓝的花苞一点点加大。温暖的阳光撒播在江边，淡蓝色的小喇叭，总是披着阳光在人们的不经意间，悄然开放。开始是一朵、两朵；接着是一片片、一簇簇，炫出江边最艳丽的色彩。

那时，每天清晨，九叔都来到江边，守着牵牛花，一朵一朵地看。当时，我无法说清九叔的心中所想，但我永远也忘不了九叔经常站在牵牛花前沉思的表情，更忘不了牵牛花昂然绽放时，带给我们的瞬间震撼。

后来，九叔带着牵牛花到深圳创业打拼，发展集装箱运输业务，生意越做越红火。但天有不测风云，前年，他的集装箱船在索马里海域遇强台风袭击，翻了。所有的财产和梦想也随之坠入了海底。朋友得知九叔遭遇如此重大变故，纷纷登门抚慰。但九叔依旧谈笑风生，居然活得有滋有味。友人十分困惑。“你咒骂，你伤心，日子一天天地过去；你快活，你欢乐，日子也一天天地过去。”九叔借诗言志：“你知道，你爱惜，花儿努力地开；你不知，你厌恶，花儿努力地开。”

九叔说：“牵牛花，是再普通不过的花了。它既不名贵，也不芳香。但它淡然生长，自若绽放，不求闻达，静吐芳华。不管季节如何更替，照常发芽，照常开花，照常结果。从外表到骨子都是多么的笃定、多么的泰然、多么的从容、多么的平和。”

是呀，平和才能放得下，看得开，想得通，过得好。平和，才能打通生命的回家路。匍匐于滩涂上的牵牛花呵，用平和诠释生命的真谛，用芬芳抖落孤寂的岁月，谁能真正读懂一株牵牛花的生命厚重呢？

美是邂逅所得，美是亲近所得。面对这垄在冷风中昂然绽放的牵牛花，我们心中顿时明亮，辽阔起来——

(2012. 2. 11)

远去的醒狮

“年，像淡烟，又像远山的岚霭，我们握不着，也看不到，但它走来的时候，只在我们的心头轻轻地一拂，我们就知道：年来了。”

在这个少雨且日渐变暖的季节里，春节似乎来得特别早。一转眼，就迈进了年关。经过了无数次的轮回，猛然惊觉自己已不再年轻。望着窗外的落叶，忽然想起了梁启超的诗句：“世事沧桑心事定，胸中海岳梦中飞。”

记得童年的时候，我们都是扳着指头数日子盼着过年的。那是一个买布需用布票、买米需用粮票的年代，虽然生活并不富裕，但人们对年却充满憧憬和期待。就在对年的不尽守望中，沉淀下太多难忘而弥足珍贵的记忆。在年这个时空交错的特定日子里，历史血脉与文化基因；亲情与乡情常常混合成一种奇妙的领悟与感动。那时，年不仅承载着家在人心中的重量，同时也诠释了人对家的召唤。

在我的记忆深处，年是满眼的红，红灯、红花、红对联、红狮子，还有鞭炮炸过后漫天飘洒的红纸屑。而那时最牵动我心的，就是那红醒狮了。

“噼里啪啦”的鞭炮声一响，那贺岁的红狮子就从村的榕树头出灯，锣鼓开道，灯笼先行。一群乡村少年，脖颈间系着狮子红，打着灯笼，后面跟着大头佛。大头佛身穿粉色宽袍，头戴同色面具，手摇大葵扇，脚踏锣鼓声，引逗狮子上窜下跳。而舞狮者步伐灵巧，身形如龙出海，如虎下山，端是威风、潇洒。“雄狮”过处，沉闷的村子顿时灵动鲜活起来，村头村尾充满了浓浓的年味。

一些家境较为殷实的人家总会把狮子请回家采青，以图吉利。进门之前，狮子总爱不停地摇头、打转、绕圈。主人用红头绳将生蒜、红包捆好，然后系在一条长长的竹竿上，把“青”高高吊起，而红狮子就借助长板凳，翻、滚、跳、跃，直想把“青”吃进嘴里。瞧，那狮子舞动得活灵活现，一眨眼，一滚地，一跳跃，充满活力。

在喜庆激越的锣鼓与打击乐声中，两只红狮如水银泻地，翻腾，扑跃，腾挪，英武灵动。短短6分钟，将喜、乐、探、寻的南狮套路舞得有声有色。末了，一只红醒狮势如闪电，高高跃起，将竹竿上的“青”一口吞下。一片喜庆气氛，一阵赞誉之词，一段吉庆之言，逗得主人家笑得合不拢嘴。

红醒狮就这样游走在焰火四射的村巷之中。舞者精神抖擞、情感奔放、技巧娴熟，把“狮”舞得雄赳赳、气昂昂，到每家舞动，都不少于10分钟；锣鼓也敲打得铿锵有力、声震四方。我们紧紧追随狮子奔跑不舍，百看不厌。

然而，随着快节奏与物质化，“年味”也渐渐淡去。不知不觉中，年味已经变得像一杯冲过多次的绿茶那样清淡。与其说年是个最快乐的高峰体验时刻，不如说是个让人猛然意识到年龄为之衰老、责任为之重大的关口。站在岁月的谷口，猛然惊觉孩提时代积攒的许多美丽又难忘的记忆已日益模糊，喜庆激越的锣鼓声也已渐去渐远。

2010年春节，我回家乡过年。路上，鞭炮声渐稀，孩提时的新春图景渐少。大年初一，村里依稀响起“咚咚锵，咚咚锵，咚咚锵”的锣鼓声。贺岁的狮子依然是榕树头出发，依然是走那条老路。但醒狮颜色已改，狮身只挂着一块泛黄的旧布，狮头上的眼睛泛白，已失去昔日的神采。未待华叔家做好准备，醒狮就闯门而进。奇怪的是，醒狮进门后就有气无力俯伏在地板上，有气无力地舔着双脚，有气无力地在蠕动，以往那种舔毛、抖毛、踢脚、打蹁、搔痒、摆尾、打滚等动作全不见踪影。锣鼓之声毫无生机。唯有见到竹竿上的“红包”，醒狮才抬起身子，转动眼珠。扑、抓、采、抛，但在采到“红包”后便匆匆“逃离”现场。从破门而入到采青，竟不到 4 分钟。

眼前的“雄狮”怎么啦？长辈们都说：“现在的舞狮者想的不是苦练狮艺，而是通过参与舞狮，来捞红包，混名气罢了。”大学生“村官”林月英眉头紧锁：“现在，狮团确实精神不振、心态失衡。大家忧的不是狮团的命运，而是个人名利；虑的不是守护遗产，而是个人的实惠。”我伫立在凛冽的寒风里，望着醒狮渐行渐远的背影，心情久久不能平静。

醒狮渐渐地消失在茫茫夜色之中，锣鼓之声也已渐渐远去。望断醒狮远去的背影，却不知 2012 年元宵将至——

（2012.1.3）

硇洲渔火

向着硇洲岛进发的时候，心就开始绿了。这是岛外之岛带给我们的先期抵达。

硇洲岛巍巍屹立在南海碧波之上。岛虽然不大，总面积仅有56平方公里，但却承载着渔民的千年沧桑。硇洲灯塔、宋皇城遗址、祥龙书院、八角井、宋皇碑、宋皇亭、宋皇村无不在诉说着岁月的遥远。硇洲灯塔高高耸立在马鞍山之巅。登塔顶观沧海，似能听见远古风雨如潮。

硇洲中心渔港内，桅樯如林，彩旗招展，形同海市，一筐筐海鲜从船舱里活蹦蹦地“跳”上岸，喧嚣声、叫卖声与欢笑声汇聚成歌。我们在已显沧桑的渔港码头肃立，听大海的深度呼吸；看海浪拍打海鸥飞翔的翅膀。

夕阳斜挂，渔舟唱晚。夜斜披着皂色道袍，悄然笼罩着这座翠绿的海岛。那夜色空濛无瑕，似梦非梦，像一曲千古传唱的老歌；如一杯喝不醉，品不够的陈年老窖。

渔火悄然点亮，零零星星，星星点点。那红色的火苗在船舱里舌窜，在波光里跳跃。小雨滴落在海面上，在远处形成乳白色的水雾，如玉似带。几点昏黄色的渔火在雾中忽隐忽现，远远望去，如星如豆。海水渐渐涨高，渔火在海中晃动，若隐若现，扑朔迷离。夜色更浓了，百

盏、千盏、万盏渔火骤然夜放，缀成了一条五彩长龙，在静谧的港湾里游动。渔火亮晶晶，闪七星彩，争奇斗艳，宛若星汉落地，在海面闪烁出一片灿烂的云霞，将大海辉映得更加旷远、辽阔。海天相接之处，渔火变成了星星，星星也变成渔火，宛如一长串瑰丽的流火，照亮了碧海，辉映着夜空。渔火因黑夜更显得闪烁璀璨；大海因渔火而更显得苍茫！海鸟披着渔火的流光在海面上轻轻地滑过，叫声清脆而有穿透力。大团大团的雾气，从大海深处弥漫过来，时浓时淡，时聚时散，缭绕渔船与渔船之间。在渔火的照射下，那寂寂的海水，发出呢喃的絮语，仿佛在叹息逝去的年华。

夜更深了，渔火轰轰烈烈汇聚在一起，一团团、一片片、一湾湾，那渔火或疏朗如豆、或密集若星、或孤寂清冷、或幽悠静谧、或酣畅热烈。我们把酒临风，遥望那色彩斑斓的渔火景观，像是在特定的情境中与大自然进行了充满亲情的对话，也深深地被一盏盏充满神秘和原始气息的渔火感染了。

月亮渐渐地升高了。银白色的月光洒在海面上，大海铺满了银辉，海腥气徐徐吹来，让人顿生醉意。月光和渔火在海中交融，那万点渔火在月光的潮汐中，变得格外明亮，更显闪烁璀璨。月光、渔火、渔帆、大海，构成了一幅淡秀的画图。

我们用心细读海边如华的月色；用情饱览海上的点点渔火，竭力去打捞那些早被岁月淘白的历史故事，曹操当年横槊江上的雄姿，已被无情的江水淹没；苏轼赋予江水和明月的绝唱，至今还在东去的江上不断地演绎；即使百万大军挥师南下的金戈铁马之声，仍在原始的渔火中萦绕、徘徊和歌唱。

我们捧着这本满载大海、明月、渔火的大书，小心翼翼地翻动着、阅读着，惊恐渔火突然熄灭，惊恐海鸥迷失方向，惊恐自己忘了归路。

“要照亮别人，先点燃自己。”我们迎着夜的迷雾，在风中与渔火相视对话，在雨里感受渔火潮湿的眼睛，在月下感悟渔火点燃自己温暖别人的秉性。啊，渔火，大海最美的眼睛。

明亮的渔火，清凉的海风，喧哗的波浪，缥缈的白雾，如水的月色！面对如此恬淡的美景，我们陶醉了。我们想这渔火是诗，月色是酒，是会把人灌醉的。此时，我们只能陶醉！也只需陶醉！海睡着了，只有渔火醒着。此刻，我们可以想自己之所想，爱自己之所爱，放飞自己，充分陶醉，酝酿诗意。

实中求虚，以虚为实。深知不能靠眼前的渔火美景来养活，但它对于我们这些为生存所苦，为生活所忙，为权利所争，为声名所累，为老去所惧的人来说；对于我们这些天天像个陀螺一样转不停的“江湖中人”来说，无疑是一副心灵安顿剂，援引着现实不时地莅临其上，可以温暖当下的生活。

夜更深，意愈浓，渔火渐明，扑朔迷离正是梦。“不带走一盏渔火/让它留下更温暖我们的双眼……”

（2011.12.12）

古榕树之痛

古榕树就长在村口，横卧在江边。对于这棵参天古榕树，村里人总是满怀虔诚与敬畏，因为古榕树挂满了村子的沧桑，也见证了村子走过的悲苦与磨难。站在江边，遥望这棵古榕树，似乎就能触摸到村子的历史，甚至可以洞穿兰石古镇的兴衰成败。

古榕树状若蟠龙，树根盘曲虬然，树干横卧伸展江湾之上。苍劲褐色的树枝犹如龙爪，蟒绕龙幡；虬曲的气根上挂下连，直扎江中。树冠呈圆形，恍如一顶翠盖绿伞。

树梢上筑有鸟巢。那南方水边最美丽的禽鸟，常在树梢下扑翅飞翔。

古榕树粗得五六个人都合抱不过来，那凹凸不平的表皮，那虬突的木结，以及树根上的孔洞，无不在诉说着年代的久远。我曾记得，男孩子们都喜欢在孔洞中穿梭，玩捉迷藏，然后爬到树顶，顺着光光的须根往下滑，“砰”一声落在水里，激起阵阵水花，溅得洗衣村妇一阵喝斥。女孩们都喜欢抓住气根藤条来回“荡秋千”，相互踢腿。一荡到江中，胆小的女孩子就“哗!”声一片，带着哭声求饶。孩子们都说：“大榕树是真正的乐园，那里没有欺压、没有贵贱，大家都可以开心地玩耍。”

古榕树夏日浓荫匝地，冬天郁郁葱葱。但不管春夏秋冬，人们都喜欢聚在榕树下纳凉，下棋，打麻将。傍晚时分，忙碌了一天的村民也喜欢端着饭菜到榕树下边吃边唠家常。古榕树就这样敞开胸怀，与村民、村子、村舍等有形无形地交融在一起。厚重的榕树情结就这样在每位村民心中萌芽、延伸。三百多年来，古榕树就这样记录着村里人的喜怒哀乐，承载着村里人的岁月记忆。古榕树也成了村子的象征，不管亲戚来自多远，多么陌生，只要提起江边这棵古榕树，就一定不会迷路。

小时候，我也常跑到树下去听风声、听鸟鸣，看云彩、看彩蝶。当时，村中秀才梁桂彪常给我说榕树的故事：榕树是一种“会思考的树”，它虚怀若谷，能伸能屈，伸能撑起一片绿，缩能卷入一只盆。“榕”同“容”，它能包容尘世间的真、善、美，假、丑、恶。榕树还是一种执着无畏的树，它任由酷暑寒冬，密麻的叶片从不随风任意飘落，始终保持四季常青。“梁秀才”还引经据典：说屈原如何歌颂“深固难徙”橘树的故事。说到兴奋处，“梁秀才”就手舞足蹈：“后皇嘉树，橘徕服兮，受命不迁，生南国兮。”

从那时起，榕树的根似乎就深深扎进我的心底。我想：有根，才是有福之人。对于这棵古榕树，村里人寄托了无数的梦想。

然而，树大招风，树老也招风。20 世纪 80 年代末，一场强台风把古榕树刮倒，树干出现倾斜，部分枝干断裂。村民们用拖拉机拉来泥土，对古树根部进行培土，并用石墩支撑。不料，1996 年又一场强台风，将榕树连根拔起。那一年，村民们以为古榕树再也活不成了，于是干脆把枝叶全部斩光锯掉，只剩下一根孤零零的树干。令村民们意想不到的是，没过多久，古榕树又重新生根发芽，抽出一根根枝干，并且越长越壮，随处蔓延。古榕树，就这样用不屈之身，向世人演绎了风中不死的传奇。

一场秋雨一场寒。中秋过后，“秀才”梁桂彪突然给我发来信息：

“古榕树将被挖走，赶快回来照张相。”

沿着江堤，回到村边，远远就看见那棵古榕树斜斜地倒栽进江里，树枝全部被砍掉，只剩下光秃秃的树干。躯干上的“刀口”用塑料薄膜包裹着。

村里人说，村长阿财在竞选时花了一大笔钱，还给一家大酒店打了“大白条”。前些日子，酒店老板到村里来看中了这棵榕树，硬要挖走古树兑“白条”。酒店老板为了给村长找到一个“美丽的借口”，承诺搬走古树后，就捐2万元给村里修路。

这是怎样的一棵榕树啊！它历尽沧桑却依然苍劲巍立！一棵如此有气节的古榕树怎能说挖就挖呢？村民们说，开始时，有超过一半的村民都反对卖掉古榕树，理由就是古榕树有灵气，“挖”掉就会破坏村子里的风水。

但村长阿财“乾纲独断”，一意孤行。“权力是最好的春药！”村长阿财说：“有权不用过期作废。”三天后，村里的十几名壮汉就挥锹挖土，舞刀砍根。接着，一架履带大型起吊车缓慢开进村子。起吊车的履带压过路面，一个个拳头大的小石头被压得粉碎，“压得”孩子们发出一阵阵的惊呼。随着隆隆的马达声，大型起吊车喷出缕缕烟雾，缭绕着这棵三百年古榕树。几位壮汉被起吊车吊到树上，用稻草和麻袋捆住大枝杈，防止古榕树迁移时受伤。

村民们围了一圈又一圈。面对这棵见证了祖祖辈辈勤劳与欢笑，也见证了祖祖辈辈痛苦与磨难的古榕树，村里人总有一种难以割舍的情怀。一些老妇人禁不住流下了辛酸的泪水。

“扑哧——扑哧——”电锯猛然发力，水桶般粗的枝杈“哗啦哗啦”地掉下，“嘭”地砸在地面上。村长阿财一直在现场指挥：“给我使劲地砍，拼命地锯！”

在这千钧一发的时刻，一条“300年古榕树将被挖走”的博文在网络上疯传。挖土、砍掉、锯断，当壮汉举起电锯向古榕树正根锯下之时，县里突然打来了电话：“立即停锯，保护古树。”……

啊！古树在，祖先的记忆在，家园的象征在，乡村的历史也在。

我俯下身子，捧起榕树下的泥土，深深地吸一口泥土的芬芳，心中有说不出的兴奋，但也有说不尽的惆怅与茫然：“真不知古榕树何时才能消去心头之痛，何时才能焕发新活力？何时再能引来百鸟鸣唱？”

我久久伫立，久久凝望，久久不肯离开——

(2011.10.9)

石桥码头

远有苍凉的海和矫健的鸥；近有褐色的缆桩和锈迹斑斑的锚。石桥码头的石堤已经破损，七零八落的石块散落一地，只有堤岸上的系船石柱仍孤独地矗立着，依然固守着顽强。海面偶尔有一两只海鸥飞过，似乎在渲染一种生命的抗争。

码头左侧耸立着一棵古树。树皮已爆裂，展露几许沧桑；树叶在风中摇曳，似在诉说着悠久的心事。秋风中，有几片枯黄的叶子，轻轻地飘落在码头石阶上。听海岛小镇的老人们说，古树应该有几百年的历史了。码头的兴衰与荣辱，古树都看在眼里，刻在心头。但古树究竟栽于何年，何人栽植却不得而知。究竟是先有树还是先有码头，人们也难以说清！但不管怎样，古树和码头都是海岛居民的情感寄托。码头在过去的那个年代，曾是一代接一代的人扬帆远航、背井离乡、闯荡天下的起点与终点，也是一个个的锦衣富贵、悲欢离合、醉生梦死的人生站台及世路港湾。

石桥码头曾辉煌一时。昔日，石桥码头内人流如织、商贾忙碌、经贸活跃。码头就像海上大舞台，吸引着南来北往的船只，天天都有船有人靠岸、抛缆、离岸。天天都有南来北往的客人聚在古树底下，说家常、论时势、摆龙门阵。

当早晨的天空还笼着夜色，码头便在雄鸡报晓声中苏醒。人们踏着晨雾来到码头。码头里桨声、笑声响成一片，问候声、祝福声透出浓浓的温情。停泊在此的早班轮船都不约而同地拉响汽笛，召唤着远走他乡的旅客。不一会儿，码头便挤满了人，熙熙攘攘、纷繁喧嚣。稍许，那一艘艘轮船，伴随着轮机的轰鸣，开始晃动起来。

在“突突突”的轮机声中，那一艘艘运载着沉甸甸乡情的小火轮，渐渐地驶离了码头，驶向广州、海口、上海、大连，驶向远方。夕阳西下，码头又舒张双臂，敞开胸怀，迎接从远方驶来的船只。一些远方的游子也常聚集到古树下，等待着船只的归来。顷刻，南来北往的船只长龙般涌进码头，船舷上挂了一圈又一圈汽车轮胎，像戴着黑色的耳环。船一靠岸，船工就将重如盘曲大蟒的缆绳抛到锚碇上。很快，码头内就船挨船、人挤人，再度掀起热闹和喧嚣。不久，船上升起袅袅炊烟，为码头平添了几许诗意。大海涨潮时，码头发出汩汩的微响。船家说，石桥码头的辉煌，是潮水一点一点涌出来的。海岛小镇的居民说，海岛的名声是在码头的鼎沸人声中一点点积淀的。

小时候，我每次经过码头，总会忍不住在码头上驻足，遥望船只身驮重负般地驶进码头，次日清晨又如蛇状般离去。

“来的都是客，过后不思量”。码头就这样日复一日，年复一年地见证着聚散离合的发生，见证海岛小镇的辉煌。但随着海湾大桥和高速公路的建成通车，水上客货运骤然下降。那些南来北往的船只，一只又一只地相继离开，驶向了远方。石桥码头一点点地失去了昨日的光环，一步一步地淡出人们的视线。

在一个秋风萧瑟的午后，我来到了石桥码头。眼前的石桥码头已破旧残缺、印痕累累、青苔丛生。我揉了揉双眼，没有看见曾经来来往往的人流，没有看到古树底下的“龙门阵”。我心中陡然想起了刘禹锡的诗句："怀旧空闻笛赋，到乡翻是烂柯"。潮水退了，伶仃的水泥柱子上布满了藤壶和牡蛎，活的，累累垂垂，宛如结满了丑陋的伤疤，看得我面皮发紧。如果盯紧脚下，每个空格里激荡的海水又都在眼里，仿佛步步踏空，徒乱人意。码头前只剩下一艘木船了。我花5块钱坐船到对岸，然后再花5块钱坐回来。如此来回，我不知自己是为了什么。

秋风萧瑟，我感到有些落寞。站在斑驳的石阶上，我顿悟：石桥码头如人生码头，如果自身失去核心竞争力，船只迟早会离开。

任凭秋风把头发拂乱，我在瑟瑟的秋风中走着，走着，竟然不知夜色将至。茫茫的暮色中，我已看不清流水的样子，连潮水的声响也被秋风扰乱，无法听清——

(2011.9.18)

吉兆夜话

十里九湾，礁石奇美，葵树成行，椰影婆娑，我们抵达吴川吉兆湾时已近黄昏。

夕阳把海水染得金黄，霞光在浪花上跳跃。海鸥披着霞光在海面翱翔。海天相接之处，大浪滔滔，波涛滚滚，一排排巨浪，呼啸着，咆哮着，从天际边扑腾而来，直冲海岸，直扑礁石，卷起千堆雪。礁石任凭风吹浪打，依然兀立海中，从容地吞风吐水，高昂地露出苍凉的胸膛。

伫立红褐色的大礁石上，看落日、观沧海，胸臆顿然勃发，心弦顿时颤动。海天苍茫，思绪千里。朦胧中，我似乎看到蓝色的蝴蝶在飞翔，感到蓝色的思绪在燃烧，听到蓝色的生命在吟唱。礁石上设方桌，摆月饼，凭栏对酌，诗酒风月。“拿酒来！”友人日荣、位亨把酒临风，共邀明月。“梅菉液”酒刚拿上来，荣哥说：“这种酒每人一斤半。”我不胜酒力，只好说：“这酒喝一两就醉了。”

亨哥举起酒杯：“酒就是男人的江湖，不入江湖，事不关己；一入江湖，身不由己。男人的胸襟与气度，男人的豪爽与谨慎，统统都在一杯酒里。”

端起酒杯，白色的琼浆醉了我的心。人生能有几回醉？是呀，古今诗人都以“诗酒度日”为一种境界，“何以解忧，唯有杜康”的曹操，

“举杯邀明月”的李白，“酒债寻常行处有”的杜甫，“把酒问青天”的苏轼，“举酒欲饮无管弦”的白居易皆如此。可以说，醉酒的男人，至少某一瞬间是诗人，处于诗的意境里。

点燃篝火，举杯同饮。“干，干，干!”荣哥连干十杯，展示饮酒的雄风和霸气。我说喝酒伤身，劝他少喝点。他也说喝酒伤身，但还是想喝。荣哥叹道：“天天有酒喝，但真正能开心地喝的时刻却很少。一路喝来，慢慢地发现自己的酒量少了；慢慢发现自己心中那股丹田真气也少了。”

月亮渐渐升高了，光华如水。月下，马达低吟，游鱼出听，宿鸟惊飞。荣哥连连举杯，一饮而尽：“到了这个时候，这个岁数，我依然很彷徨，心里依然有着过多的杂念，很多东西都放不下。很多事情，我们计较的再不是公平正义，而是自己能不能成为最大的受益者。曾经那么有真性情的一个人，随着世事的雨雪风霜，变成无真情无真气之人了。”

“一个人最怕没真气、没底线，一个民族最怕没精神没信仰。”

浪花飞过鬓边，我对海无语。淡淡的伤感弥漫开来，心中有露珠静静地落下，融入这苦涩的海水……

皓月凌空。滚动的浪尖，泛着银白色的光亮。那滚滚波涛，一浪高似一浪，撞到礁石上，“唰”地卷起几丈高的雪花。月下触摸礁石，似能感受到一种向上挺拔的力量！一种岿然不动的定力！礁石，生在水里，长在水里，面对风潮、海潮的侵蚀与风化，面对潮汐、暗流的吞蚀，虽遍体鳞伤，千疮百孔，却傲然屹立，依然保持笑傲风浪的“精气神”。礁石在峰谷浪尖里饱饮世间沧桑，在沉浮起落间炼就了从容淡定，在进退抑扬中尽显宠辱不惊！

坐在礁石上，仰望星空。感觉到那轮明月距离我们是那样近，仿佛伸手可摘。推杯换盏之间，我想起了契诃夫曾说过一句话：“困难与挫折对于人类来说，应该是一把打向坯料的锥，打掉的应该是脆弱的铁屑，锻成的将是锋利的钢刀。”伏尔泰曾说：“只有流过血的手指，才能弹出天籁之音……”

亨哥举起酒杯：“人活一口气。气在，神不灭。丹田里那一股真气，能鼓起一个人的内力，能鼓起腹肌突兀万仞，能让生命向上，向上！”

月色洒在延绵不断的海岸上。弯弯的海湾，点点的渔火，音乐伴随着涛声隐隐从渔船上传来！把酒临风，我们朗声大笑：

哦，再见吧，大海！
我永不会忘记你庄严的容光，
我将长久地，长久地
倾听你在黄昏时分地轰响。
我整个心灵充满了你，
我要把你的峭岩，你的海湾，
你的闪光，你的阴影，还有絮语的波浪，
带进森林，带到那静寂的荒漠之乡。

（2011.8.30）

“菠萝的海”

菠萝园、菠萝叶、菠萝花、菠萝果，“菠萝的海”！

那30多万亩的菠萝园连绵起伏，目力所及，都是青箭森森的菠萝植株，青翠连天，碧波荡漾，在天边延续成莽莽苍苍的绿洲。风吹绿野，交响着历史的声音。置身这绿色的空间，静静听，似能听见远古风雨如潮。

菠萝又称凤梨，广泛分布于南北回归线之间，16世纪初，菠萝从遥远的南美洲传入中国。1926年，海外华侨、商人从南洋引进菠萝“巴厘”，回到徐闻愚公楼水尾桥试种。乡亲们发现“巴厘”生长速度快，叶剑形，边带刺；花序顶生，果顶长叶，香气馥郁，很有种植前景。很快，菠萝种植就火速从愚公楼蔓延至全县。历经80多个春秋，徐闻书写了菠萝发展的神奇，铸造了“中国菠萝产业龙头县”的金字招牌。

行走在云朵涌动的红土地上，扑面而来的是连绵不绝的绿色，几乎看不到裸露的土地。菠萝随着坡势和浅沟起伏蜿蜒出一派青翠。在“菠萝的海”的芬芳中穿行，车是美的，人是美的，田野是美的，菜花与菠萝是美的，一切的美在流动中融合，成为大雅大美。起伏的丘陵在天边与云彩黏合在一起，蓝色、白色、绿色相间相融。那是天与地的交融，那是永恒的存在，那是万物的根本。

站在全国菠萝第一镇——曲界镇的制高点上眺望，但见菠萝满山遍野，层层叠叠，无边无际。菠萝绿此起彼伏延绵几十公里，像绿色的地毯直卷大地，壮阔无比。啊，“菠萝的海”！

“岭上轻云当帐盖，蓝天底下是青海。菠萝的海宽又远，盘古开天第一回。天下汪洋潮自涌，菠萝的海靠人栽。颠狂彪悍神奇处，地北天南顾盼来。”置身“菠萝的海”，倾听远处飘来的民谣，心中总有一种说不出的惬意，心情好似那些延绵不断的绿色，尽情地往远处挥洒。

“没见过‘菠萝的海’的人，是很难想象得到它的辽阔与神韵的。”徐闻县委书记钟力说：“菠萝矮生，无主根，果皮表面有鳞甲的棘突，每一突起是一个花朵所结的小果。”

菠萝从育苗定植到开花结果约需120－180天，它的每一次抽生都给人一种灵动、鲜活和激越之感。

每到清明，菠萝花开。丘陵坡岭，皆是紫色或紫红色菠萝花，香气弥漫。菠萝顶部的叶子刚刚吐芽，花儿却灿烂了，菠萝花并不撩人，细细的。雨后，天空放晴，蓝天碧地，菠萝花笑带雨珠。这丘陵原坡，望去尽是紫红色菠萝花的世界。果农们忙着种种技术性管护，只乞盼菠萝开花时不要下雨。城里人搭帮结伙来赏花了，散漫在菠萝花的海洋里。

一路赏花，一路品茗，心在天地间飞扬。

置身在“菠萝的海”里，就似走进那一望无际的草原，四周有蝶舞莺飞，鸟语花香。天上有白云涌动，远处有燕儿振翅。一阵清凉的微风吹过，带着花的馨香。在“菠萝的海”里逸情漫步，观蝴蝶翩翩随风，听小鸟清脆啼叫，胸中积郁的废气，顿时随风飘散，诸种烦恼和疲倦也顿然消解，红紫的菠萝花旋即储入胸间，一种神清气爽的生命活力陡然升起：醒，在梦的边缘/看看那奇特的果/感官的刺激/每日不同/清醇暖昧的味道/像极了纯净的月亮/在剥落的核里/寻找欲望/那怀春的少女/把我的睡眠延长/因为青春/我们拒绝苦涩/咀嚼腥甜/狠狠地刺入你的心房/醉人的芳香那火红的唇/把秋天变暖。

火红五月，菠萝进入成熟的季节。丘陵坡岭尽是缀满金黄色的菠萝，原野吹来了浓郁的菠萝香气。园坡地头到处都是繁忙的景象，水泥乡道和田间小径，都涌动着车流和人群，一批批城里人结伴来到丘陵坡岭摘菠萝。他们散漫在菠萝园里，伸手拔起黄灿灿的菠萝，四野充溢着浓浓的菠萝的香味。喧哗声嬉笑声和呼朋唤友的声浪，此起彼伏。菠萝园里摆满了筐篮，叫卖声议价声嘈嘈一片，果农正紧张采收和装运菠萝，一辆辆满载菠萝的大型货车奔驰在希望的田野上。

徐闻人特厚道，菠萝园里，但逢遇上卖菠萝的，人家就热情地招呼我们品尝。记得李时珍在《本草纲目》中记载：“菠萝能补脾胃，固元气，制伏亢阳，扶持衰土，壮精神，益气，宽痞，消痰，解酒毒，止酒后发渴，利头目，开心益志。”

手捧黄灿灿的菠萝，我们垂涎欲滴！但菠萝遍体尽带“黄金甲”，我们却不知从何下手。一名叫盛哥的黝黑汉子见状，马上挥动锋利的刀子，娴熟地削掉菠萝顶部的青翠叶子，然而将菠萝削成螺旋状，那些带刺的菠萝钉，瞬间就洒满地，菠萝露出了金黄肉色，香味浓郁。汉子轻轻将黄澄澄的菠萝，套进一个个白色的塑料袋里：“来，尝尝新鲜的甜菠萝。”“啊，好香甜的菠萝！”我们将菠萝填到嘴里嚼咂品尝，无不发出由衷的慨叹。汉子说：“菠萝虽然头上长角，周身带刺，外表很‘土’，但它肉色金黄，藏着一颗很纯洁的心。”

一望无际的菠萝红，漫无边际的菠萝绿。风吹绿野，花开田间，鸟鸣枝头，啊，好一方凝固着梦想的菠萝园，好一片让人沉醉的“菠萝的海”！

(2011.8.7)

古　井

村头那口井，很古老很古老。古井有多大年纪，连村里老人也说不清。每当提起古井，人们总爱用一个流传了几百年的故事：两个秀才同饮一口井水的事例，来诠释它的悠远。

在我的记忆深处，老井的位置很低，只比袂花江高出一米多，井前是一口鱼塘。古井深约五丈，下宽上窄，像一个倒扣的葫芦。井壁全由红砖砌成，红砖形状大小各异，但没有人工凿琢的痕迹，衔接自然。虽经长年风雨剥蚀，井水浸泡，红砖并未有丝毫的变形。砖间空隙，是泉水浸入的通道；一些喜湿的植物，沿着井壁往下长，一直蔓延至水线处。井底宽处，可以放一张大圆桌，轻轻地拿起石头扔向井内，可听见清脆的咕咚声，而且还伴有回音，那种声音十分微妙。井口铺着一块大青石。青石上刻有一道道被井绳勒出来的深深印痕，记载着村子从古到今的故事。

古井水脉辽远，幽深鲜活。井水清冽而甘甜，无论用什么样的锅，烧什么样的柴，使用多长时间，井水都是一样的味，从不见水垢之类沉淀。少年时期，我总爱到井里去挑水。来到井边，就轻轻踏上大青石板，然后，把扁担挂在撑杆的柱上，系上水桶，提水。挑水，成了我少年时最难忘的记忆，挑水过程中诸多乐趣让我体味到了劳动的芬芳，深信劳动本是一曲清冽甘甜的歌。懂得人世间一切美好的梦想，只有通过诚实劳动才能实现；生命里的一切辉煌，只有通过诚实劳动才能铸造。我还清楚地记得，每一个清晨，都会有几十个水桶吱呀吱呀地走在那条伸往古井的小路上。小道每天总是湿漉漉的。雄鸡唱晓，乡亲们就早早来到井边排队，一人一桶的来往不知承接了多少向往清甜的梦想，几番水清水浊，多少日出日落，也不知为古井平添了多少灵性、多少神韵。

雨季的时候，井里的水离井口会近些，趁水涨之时，我们总会趴在井沿上出神地看井里的影子，调皮的小伙伴故意往井里扔石头，将井里的那张脸晃碎。村里男女每逢嫁娶都会往井里投硬币，以图吉利。水枯的时候，井水会变得浅些，从上看下去，会有一种朦胧的感觉。不管遇到何种枯水期，井水始终不枯，清澈的井水总是给人们带来一些无法说清的快乐。

井水冬暖夏凉。夏天，劳累一天的村民披着夕阳踏上归途之时，总爱舀起一瓢瓢温温的井水，咕咚咕咚地喝下去。冬天，妇女们总爱在井边洗衣服、拉家常。人们欢声笑语，似乎很满足。尽管那时村里人的生活并不富足，但乡亲们心中却是那般的快乐与幸福。古井，似乎就成了乡村悲欢岁月的见证。

关于古井的旧事，家乡人总是如数家珍，但谁也没能说出古井的准确年龄。全村的人只晓得自己一出生，就是喝古井里的水长大的。

村里人一代代地守着古井，享尽古井的润泽，活得有滋有味，像那些簇拥在古井周围的草木、灌藤一样，与水井血脉相连，情感相依。村子上百户人家，都依赖着古井生存，尽管岁月蹉跎，却生生不息。

走过不少地方，喝过不少圣水，但总是忘不了家乡井水的甘甜。我每次回故乡，见到那魂牵梦萦的老井，摸一摸井旁高大的苦楝树，心底常常激起一种莫名的悸动和兴奋。站在井台上，举目四望，即便背负着再多的烦恼，承受再大的重负，心也会顿然漾起一缕幽幽的坦然与释然。

然而，一段时间以来，人们因行为不拘，袂花江常常是“水落石现”，频于断流。古井也随之枯了。为了吃水，每家每户都钻了机井，早就把那古井忘了。于是，就有人动议将“井”填掉。开始时，有人说：舀起古井的水，就像捞起了过去的时光和先人们的眼神，井不能填。还有人说：村子里出过好多秀才文士，都是喝古井的水长大的，填古井就等于断文脉。但村长是一个“酒精考验”之人，奉行“遇到茅盾绕着走，是非面前不开口”的处世哲学，始终没说“填”还是“不填”。古井就这样被人遗忘在村落的那一头。

今年夏季，我回到家乡去寻找古井，去搜索古井曾经带来的感动。然而，物是人非，几乎已找不到一点回忆的影子，那条踩得又亮又平的土路如今已芳草萋萋，古井周围也已长满小草，藤蔓葳葳蕤蕤。那饱经沧桑的缆绳已经消失，那声嘶力竭的吱呀声已融进了远去的岁月里。井水已变浑浊，不再纯净，雨水也渗透进去，不再甘甜。这口古老的井啊，滋润了一代代村民、无数路人的古井啊，如今真的老去了。

伫立在残旧的井栏边，我的心中有说不出的惆怅和伤感。我知道，古井就像故乡的眼睛，每一个眼神，都透视出故乡的兴衰。

一片叶子，随风缓飘而落，轻轻地浮在井里，我驻足凝眸，不断地问自己：该不该去粉碎那少年时的美好记忆？

（2011.7.3）

热带绿都

海岸绿，江河绿，田野绿，山岭绿，岛屿也绿。湛江就像一颗热带绿明珠，镶嵌在南海之滨。

湛江三面环碧海，四季树常青。无论春夏秋冬，湛江都有绿色在萌发，都有绿意泻千里。

湛江的春天来得早。一开春，湛江大地就涂上了一层浅绿，路边的浅浅嫩草，抽叶吐翠，近看纤纤柔柔，远望却是一片葱绿。妩媚的春花张开素雅的瓣儿，在空气中挥洒馨香。常绿的树叶，在春雨的滋润下，更显青翠。汽车沿着湛徐高速奔驰，扑入眼帘的尽是绿色。桉树林、防风林、橡胶林、甘蔗林，一片接一片，一垄接一垄，林林相连、树树相接。小鸟在枝头亮喉，嘤嘤成韵；蜜蜂在花中采蕊，嗡嗡作响。

春风柔柔地吹着，煦阳朗朗地照着。那潇潇春雨，飘飘洒洒，给半岛织出一层淡烟薄霭。远处连绵起伏的山坡种满了甘蔗、香蕉；爬满了绿色的瓜藤和花生蔓。一群群山羊在山坡下悠然吃草，和浮云一起在蓝色天际移动。南渡河似一条绿带裹在村庄的四野，与瓦蓝的天空相映衬，半岛更显空旷、辽远。雷州半岛大地仿佛变成无边的绿毯，到处翠色欲滴。深绿、浅绿、淡绿、墨绿，连天空、云彩都渲染上淡淡的绿。车至橡胶园，但见那挺拔的橡胶树，一棵棵挨着，横成排，竖成行，层层叠叠，铺向天边，不知有多深多远。那一行行的橡胶树，像一根根柱子，撑起一条条巨大的绿色长廊，绵延不断，为湛江筑起一道永不凋谢的绿色帐幔。穿过密密匝匝的桉树胶林，汽车进入徐闻县曲界镇“菠萝的海”，那一望无边的菠萝舒坦地环绕着起伏的丘陵，远望就像是一片郁郁葱葱的绿洲。风吹绿野，交响着历史的声音。置身这绿色的空间，静静听，似能听见远古风雨如潮。

历史上的雷州半岛，乃赤地千里，杳无人烟，草木难生，满目荒凉之地。宋朝大文学家苏东坡被贬南下，目睹雷州半岛的滚滚红尘时，禁不住凄然泪下：“荒蛮烟沙地，幽绝无四邻。”

绿色！绿色！绿色！为了绿色，繁衍生息在这片土地上的人们在苦苦追求。种树、种树还是种树！只要有了树，地下就有水，只要山绿了，雷州半岛就有新的希望。新中国成立后，湛江人民铺展开了“让荒山披绿装，把赤地变园林”的雄伟蓝图。改革开放后，湛江人更以惊人的胆识和魄力，挖石辟地，播撒绿色种子，在全国唱响了《半岛，绿色的梦》这首绿化颂歌。进入新世纪以来，湛江又将“生态建市”写在发展战略的旗帜上，倾力打造“热带绿都”。时间一年一年流逝，树一棵一棵栽下。从当初的种树，到今天的“种”精神，湛江人从没有停止对绿色的追寻。冬去春来，湛江栽出了一种属于湛江人的精神和风骨；栽出了全国最大的人工桉树林、最大的剑麻园、最大的红树林、最大的甘蔗林、最大的“菠萝的海”；栽出了全省最大的橡胶林、最大的富贵竹种植加工出口基地；栽出了1300多公里长的沿海防护林带，500多万亩林木，127万亩热带亚热带水果林。建成区绿化覆盖率达到45.68%，居全国重点城市第四位。市民步行10分钟左右就可到达一个公园、绿地。山绿了，水绿了，平地绿了，连小丘也绿了。湛江现已遍地葱茏，到处翠色欲滴。从空中鸟瞰那绿色的大海，绿色的原野，绿色的港城，我似在品读湛江一部沉甸甸的种树史诗。俯瞰满眼凝碧，我的心情已被染绿。

汽车披着盛夏火热的南风西行，一路远眺：田野是连绵的绿色，丘陵也是连绵的绿色，原野中散发出一片碧绿的生机。万物葱茏、万物泛绿，绿得浓烈，绿得酣畅，绿得秀美，绿得丰腴。路上听不见车喧人语，仿佛喧嚣的市声都消融在浓郁的绿色之中了。

友人陈恩才说，湛江地处热带北缘，一到夏天，湛江的绿就来得更干脆、来得更彻底。百里平川，千里翠绿；千里海岸，万里碧绿。整片大地变成一块四处绵延伸展的巨大绿毯，郁郁葱葱，蓬勃生机。车子过处，有微风，荔红蝉鸣，风生香起，蜂蝶不惊。九洲江两岸青山郁郁葱葱，江水清澈碧绿，群山的倒影清晰可见。鹤地银湖的湖水更是清莹碧绿。湖边绿树簇簇，湖面碧波荡漾，浩瀚无涯。乘船游荡在万顷碧波之中，看游鱼跳水，水鸟惊飞，只觉阵阵凉风袭面爽肌，犹如置身西子湖畔。一座座林木茂盛的绿色小岛，宛如繁星落在湖中，绿得沉静，绿得沁人心脾。人生难得是自在，置身在这样写意的绿野仙境，真有说不出的惬意。

秋冬两季本是草木凋零的时节，但在湛江依然绿色不凋，依然绿树成荫，芳草吐翠。让人丝毫听不到冬季渐渐走来的脚步声，你只能在秋风缓缓的划过脸际时，才闻到一丝淡淡的余香，在早晚的阵阵凉风吹过时，才摸到秋的脉搏。湛江的冬天来得慢去得快，似冬非冬。“草经冬而不枯，花非春仍常放”。冬天湛江的依然浓绿扑人，海水还是那样蓝，湖水还是那样清，树叶还是那样绿。整座城市依然是绿树成荫，芳草吐翠；依然是满城绿树张伞，碧草铺毡。

大海一碧万顷，绿得发亮。顶着寒风，乘船出海，只见千里海岸线上屹立着一道道绿色的屏障。那一片片红树林枝繁叶茂、千姿百态。划小船驶入红树林区，映入眼帘的尽是一丛丛形态奇特而秀丽的绿树冠，清风摇动绿叶。流水潺潺，鸟啼声清脆悦耳，一只只蝴蝶在红树林丛中盘旋。翠绿、碧绿、浅绿不断变换；蓝绿、深绿、苍绿直铺天际。那无边无际的碧绿色糅进了天空，天空也映进了海水里，大海天空都绿得纯粹，绿得让人心醉。

终年常绿，四季皆绿。城在绿中建，景在绿中造，花在绿中开，鸟在绿中鸣，水在绿中流，啊，满城的绿色、透心的绿色！绿色，湛江的生命底色！

（2011.6.12）

责任湛江

湛江从未像今天这样瞩目天下，从未像今天这样壮怀激烈。“工业时代”巨轮那浑厚的汽笛声已越过波涛，滚滚传来。日夜枕着波涛的湛江已处在开启“钢铁石化水城”的重要历史时期。机遇前所未有，挑战前所未有，群众的期盼前所未有。“一日无为，三日不安。”在这个时不我待的历史关头，我们已经等不起，更慢不得。机遇不可复制，机遇稍纵即逝，抢抓千载难逢的历史机遇，勇担雷霆万钧的历史重担，已成为每个湛江人的共同责任。昂扬担当，忠诚使命，顶起责任之石，筑起责任湛江，把历史的脚印刻在湛江大地上！

湛江连“三南”通五洲，区位优势明显、战略地位重要。湛江如何发展，怎样发展？中央关注，省委关心。改革开放以来，湛江抢抓历史机遇，在一次次困惑中求索，在一番番砥砺中前行，在一回回变革中提升。过去的5年，湛江担起争当粤西振兴发展龙头的历史使命，抢抓机遇，穿越艰难，披阅风雨，砥砺奋进。面对席卷全球的国际金融危机的冲击，湛江以非常之勇、非常之谋、非常之力，推动发展，力促后发崛起。国内生产总值、规模以上工业总产值和利税总额、服务业增加值、全社会固定资产投资、港口吞吐量、社会消费品零售总额、旅游业总收入和游客流量、财政总收入都实现了翻一番。固定资产投资，铁路建设，公路桥梁建设都实现了历史性突破。湛江海湾大桥、湛徐高速、黎湛复线、东海岛跨海大桥等项目相继建成通车，既改写了雷州半岛的南北时空概念，又打通了湛江经济发展的经脉。1665 亿元固定资产投资既为湛江提速提气，更为湛江的发展积累了巨大的能量。伴随振兴的激越旋律，湛江处处萌发着新的希望。

“不积跬步，无以至千里；不积小流，无以成江海。”湛江跨越起跳，其力已积，其势已蓄，其期已至——

东海岛跨海大桥犹如一弯长虹，直指大海。立身东海岛，疾风劲吹，惊涛拍岸。那滚滚波涛，似万马奔腾，声威雄壮。

春早鼓号角，风起云飞扬。湛江在蓄势迅发中迎来了2011年早春。“春燕传喜讯，春风从东来。”这个早春，湛江迎来了一个个喜悦的时刻：一月，湛江钢铁、中科炼化、林浆纸一体化、西部沿海铁路、茂湛铁路、鉴江供水等项目正式写进了省《政府工作报告》，正式列入了省的“十二五”发展规划；三月，中科炼化项目获国家发改委核准；琼州海峡跨海工程写入国家“十二五”规划；三月，7家大型中央企业在北京钓鱼台国宾馆与湛江成功签约，总投资1462.31亿元。

喜讯犹如长了翅膀迅速传遍湛江的工矿企业，海岛渔排，村村寨寨。海岛沸腾了，湛江欢腾了。这一条条喜讯不仅承载着730多万湛江儿女的期盼，更承载着国家重大战略使命，东海岛的涛声也因此而更显激越、欢快。

东海岛面向浩瀚的南海，平坦而开阔，拥有6.5公里长的深水岸线，可同时通航两对30万吨级以上的货轮和50万吨级的油轮，是建设国际一流深水大港和发展重化工业的绝佳之地。在这个广东第一大岛上建钢铁厂是几代湛江人的梦想。多少年来，湛江人一直用踏实的脚步去丈量理想的距离，以“等不起”的紧迫感、“坐不住”的责任感、“慢不得”的使命感，用“白加黑”、“5+2”的工作方式去搞好拆迁和推进基础设施建设，夯实梦想基石。为了配合钢铁、炼化两大项目上马，东海岛2万多名群众毅然承受起“壮士断臂”的阵痛，义无反顾地迁离故园。2010年的一天，东海岛调屋上村摆起40桌酒席“离别酒”。“别时茫茫江浸月。”酒桌上，很多村民挥洒热泪，表达了全力支持大项目建设的心愿。

只争朝夕，“精卫填海”。顽强的湛江人以惊人的速度，全力推进基础设施建设。5大外围配套项目，已有4个全面动工或竣工。20万千伏的输变电工程，疏港公路、东海岛跨海大桥已经竣工，茂湛铁路、鉴江供水工程正在全面地推进，东海岛铁路也有望在今年动工。

“机遇总是垂青有准备的人。”当前，钢铁、石化项目已落户东海岛。两“巨无霸”项目，同时落户一个海岛，这在国内实属罕见，这就是千载难逢的战略机遇呀！实现东海岛崛起、湛江振兴，就是准确认识机遇、有效把握机遇，并把机遇成功转化为实实在在发展成果的过程。然而，在这个快速变动的世界，机遇与挑战只有一线之隔，抓不住战略机遇，就会迎来更严峻挑战的洗礼。项目签约落户，不等于投产。项目从落户到动工、到竣工、到投产、到发挥效益仍有很长的路要走，还有一个个“山头”需要攻破。任务依然十分繁重。越是这种形势，越要勇于担当，越要在苦干上显责任。

发展为大，实干为先。历史选择了我们，我们就要无愧于历史。邓小平同志说过：“世界上的事情都是干出来的，不干，半点马克思主义都没有。”“干”就是我们唯一的法宝。有没有责任心，是能不能“干”好的前提。责任，不仅是我们的立命之本，更是一种与生俱来的使命。我们要在敢干上放胆量，会干上长眼窍，快干上竞速度，大干上下工夫，苦干上显责任，实干上见成效。不畏千艰万难，不辞千辛万苦，夙兴夜寐，殚精竭虑，鞠躬尽瘁，恪尽对湛江发展应尽的责任。把每一项重点工作当成一场硬仗去打，见到矛盾不回避，遇到困难不后退，碰到麻烦不推诿，立说立行，雷厉风行，实打实地干好每一件事、做好每一项工作、解决好每一个问题，真正做到踏石留印，抓铁有痕。使钢铁石化产业链上的项目都能早落地、早开工、早投产、早达效。

中共中央政治局委员、广东省委书记汪洋说：“天下兴亡匹夫有责，幸福广东人人有责。”同样，幸福湛江也人人有责。毋庸讳言，现在仍有个别人认为上项目，促发展只是领导们的事情，与自己无关。在推进重点项目建设繁重的任务面前，依然存在着种种的不自觉、不主动、不到位、不适应，在机遇面前也经常犯“幼稚病”、“糊涂病”、“懒惰病”，暴露出“麻痹症”、“迟钝症”、“虚躁症”等，这种现象如继续蔓延，将会贻误发展良机，贻误崛起大业。湛江市长王中丙说得好：“在争当粤西振兴发展龙头的征程上，人人都是主角，人人都是‘中心’。”王市长形象地比喻：“推进重点项目建设就像演一台戏，要有主角，也必须有调音、打光、化妆、置景师等。要开演，一个都不能少。所以，没有边缘的岗位，只有边缘的态度，没有闲置的岗位，只有闲置的状态。”

“实干是真功夫，落实是真本事。”王市长最后还呼吁我们用实际行动来阐述“责任”，让尽责托起大项目，让负责温暖东海岛。

千里之行，始于足下。锲而不舍，金石可镂。勇于任事，责尽心安。湛江的市运，就系在未来10年的奋斗中。

步履铿锵如鼓，气势磅礴如虹！把争当粤西振兴发展龙头的大旗扛在肩上吧，把人民群众的重托扛在肩上吧，把湛江未来的希望扛在肩上吧，这是历史赋予我们光荣的责任——

(2011.3.20)

茶园春色烂漫

一场春雨，茶园忽然间变得葱茏起来。春雨中，云雾里，茶树青翠。一个春雨潇潇的日子，我们乘一缕春风，逐一群候鸟，沿着弯曲的乡道，向廉江茗皇茶园进发。

廉江茗皇茶园在我们的心底里是一串悦耳的音符，是一抹跳动的青绿，是一幅变幻着的神奇画卷。茗皇茶园东傍长青水库，南依仙人峰，北靠晒谷嶂，笑"藏"在粤桂山脉深处。茶园周围山丘连绵，林密沟深，溪流纵横，泉涌不断。

驱车观景，一路山稔花开金黄闪烁数十里；一路杂木林叶葱茏近百弯。茶树一行行、一列列，由坡底绿绿地盘旋而上。茶树存山峦之气，呈阶梯形逶迤蓬勃于山峰之上。雨，淅淅沥沥，空气一尘不染，茶树更显苍翠。我们停车信步，沿蜿蜒斜坡游动，贪婪地吮吸着那淡淡悠悠、丝丝缕缕的新茶香。

至山顶，我们惊讶地发现山不远处竟然阳光灿烂，猛然领悟"东边日出西边雨，道是无晴却有晴"的神韵。举目远眺，湖光山色尽收眼底。廉江长青水库一衣带水，碧绿如墨，湖水随风荡漾，波光粼粼，飞霞焕彩，一群小鸟掠过湖面，发出一阵阵欢快叫声。望远处，满坡茶树，层层叠叠连绵起伏，犹如一条条飘飞的碧绿绸带，向远处延伸。十几位采茶女，头戴斗笠，一袭红衣，笑语盈盈，唤声殷殷，共蝶俯仰，一双双纤纤素手，采摘着颗颗香茗，采摘着春天的祝福。背后的篮子里盛满了嫩绿的新芽，盛满了初开的情窦。阳光洒在茶园里，洒在采茶姑娘娇美的身上；采茶姑娘那甜美山歌传遍整个茶园，传遍了山野村庄。茶园上空一片氤氲，山里山外，一片烂漫春色。我们走近茶树，顺手摘下几片嫩绿的青芽，放在手中稍稍揉搓，顿觉清香扑鼻。望着满目苍翠的青山，望着一望无垠的茶场，望着山顶环绕不去的迷雾，我们心中顿生超然之感，心灵独步自吟："天得一以清，地得一以宁。"

山脚下，缠绕着茶园的那条小溪不知疲倦地向前流淌，流淌，哗啦啦，哗啦啦，唱着一首深情的歌。采茶声、谈笑声、读书声萦绕在茶园的上空。风轻轻地拂着沉静的茶园。茶树也用坚硬的叶梗默默地撑起乡村一角泛绿的天空。茶园用碧绿的乳汁，哺育着山脚下的村庄。在茶农的眼里，茶树因此便拥有了一个崭新的高度。

绵绵的细雨下个不停，坐在茶园湖畔小亭里，听着雨打桉树的声音，心中堆积已久的郁闷犹如水库的波纹一圈一圈地荡开。优雅平缓的音乐骤然响起，茶艺师林婷婷踏着音乐的节拍款款走来。茶艺师清新素雅、从容淡定，恍若天外云天，庭前嘉禾。茶艺师孟臣壶，若琛杯，招招式式，莺莺燕燕，只见她玉指轻拈，舀入一勺茗皇茶叶，然后将开水壶高高提起，沸水沿着壶壁直泻而下，壶内茶叶则随着水浪翻滚，茶艺师轻轻地刮去白色泡沫，然后将茶水快速而均匀地来回巡斟，就像祥龙行雨。

茶叶在水中慢慢绽放，茶香在心间缓缓流淌，一切的一切是如此简单，如天上的流云，山中的流水。一杯清茗在手，仿佛置身在一派浓浓的春色里。吸一口草木清香啜一口清茗，回味茶之清雅，淡淡的香气留在舌尖，梦和现实会一同涌上心头。那种快意，是庄子的淡泊，陶潜的恬静，王维的平和，板桥的放纵。

茶艺师嫣然一笑：“你的心情越简单，茶就越香。”

临风一啜，齿颊留芳、甘泽润喉。在茶香的氤氲萦绕中，我们忘了时空，忘了忧愁。

雨中阅读茗皇茶园，看不尽山水竞秀春浪翻卷，尝不尽清鲜韵味草木清香，阅不尽飞霞焕彩粉蝶翩跹。

（2011.2.14）

水泽湛江

水清灵，天空明。湛江有江、有海、有湖，江海天成，江海相通，江海交融，处处水色烟雨，处处水色锦绣。

波涛滚滚的大海，烟波浩渺的湖泊，缓缓流淌的河流，湛江浮天载地，襟江连海。有人说，正是那襟江连海的不息水流造就了湛江，滋养着湛江。海水、江水、湖水共同孕育着湛江这座海湾城市的“文脉”，濡养了湛江悠久的历史，也承载着千百年来湛江建设者的浓浓情感和千年梦想。

湛江拥滔滔之沧海，望浩浩之大洋，1556 公里长的海岸线延绵不绝，在城市的任何一条路上朝任何一个方向走，几乎都可能走向大海。东海岛、南三岛、特呈岛、硇洲岛前拱后卫；吉兆湾、雷州湾、白沙湾如银带系项，在城市的任何一个角落朝任何一个方向走，似乎都能闻到浓烈的海风，都能感受到海阔天空的壮志与豪情。三面环海，海域无边，海水无涯，那奔腾不息的水流激荡着湛江的活力。傍山而志高，临水而聪慧。湛江历史写满了一个个与水相依相生的故事！每一朵浪花都诉说着无尽的沧桑与变迁。因为有海，湛江建造了全国第一个自行设计的现代化港口，建造了全国第一座 30 万吨级油码头，浚深了 30 万吨级深水航道。也因为有海，广钢环保项目迁建东海岛；中科炼化一体化项目迁址东海岛。也是因为有海，亚洲第一座灯塔才高高建在硇洲岛上。水，注定是湛江城市的历史之根、文化之源、经济之载体。

湛江的水，是江海天成、蓝绿辉映的水。在湛江这片红土地上，分布着涓涓细流、滔滔江河，境内流域100平方公里以上的干支流达40条。鉴江、九洲江、南渡河，弯曲盘旋，千流百转，滋润着千里红土。鉴江发源于信宜市里五山，穿越高州、化州崇山峻岭，盘旋毂转，逶迤东来，自吴川梅菉而下黄坡，浩浩荡荡，直奔南海。在很多“老梅菉”的记忆里，鉴江的蜿蜒一直伴随着他们儿时的回忆。那滔滔的江水孕育了吴川特有的浑厚古风和淡定情怀。

九洲江被廉江人誉为“母亲河”，它发源于广西陆川县大化顶的九洲江，全长162公里。九洲江江河水清澈透明，河道弯曲盘旋，从廉江石角镇入境由东向西斜贯全境。江水奔腾不息，浇灌千里沃土，培育了廉江文明。

南渡河横穿雷州半岛腹部，流域面积达1444平方公里。数百年来，清澈的南渡河蜿蜒流淌，辗转了得天独厚的自然和人文风貌。南渡河养育了沿河儿女，灌溉着22万亩东西洋田。

湛江的水，是江湖相通，蓝绿相融的水。鹤地银湖浩浩荡荡，渺渺茫茫，集雨面积达1440平方公里，乃广东省内最大的“人造海”。湖内碧波荡漾，一望无际，碧水延绵于天上。鹤地水库福水泽湛江，潺潺运河水流到哪里，哪里的荒地就变良田。“水流千转织锦绣，雷州无处不是春。”

咸咸的海水、淙淙的溪水、滔滔的江水、碧绿的湖水。湛江的水不仅灵巧俊秀，而且大气磅礴。细烟生水、江遥水云的江河和波涛万里，浩浩荡荡的大海，造就了湛江“开放兼容，勇立潮头”的文化品格。

一个充满水韵的地方，必然是富有灵性的地方；一个有水润泽的城市，必然是有灵气的城市。历史沉淀的江南古镇因溪流的穿梭而尤为生动跳跃；时尚浪漫的大连、红瓦绿树的青岛因海的碧蓝而更加风情迷人；而以“泉城”闻名于世的济南更是因为有了泉水的滋润而泉水相连、泉景相依。因水而活，因水而兴的湛江受到了秦汉明月、唐宋风雨的沐浴，具备了打造“海湾水城”的文化宽度。水，不仅给湛江以润泽和灵气，更给湛江的发展输入活力。

水育湛江，水润湛江，水绿湛江。挖掘水的内涵，做足水的文章，是湛江在12471平方公里土地上塑造海湾城市特色的着力点和落脚点。

东海岛拥海入怀，吸引了钢铁、石化两项目入岛“循环”，吸引了一大批产业链上下游项目入岛“配套”。现整个岛上热气腾腾，热火朝天，充溢着新兴的魅力和潜能，吸引着世界的眼球。

因水的澎湃而城兴！承载着全新历史使命的湛江正劈波斩浪，驶向大海的深处，掀起巨大浪花，发出撼人心魄的声响。

（2011.1.10）

镇（片）＿＿＿＿＿＿ 学校＿＿＿＿＿＿ 班别＿＿＿＿＿＿ 姓名＿＿＿＿＿＿ 学号＿＿＿＿＿＿

密　封　线

2012年初中毕业班调研考试（四）

语　文

题号	一	二	三	四	总分
得分					

说明：本试卷4大题，共24小题；考试时间120分钟，满分140分。

二、现代文阅读（38分）

阅读下面的文字，回答7—15题。

（一）水泽湛江

水清灵，天空明。湛江有江、有海、有湖，江海天成，江海相通，江海交融，处处水色烟雨，处处水色锦绣。

波涛滚滚的大海，烟波浩渺的湖泊，缓缓流淌的河流，湛江浮天载地，襟江连海。襟江连海的不息水流造就了湛江，滋养着湛江。海水、江水、湖水共同孕育着湛江这座海湾城市的“文脉”，濡养了湛江悠久的历史，也承载着千百年来湛江建设者的浓浓情感和千年梦想。

水，濡养了湛江悠久的文明。拥滔滔之沧海，望浩浩之大洋，湛江地区先民的生产、生活与海洋有着密切的关系，遂溪、吴川之贝丘遗址，呈现早期渔猎文明之迹；汉代之徐闻古县，开启中国海上丝路之航。在湛江这片红土地上，分布着涓涓细流、滔滔江河，境内流域100平方公里以上的干支流达40条。美丽的鉴江发源于信宜市里五山，穿越高州、化州崇山峻岭，逶迤东来，自吴川梅菉而下黄坡，浩浩荡荡，直奔南海。在很多“老梅菉”的记忆里，鉴江的蜿蜒一直伴随着他们儿时的回忆。那滔滔的江水孕育了吴川特有的浑厚古风和淡定情怀。

水，养育了历代湛江儿女。湛江的水，是江湖相通、蓝绿相融的水。鹤地银湖渺渺茫茫，集雨面积达1440平方公里，乃广东省内最大的“人造海”。湖内碧波荡漾，一望无际，碧水延绵于天上。鹤地水库福水泽湛江，潺潺运河水流到哪里，哪里的荒地就变良田。真是“水流千转织锦绣，雷州无处不是春。”还有九洲江、南渡河，弯曲盘旋，千流百转，滋润着千里红土。九洲江被廉江人誉为“母亲河”，江河水清澈透明，河道弯曲盘旋，从廉江石角镇入境由东向西斜贯全境。江水奔腾不息，浇灌万里沃土。南渡河横穿雷州半岛腹部，数百年来蜿蜒流淌，辗转了得天独厚的自然和人文风貌，灌溉着22万亩良田。

水，造就了湛江“开放兼容，勇立潮头”的文化品格。咸咸的海水、淙淙的溪水、滔滔的江水、碧绿的湖水。湛江的水不仅灵巧俊秀，而且大气磅礴。百年来，顽强的湛江人民在雷州半岛这片三面临海的独特土地上开荒拓壤，繁衍生息，孕育了历史深厚的海洋文化底蕴，骨子里具有开放的气质。自汉唐以降，到1899年沦为法租界，再到1984年成为全国首批沿海开放城市，二千多年来湛江这块古老而神奇的土地，始终主动或被动的与外界保持着频繁的接触交流和活跃的商贸往来，凝练出了“开放兼容、勇立潮头”这一文化品格。

水，为湛江经济的发展带来了豪气。湛江有1556公里长的海岸线，在城市的任何一条路上朝任何一个方向走，几乎都可能走向大海。东海岛、南三岛、特呈岛、硇洲岛前拱后卫；吉兆湾、雷州湾、白沙湾如银带系项，在城市的任何一个角落，似乎都能沐浴到浓烈的海风，感受到海阔天空的壮志与豪迈。三面环海，海域无边，海水无涯，那奔腾不息的水流激荡着湛江的活力。傍山而志高，临水而聪慧。因为有海，亚洲第一座灯塔才高高建在硇洲岛上。也因为有海，湛江建造了全国第一个自行设计的现代化港口，建造了全国第一座30万吨级油码头，浚深了30万吨级深水航道。也是因为有海，广钢环保项目迁建东海岛；中科炼化一体化项目迁址东海岛。舸舰穿梭，巨轮来往；物流滚滚，吞吐八方。水，给湛江的经济发展注入活力。

水育湛江，水润湛江，水绿湛江。挖掘水的内涵，做足水的文章，是湛江在 12471 平方公里土地上塑造海湾城市特色的着力点和落脚点。东海岛拥海入怀，吸引了钢铁、石化两项目入岛"循环"，吸引了一大批产业链上下游项目入岛"配套"。现在整个岛上热火朝天，充溢着新兴的魅力和潜能，吸引着世界的眼球。

因水的澎湃而城兴！承载着全新历史使命的湛江正劈波斩浪，驶向大海的深处，掀起巨大浪花，发出撼人心魄的声响。

7. 标题"水泽湛江"，文章是从哪些方面来论证这一观点的？（4 分）

____

____

8. 整体感知全文，说说你对画线句"水育湛江，水润湛江，水绿湛江"含义的理解。（4 分）

____

____

____

____

9. 请从表达方式或修辞手法的角度对文章末段的表达效果作简要的赏析。（6 分）

____

____

____

____

10. 一个充满水韵的地方，必然是富有灵性的地方；一个有水润泽的城市，必然是有灵气的城市。古镇西塘因溪流的穿梭而尤为生动跳跃；都市青岛因海的碧蓝而更加风情迷人。湛江又当如何挖掘水的内涵，做足水的文章，以塑造海湾城市特色呢？请你联系湛江实际，谈谈你的看法，可以指出目前存在的问题及改进方法；也可提出建议并说说如何具体操作。（4 分）

____

____

____

稻香最醉人

天还是那么高，那么蓝，高高的蓝天上白云悠悠。悠悠白云下是一眼望不到边的稻田。那沉甸甸的稻穗，黄澄澄、金灿灿。秋风吹过，金色的稻浪滚滚而来又滚滚而去！一直从鉴江口蔓延至天边。和煦的阳光下，禾花雀"啁啾！啁啾！"地在稻海里灵动地跳跃。稻田边，两个女孩手拉着手欢快地唱着《稻香》，欢笑声随风飘过江、飘向天边。稻花飘香的时候，是水乡吴川最为迷人的季节。

满地的金黄，满天的霞光，满眼的灿烂。那金色的稻浪已把鉴江平原渲染得格外美丽。江边、岭下、田野里，到处播撒着丰收之歌。收割机隆隆作响，打谷机转个不停，伴随着隆隆的机声，一片片稻浪快速往后退去，一股股湿润的稻香迅速向两岸飘散。

稻田的中间有一条碎石子铺成的笔直的大道，一直延伸至远方的那座石桥，石桥本有传奇故事，跟一段爱情有关。闻稻香，过石桥，可我踏上桥之时只见候鸟扑腾翻飞，并没遇见美丽的姑娘。陈桥的下面流淌着清澈的江水。江水淙淙，我舀起一瓢水，一闻更是香气无比，此时我仿佛觉得，这里的水，早已被稻香染过。

稻香之于水乡人，就像秦腔之于秦川。叫人难以割舍！蛙鸣，稻香，人和，眼前的一村一江一稻田来得特别真实，来得特别可靠。

稻香最醉人！稻田最迷人！金色稻田永远是水乡人脑海里一幅永不褪色的风景画。在我的记忆里，每逢开春，鉴江平原就百灵登枝、云雀放歌：“布谷声声催人忙哎，哥犁地来妹插秧喔。犁铧泛起千层浪，秧绣大地万重行——哎！”

那铺满水的畦畦田垄，一块块地翻新，一块块地翻耕。耕田、平田，盘田插秧，田野上到处都是火热而忙碌的场景。人们卷起裤管在田里劳作，大黄狗在田硬上窜前窜后。一株株秧苗带着农人淡淡的体温插到田里。顷刻，水田就变得一片葱绿。禾苗青青，嫩嫩的绿，油油地长。微风吹过来，小秧的身姿在起伏飘动，充满了生机。

禾苗是灵动的，十几米远的陈桥上，依稀可以清楚地看见它们升腾的新绿，让人心跳加快。禾苗的成长过程体现了生命的智慧。它不仅在土地上寻找和吸收所需的养分，而且吸收了日月之精华。它不仅用自然元素创造美，也创造生命本身。

清晨，晨雾笼罩四野。几乎每一片水稻的叶梢上，都挂着露珠。露珠晶莹透亮。伸手一触，露珠便悄然滑落。

禾苗含着露珠一天天地长高、长大。虽然远处禾苗已经被阳光遮住，白亮亮的看不清颜色，但我知道它的色彩就是我心底最珍贵的绿色。

到了水稻拔节、分蘖、抽穗、扬花的季节，田野里便充斥着生命的躁动，到处都可以听得到“蛙声一片”，甚至连蚯蚓的叫声都清晰可闻。实在忍不住它的诱惑，我常随生产队长华叔一起走进这滚滚的绿色田野里。鸭子在稻田的浅水里踩得哗哗水响；老黄牛在稻田边慢悠悠地扫动尾巴；蜻蜓在田野上面，快活地飞舞；燕子在稻田上空迎风嬉戏。一种不知名的候鸟在稻田的电线上排成长长的列阵，鸣唱；白鹭在稻田深处腾空而起。水稻、老鸭、黄牛、斑鸠、蜻蜓、卷心虫，相互协同，互相依存，好一幅原野和谐图景。

华叔说：“水稻之美，在于它的无私和宽容。它的心灵宽广无边，能容纳各种生命。它不仅养育人，也养育了田野上各种动物。”

圆润的茎根，修长的叶片，正直的稻秆，飞扬的稻花，饱满的谷粒。在稻田边，我读懂了水稻的结构美和质朴美。

今年，强台风“灿都”正面袭击吴川，房子冲垮了，鱼池冲毁了，稻田也冲崩了。闻灾情，我心中惆怅万分。过了一段时间，华叔打来电话，说政府已帮助全倒户建起了新房，修好了江堤和水毁的稻田。稻田也已绿色变成金色。华叔还说，稻田仍然是乡亲牵肠挂肚的地方。但随着除虫剂和基因技术的广泛应用，感觉稻花再没有从前那么香了。

站在石桥上，望着收割机刚收割完的田野，望着那铺在田里的稻草，我心中燃起幸福的感觉。一株株思想的水稻，也迅速在心底扎根、拔节、成长。月亮升起来了，远方村子缥缈的灯光已经模糊得看不见了，但黑夜无法阻挡人们对于丰收的巴望，我期待着下一次稻田更茂盛、稻花更香……

（2010.12.20）

鹤地银湖

廉江有江、有山、有海、有湖。湖是鹤地银湖。一座青年亭耸立在湖边的小山之巅，山虽不高，却凝集着江南的灵秀和才情。小山的下半部红黄点染，上半部依然是松桉青翠。山顶远眺，但见银湖含小屿，吞九洲江，波澜壮阔，一泻千里。

青年亭的四周是密密的青松，重重叠叠的树叶绿得新鲜，群鸟栖于枝叶之间，欢快地梳羽、嘤鸣；彩蝶飞来飞去，翩翩起舞。

堤坝环抱水天，一直伸向远方，沿坝可以一直走进鹤地银湖的现实画卷，也可以俯首聆听历史越过鹤地银湖的驼铃回声。

52年前，30万建设大军从四面八方集结在太平、石角库区，并以气吞山河的英雄气概，拦腰斩断九洲江。开山劈石之声响彻南海之滨。建设大军用双手开挖的土方石方，加起来铺一条1米宽10公分高的路，可绕地球16.6圈。

“鹤地水为库，雷州旱不忧。渠分四干行，江截九洲流。”潺潺运河水流到哪里，哪里的荒地就变良田。这座横跨广东、广西两省区，总库容超11亿立方米的“人造海”犹如一座历史丰碑高高耸立在雷州半岛之上。52年来，鹤地银湖一直在演绎着“原生态湖”的完美风景！乡野的银湖，与喧腾的廉城并存；城市的银湖，与纯朴的乡野同在。52年来，银湖依旧不变的就是纯朴的乡野气息。

湖面苍茫，湖岸逶迤，湖波清亮。泛舟湖上，无边的清凉和馥郁气息直透心底。

站在舷边凝目观湖。只觉得湖面异常的平静，风很大，也吹不起丝丝涟漪，只有湖水的自然流动引起的微微的波澜。快艇驶过，才见波澜明显地向两边漾去，宛如一匹深色的重磅绸缎轻轻抖落开去。云消雾散，湖水奇妙的颜色渐渐显露。不是绿，不是蓝，又似绿似蓝。恰似白居易《江南好》中“春来江水绿如蓝”。

湖面开阔，有飞鸟从头顶飞过，如点点音符在天际飘动。与西湖的娟秀相比，银湖最突出的特点是壮阔与博大，那烟波浩渺的气势让人联想到大海的辽阔。

湖中有岛，岛又生湖。那100多个小岛星罗棋布在万顷碧波的湖面之上，不高也不低，不远也不近。大岛如山，小岛如船，个个青翠欲滴，像一块块半浸在湖中的碧玉。岛上丛林密布，不见土，不露石，青山翠屿，生机无限。湖山相映，水树相亲，人鸟相近，好一幅人与自然和谐的水彩画。

在岛上观湖，湖水如一缸浓酒，散发出醉人的芳香。岛上林中不知名的鸟，长吟声黏稠，是酒醉的呢喃。

湖中之岛投影在湖波中，晃动着一片墨绿的光影，使原本清澈的湖水显得深不可测。

夕阳西下，泛舟湖心，把盏对饮，仰望空中几只鸥鹭徐徐而去，心头顿时掠过一丝薄如蝉翼的欢乐。天格外的蓝，是那种没有一丝污染的纯蓝，是那种能把你吸上去融化的蓝。云也格外的白，白得像纷飞的棉絮，只要轻轻一掐就能掐出水来。置身于这样的天地间，即便有再大的怨气、再大的委屈、再大的浮躁不安，在这里也会被转瞬吞没，消失得杳无踪迹。轻柔的风迷醉地吹着，醉了岛上的树木，也醉了湖上的小舟。这一刻，自己可以淡定，可以从容，可以没有世故圆滑，可以找回另一个高度的自己，与另一个愿望中的自己重逢。

船头坐看云舒云卷，心里一片澄明，眼前的一切都变得和颜淡然。心灵之河如湖水一样幽婉起伏，自在舒展。

如果不是那清凉气爽的秋风提醒，真想躺在船上睡一会儿。水鸟从空中从容地落下来，轻轻掠过水面，尖翼蘸起细小的水沫。追随着水鸟欢快的叫声，我不断地发问：为什么水鸟能活得如此从容、如此真实、如此有骨性？

水鸟那种从容的飞翔，那种优雅舞动、那种迅疾一击的精彩一刻让我顿悟：生命之富有，不在于你拥有多少财物，而在于你拥有多大的心灵空间。

在小舟上屏思凝神静静地品味水鸟的从容，银湖的凝重，却能感觉来自湖底深处蓄积的力量和渺小的细流声，这天籁之音是那样的清韵、脆嫩。

湖心的空气如洗，清纯怡人，两眼如浸入琼液！深呼吸一口气吧！赶快用卸下了世俗重负的空灵的心去装下一湖一天的悠远——

（2010.11.11）

木麻黄低吟

一踏上南三岛，就像走进了静谧的绿洲。那挺拔劲秀的木麻黄，一行行、一排排，连绵不断，逶迤起伏，构筑成了一道坚固的绿色长城。狂风呼啸，林涛翻腾，似有一种力量在涌动，像有一种激情在澎湃。

林带的天空高远而深邃。疏漏的阳光在起伏的树林间跳跃。海风腥咸浓烈，极具野性，自由地在树丛中穿行。林带纵深达 2 公里，遮隐着冉冉秋光。树干正直挺拔，蓬勃向上；枝叶繁密、纤细，苍翠欲滴，尽显生命的本色。

友人说，木麻黄抗旱、抗碱、抗风，生命力极强，只要有一抔沙，它就能扎根、就能蓬勃。木麻黄根须十分发达，一遇到沙丘就扎下去，就深下去，就将流沙聚拢成团。木麻黄雌雄同根，种一棵就长一棵，树干紧紧靠着树干，树叶紧贴着树叶，呕心沥血编织防风防潮之网。

文学大师冰心在《湛江十日》里写道："它不怕台风，最爱海水，离海越近它长得越快。解放后，翻身的湛江人民要在这一片荒沙上建立起美丽的家园，他们就利用这种树木的特长，在沙岸上里三层外三层地种起木麻黄来，这些小树，一行行一排排地扎下根去，聚起沙来，在海波声中欣欣向荣地成长，步步为营地与海争地。"

遇上强台风袭击，木麻黄树树挺直，手臂相挽，顽强抵御，并用那又硬又坚的身躯守护着百姓家园。台风凶猛无比，摧枯拉朽。但木麻黄宁折不弯！即使被拦腰斩断，被连根拔起，仍然保持一副不屈的姿势。台风过后，被拔起的根须很快就长出新绿，被折断的残干上也快速地长出嫩枝。生了死，死了生，凤凰涅槃，木麻黄就在抗击台风灾害中重生。木麻黄即使枯老了，树叶也飘落沙地，化作春泥。

吹一路绿风，染一路浓绿，我钻进了木麻黄林带，或倚或靠或躺，轻闭双眼，聆听大海那高亢雄壮的波涛声，静听木麻黄那均匀平静的呼吸声。

林带里安静而清幽，只有风吹树梢的低吟，仿佛亘古以来就如此这般。我呆立着、凝望着，感到幽深林带里特有的寂静，萦绕耳际的唯有啁啾的鸟语。

进入林带深处，除了树木，还是树木。但树木之中，已不闻鸟语，又不觉花香，连虫鸣蝶舞都已看不见。反而有一丝丝的白雾不断地从更深处涌出，给林带平添一份诡异。

夕阳西下，周围的树木仿佛在不停地移动。在一片低洼的沙丘处忽然出现了一片黄褐色的树木，枯干的枝条上不再是青翠的绿叶，空中飘浮着一种水浸臭味。一棵胸径为 7 厘米的古木麻黄树冠已稀疏，冠上的小枝退绿黄化凋落，枯枝枯梢渐多，根部已严重裸露在外，木质部开始变褐色；树皮已纵裂成溃疡状。友人焦灼地告诉我，他一进入林带就发现部分木麻黄树的“气色很不好”。几个月前，他特意跑到木麻黄周围，徘徊观察了很长的时间，断定它们是得了“青枯病”。

“因为树木和人一样，是有生命的，健康的树木是会‘笑’的。而在这里，我听到了木麻黄在‘叹息’、在‘呼号’、在‘哭泣’。”

我心头猛然一震。我走上去，抚摸树枝上仅剩的几片绿叶：啊，树的生命正在流逝，往日欣欣向荣一去不复返。

风在低吟，木麻黄在呻吟。友人说“木麻黄像人一样，也是要经历生老病死的。木麻黄是饿了、病了，还是冷了、热了，我们要听懂；木麻黄的叹息、呼叫和哭声，我们也要听懂。”

“以生命为本，生命不能等待，救救患青枯病的木麻黄!”

与树相对无言，一股森森的寒气从后背生了起来，一时间压抑的气氛似乎要把人窒息。步履如铅，我们一截一截地探问枯萎的木麻黄。

海风呼啸着穿过枝条针叶，木麻黄在风中呜咽。友人泛着血丝的眼睛盛满了宽慰：“木麻黄守护着我们的家园，我们也守护着木麻黄的健康。经林业专家的悉心救治和细心护理，木麻黄青枯病传染之势已得到有效遏制。”

林带外是洁白如银的沙滩，沙滩外是一望无垠的湛蓝。太阳更低了，血一般的红，似在燃烧着火红的热情，让人兴叹生命力之旺盛，已被夕阳染成了血红色的木麻黄仍顽强地傲立着，用又硬又苦的身躯和仅剩的枝叶在抵御风沙——

（2010.11.1）

外祖母常在我耳边嘟哝：打开一扇门，就打开了一个世界，关闭一扇门，就关闭了一个世界。别老站在门槛上——

观门知敬畏

又是秋风萧瑟的季节，又是落叶飘零的时刻。

已经好久没回外祖母家了，走在这条既熟悉又陌生的小石路上，一切都是那样的熟悉和亲近。路边，绿油油的稻田已变成金灿灿的稻海。三两只白鹭“扑棱”着翅膀越过稻田，穿过林梢，飞入云中，让人顿生丝丝的悲凉。

外祖母依然住在那幢旧式的骑楼里，楼下依然是那扇斑驳的朱漆大门。门的颜色深沉、古朴、厚重。风雨已在厚门上刻下了凹凸不平的线条。丈高厚门双扉紧紧地闭拢着，似用一种淡然的眼神，在环视风里云烟。

门前，那棵曾经的小红木棉树已亭亭如盖，树上鸟雀啁啾成歌，布谷鸟在树上唱得依然是那么的动听——“李贵郎，李贵郎”，声调婉转低回。一只小狗在门前“汪汪”地徘徊。

青砖铺就的阶梯，长满了各式各样的杂草，铺满了枯黄的落叶。幽暗的过道，结满蛛丝，苔痕自潮湿阴暗的墙根爬上大半个墙垛。我在阶梯前独自徘徊，在绵绵的秋雨里独自沉思。

我没有敲门，而是直接绕到后窗。院内，只见一位戴着老花眼镜的老人正低垂着头，娴熟地摆弄着手中花花绿绿的针线，平淡而又专注地缝补着手中的一方天地，缝补着骑楼那波澜不惊的岁月。桌子旁安放着一个老式的针线箩筐。小鸡小鸭总在她身边唧唧嘎嘎，老人只是平静地抬抬头，浅浅一笑，又无言地沉进针线活中去。

朱漆大门紧紧地锁着，锁住了一个漫长季节，却锁不住我对门里温暖的记忆。

我清楚地记得，外祖母家那扇大门一直没有上锁，也没装“猫眼”，只有一个木头做的门插棍。亲人和邻里都可自如地进出那道门。门总是半遮半掩，全巷子的忧愁、欢乐、眼泪、笑容、思念、梦想，似乎都可以通过这扇门进行宣泄。

外祖母出门总不带钥匙。她说：“如果门关上了，敲一下就行了”“笃笃笃——笃笃笃”外祖母的敲门声特别的清脆。

然而，我已很久很久没听过那清脆的敲门声了。寄居在城市里，生活在各种娱乐至上、消费至上、物质至上的风尚中，那种善良、真诚、温馨的敲门声已渐成追忆。在“锦锈华景”小区里生活十几年，我一直叫不出邻居的名号，一回家就“砰”地一声把门狠狠地关上，门内不仅装上“猫眼”，门外还请“铁将军”来把守。那种期待、信任和兴奋的开门声也已渐渐远去。

外祖母家的大门以前是用红油漆漆过的，颜色何时脱落，我已记不清。但我清楚地记得，我时常把核桃放在门和门扇之间，辗碎。可核桃碎裂了，门的颜料也剥落了。那时，我常常固执地伫立在浅浅门槛上，漫不经心地遥望飞鸟和天空；漫无目的地瞭望着门前那滔滔江水和门外的稻影。

外祖母常在我耳边嘟哝：“打开一扇门，就打开了一个世界，关闭一扇门，就关闭了一个世界。别老站在门槛上。”外祖母那熟悉的声音久久地在我的心谷里回响。她那温馨的笑靥像一脉清泉在我的生命里流淌。

秋风吹红了叶子，吹老了岁月。我在门前来回踱着，久久地沉思，耳边恍若听到外祖母的呼唤声。

“笃——笃笃，笃——笃笃笃。”敲门声声急，声声重。“谁啊——”外祖母嘀咕着。伴随着“哗啦”的拉栓声音，朱漆大门吱吱呀呀地开了。推门那一刻，我的手感到特别的凝重。外祖母瞪大眼睛，上下打量着我，似在打量着故乡那条伤逝的小河。外祖母一只手抢过我的包，一只手使劲地帮我拂尘，反复地问：“冷不冷、饿不饿、累不累?”看着外祖母单薄的背影和那被秋风掠起的白发，我的眼睛湿润了。

我无语地坐在门前的竹椅上，与朱漆大门无言相对。

外祖母似看透我的心思，笑着道：观“门”要懂敬畏!

外祖母从锅里拿出只旧瓷缸子，端到我面前，“人生在世，就需有所敬畏。就是要知道哪些事情该做，哪些事情不该做。”

孔子曾说过：“君子有三畏：畏天命，畏大人，畏圣人之言。小人不知天命而不畏也。”

明代著名学者方孝孺说：“有所畏者，其家必齐；无所畏者，必怠其睽。”

坐在竹椅上，我朦朦胧胧地想起了十多年前外祖母讲的两个故事：唐贞观二年十月，唐太宗李世民想去南山游玩。宫中上下人众接到通知后，都做好了出游的准备。但由于大臣魏征不在宫中，唐太宗迟迟没有下达出发的号令。后来，奉命外出扫墓的魏征回朝后，问及此事，没想到唐太宗毫不掩饰地说：“畏卿嗔，故中辍尔”。（害怕你生气、责备，就中途放弃了）正是因为唐太宗常怀这种敬畏之心，才养成了他“虚心纳谏”、“任人唯贤”的工作作风；正是他常怀敬畏之心，时时事事能够虚心听取别人的逆耳之言，才有了流传千古的贞观之治。

南宋高宗时的进士王十朋，在46岁那年才中举当官。他把自己的书斋命名为“不欺室”，并将《书不欺室》诗作为座右铭。诗曰：“室明室暗两何疑，方寸长存不可欺。勿谓天高鬼神远，要须先畏自家知。”正因为他“畏鬼神”、“畏自家”，为官十几年，倾心尽力为百姓造福，被当地百姓视为清官、好官、为民之官而念念不忘。

门外秋雨绵绵，门内景色依旧。我竭力将所见的景物再一次装进脑海，因为不知道何时再回来。

外祖母把我送到路口，路上还讲了许多有关门的故事，很平淡，却很真实。外祖母说：“门关上是实的，打开是虚的。好好把住房门，守住心门。”

黄叶无声地飘落在车前，更多的叮嘱也已被无情地挡在车窗外。车子渐渐远了，但外祖母依然孑立在风中——

（2010.10.17）

逝去的乡愁

一分秋雨一分寒。撑着伞走在绵绵秋雨中，心中陡然升起一股乡愁来。

乡愁像雾色的云烟，脆生生地在心谷回荡；又像远山的晴岚，颤巍巍地在心头萦绕。

忘不了故乡那古老的歌谣，忘不了故乡那条流转飘逸的小江，更忘不了故乡那袅袅的炊烟。

记忆里的故乡有一条清澈的河流在潺潺地流动。那滔滔江水，犹玉带般晶莹。那湍湍江流，似琴声般悦耳。水向东逝，像时针般灵动。年年流淌，岁岁不息。小江如缎带般缠绕着漠漠的田野，田野上可常听到骑牛牧童横笛率真之音。一架古老的风车，在江边迎风转动，似在诉说着湿漉漉的心事。

霞映小江，水泛霞彩。上学的路上，我们一看到小鱼在江边石板缝隙处畅游，便卷起袖子，挽起裤管，涉水摸鱼。然后舀起一勺江水洗脸，留一股透心般的清凉。

黄昏，江面撒满了醉人的胭红。放学铃声一响，我们便急急向江边奔去，“扑通”一声就跳入江中。江边茂林翠竹，浅浅的绿色斜垂于水上，木杵声声。在水里，我们像鱼一样地翻转着身体，尽情地享受着乡村河流的清凉与惬爽。夏日的小江在太阳的照射下抖动着银光，水蒸汽缥缥缈缈，弥漫着整个江滩上空。在江面上“摇啊摇”的小渡船，发出“吱呀吱呀”的声响。我们沿着船舷攀上渡船，与船夫一起摇动船橹，激起串串的涟漪，笑声久久地在河面上回荡。

在外漂泊时间越长，就越发会在风雨中思乡。一个梧桐更兼细雨的黄昏，我带着漂泊的行囊回到故乡。一路烟雨，双脚一踏上故土，一种不言而至的乡愁就像烟雨一样涌上心头。烟雨中，一阵阵清脆的鸟鸣由远而近，让人平添几分归意。

站在袂花江堤的风口上，纵观故乡景色的变迁，我感到故乡既熟悉又陌生。小孩和狗，在午后的江堤上奔跑。石井江边，已不再有旧时开阔的田垄了。幢幢小洋楼，堆叠在昔日的田野河涌上。江边的弯道上，桩机隆隆，正使劲打着地基，一个大型的楼盘就要竖起。新陈代谢的年代，新的把旧的覆盖下去，就像一个注定要被遗忘的记忆。

那条不知养育了多少代人的小江已没有从前那么清澈，也不再奔腾，一汪一汪的浅水滩断断续续。水面上漂浮着各种酒瓶和各色塑料袋。河面已变窄，河滩已光秃秃。已见不到萋萋的芳草，见不到步履摇摆的水鸭，更见不到村姑江边浣洗的情景。

汽车载着河沙一辆接一辆从江口驶入，随着那远去的喇叭声，白色纯净的沙滩已变得坑坑洼洼，满目疮痍。看着昔日平整且带有风水波纹的沙滩被掘得高低不平，我的心情便随着江水高低起伏。江水何时再清澈？我总担心有一天洪水会冲垮堤坝，淹没村庄。

受记忆的牵引，沿村走上一圈。当年那淡淡的带着丝丝蓝意的炊烟已找不见。

在我的记忆深处，乡村是朴素的，简约的。简约到只用一缕炊烟就可送走黄昏黎明。乡村的炊烟也特别的简洁，特别的轻盈，特别的朴素。雄鸡唱晓，曙色初开，当天边还残留着几片鱼鳞似的云彩之时，村子就开始升起炊烟。那淡蓝色的炊烟，或出于竹篱茅舍，或隐于密林深坳，缭绕且升腾，飘扬在乡村那方清新的天空。鸡鸣，狗吠，牛哞，羊咩，鸟语，蛙声——一切都随着炊烟从睡梦中苏醒。

乡村雨天的炊烟最具神韵，潺潺的雨帘下，家乡的炊烟如一条条淡蓝色的“蛟龙”从烟囱里腾上来，在天空缠绵、起舞、飘浮，轻轻地糅进白云里去，将天空渲染成一幅幅江南特有的水墨画。也在我的心里袅出一笔葱茏的诗意。

乡村的炊烟一年一年地延续着，它凝聚着乡情、流淌着乡风，永远是在外漂泊游子魂牵梦绕的记忆。而如今重踏故土，却发现瓦屋正在消失，炊烟已难觅踪影。村长说，村里三分之二的农民已经离开了故土，炊烟正在消失。

村子里十分空寂。遥望姗姗而来的秋天，我的心里掠过丝丝的悲凉。瑟瑟秋风中，兀立在江边的那排苦楝树，正秃着枝干，落寞地对着一树残果。偶尔，也有南归的雁群，唱着忧伤的歌，从树顶飞过。一座老宅子门前，一只红蜻蜓正静静地凝在那锈蚀了的门锁上，一阵风掠过，蜻蜓的薄翅上下翕动，匆匆飞走——

古希腊哲人赫拉克特说；“人不能两次踏入同一河流。”故乡的河流犹其如此。啊，归来吧，故乡的河流、故乡的炊烟、故乡的彩云！

（2010.10.3）

风筝夜飞

皓月当空，银光泻满湛江港湾。月下的海港，如一面风月宝鉴，闪烁着天魂地精俱收其间的翡光翠色。海风过处，海面碧波荡漾，如绸缎般飘逸，令人仿佛进入太虚幻境。

大海吹南风，风大且力均，正是放风筝的好时机。湛江渔港公园的灯塔广场上挤满放风筝的人群。一形如“老鹰”的风筝长长地蜿蜒于地，“鹰身”由细篾节片扎制而成，风吹动，节片扑簌簌响。

“南风，放线，起！”一只只风筝应声而起飞，徐徐上升。线渐放，风筝渐远。瞬间，天空布满了五颜六色的风筝。布做的，纸糊的，三角形的、长方形的，还有燕子式的，蝴蝶式的，千姿百态。那一只只通体幽幽发光的风筝巧如蜂蝶，精如长龙，倘若大雁，拽着长长的荧荧绿光，在空中滑翔，划出一道道彩色弧线。夜光风筝、明月繁星，与渔船灯火遥相呼应，勾勒出港城更高远的诗意夜空。广场上放风筝的人已越来越多，站着放，坐着放，跑着放，个个乐而忘怀。这绵绵的一线“牵”住了多少人的情怀呀?！遥望碧霄，我忽然想起了唐代诗人高骈的《夜听风筝》：“夜听弦声响碧空，宫商信任往来风。依稀似曲才堪听，又被风吹别调中。”

夜空如水，白云如絮。白云之上，“老鹰”正在追逐“燕子”。“老鹰”通体黑，两翼舒展，神形飞动。放“老鹰”者兴叔也。只见他左手执风筝轮，右手摇手把。时而收线，时而放线。风筝在绵绵的细线下自由地飞。兴叔说：“风筝的自由是有线自由，不是无线自由。”

飒飒的秋风，撩动兴叔的衣袂。兴叔虽已年逾古稀，但20年来一直坚持夜放风筝。“风小时，风筝难起飞；风大时，风筝‘溜得快’；风向不定时，风筝最容易‘栽跟斗’……”兴叔笑道，“放风筝最讲究把好风向，该放则放，该收则收。”

“你试试吧!”兴叔慷慨地将“老鹰”塞给我。我接过线轮，一股快感涌上心头。风向突变，我急速收线，“老鹰”迎风抖动，直向下坠。“拧线，放线!”我手中的线轮快速地转动，“老鹰”再次迎风而起。线慢慢地梳到了尽头，但此时，我不知道“老鹰”距我有多高，离我有多远。更不知道会不会断线坠落。看着我一脸愧色，兴叔说：“放风筝最能锤炼精神定力。”

风筝飞高了，线要收回来。兴叔左右迎线圈卷，线轮渐渐形成了一个橄榄形的线球。兴叔说，世事喧嚣纷扰，的确有着太多的诱惑，太多的挑战和太多的无奈。如果精神定力不足，必然会心旌摇荡、神不守舍，最终心理失衡。就如风筝，如果功名利禄、荣辱得失都系在绵绵的线上，就很容易断线坠落。

“龙”、“鹰”、“燕”、“蝶”仍安静而又撩人地悬在空中。“放风筝，如同与大自然对话，是件快乐之事。”兴叔望着夜飞的风筝笑道：“让别人快乐是慈悲，让自己快乐是智慧。”

月光，星光、荧光灿烂着港城的夜空。啊！今夜又见风筝天上飞。

(2010.9.20)

安详是福

红霞满天，满天红霞。夕阳下的小山村涂上了醉人的胭红。

小桥，流水，人家，村子里飘散出山外水乡的几分风情。一条小溪流穿村而过，给了小小山村以独特的意象。进村的石拱桥横跨数百米，桥面铺满不规则的石块，凸显坚实与古朴。桥下一群白鸭，正在悠闲地觅食。进村时，田洞里不辞劳作的身影渐渐模糊起来，叮当悦耳的牛铃声，急促优美的手机铃声，由远而近，恰似一曲古老而又现代的歌谣在飞扬。在村口的溪流边，远远就看到一幢幢鹤立鸡群的“小洋楼”，似在诉说着小村的变迁。

村里荔枝成林，杂花生树，群莺乱飞，清泰而又安详。一位摇葵扇的白发老人正坐在荔枝树下纳凉。老人名叫福嫂，年逾九旬，皱纹里交织着岁月的痕迹，深凹的眼眶里镶嵌着一双明亮的眼眸。驼起的背虽像平原上隆起一座小山丘，但她面色平静安详，目光里，充满了深情。夕阳的余晖洒在她身上，镀上一层金色的光芒。

在炮筒似的镜头前，福嫂神情安泰，总是微笑，摆姿势，让我们忍俊不禁。福嫂没有打听我们来自何处，更没有问我们跑到村里来的目的。

福嫂拢了拢头上的白发，利索地打开小压井，吊起清甜井水，煮沸，泡茶，然后倒在一次性的纸杯里，脸上一直挂着笑容。福嫂说，这是村里人的待客之道。

小山村的夜来得特别快。夜色空濛，村子如蒙上了一层揭不开看不透的面纱。福嫂说，自己特别喜欢山里夜色。刚好碰上停电，福嫂点燃了煤油灯，在昏暗的油灯下，福嫂讲述了一个又一个古老的故事。

福嫂生于大户人家，75 年前就“嫁”到村子里来。老伴丁字不识，且脾气暴躁。福嫂一生命运多舛。第 6 个孩子刚降生时，老伴就瘫了，且经常闹脾气，常常把福嫂折磨得叫苦不迭。大女儿在幼年时因生病烧坏了脑子，为了救治女儿，福嫂不知费了多少心血，熬了多少不眠之夜，流了多少眼泪。

福嫂说自己就像一架不停旋转的纺车：鸡叫三遍，便悄悄地爬起来，剁猪菜，推石磨，转灶台。东方一发白，就把牛羊赶上坡，一边看守一边挖药材，刮树皮、扯鱼腥草。夜色降临，则在摇曳的煤油灯下，摇动那架古老的纺车。

福嫂的针线活做得好，村里人都说：福嫂是廉江最好的裁缝。可福嫂自谦：能做村里最好的裁缝就足够了。

福嫂总爱坐在那棵荔枝树下做针线活。如果有燕子从头顶飞过，福嫂就顺手用针线把它们临摹下来。福嫂常常凝视着天空的云朵出神。忽然听到燕子唧唧的叫声，福嫂马上把目光从云端收回，细针密线地绣啊绣，绣下飞燕的图案。村里人都说，福嫂的手艺是从天上学来的。

福嫂就靠着几棵荔枝树和针线手艺，拉扯着儿女长大，日子过得清贫而安详。现儿女们的翅膀都长硬了，都飞走了。

在村子里生活几十年，福嫂说自己是最爱村子的人。村里妯娌多，事非也多，可当“飞短流长之弹”袭来时，福嫂总是一笑而过，从不跟人红脸。福嫂常说“健康是福，心安是福，安详是福。”福嫂还特别喜欢唱民歌，不管是白昼还是深夜，只要跟随她的声线便能达到安详之所在。

夜色中，乡间的路弯曲而悠长。我们独自徘徊于荔枝树丛，领略那种深沉的静谧。路上，友人讲述了一个寓言故事：从前有个国王到花园散步，他看到花园里的花草树木都枯萎了，只有细小的心安草茂盛地生长着。原来，橡树由于没有松树那么高大挺拔而轻生，松树因为自己不能像葡萄那样结出许多果实而嫉妒而死，葡萄则哀叹自己终身匍匐在架子上不能直立，牵牛花因为自己没有紫丁香那样芬芳而病倒，其余的花草也都因为自己的平凡而无精打采。国王看了看平凡得不能再平凡的心安草问道："别的植物都枯萎了，为什么你却生长得这般勇敢乐观、毫不沮丧呢?"心安草回答："那是因为我不自卑，一点都不灰心失望，也没有什么非分之想，我只想好好做棵心安草。"

月儿西斜，村野四周寂静。"安详是福，福就是在虚心中有份不变的清明；福就是让欢喜绵绵不断地滋长。如果你总想着位子，票子，房子，车子，孙子；总划着圈子，谋着裙子，装作君子；总放不下架子，那何谈安详?"友人说："不妄求，则心安；不妄做，则身安。"

启明星渐渐隐没，东方出现了瑰丽的朝霞，信风拂来沁人心脾的稻花香。福嫂穿上简洁朴素衣服，弓着背，晃着头，端坐在老荔枝树下，面色平静而安详。福嫂一手拿着缺了齿的旧木梳子，一遍又一遍地梳理着稀疏的白发。然后涂上一点香油，娴熟地挽起发髻，插上小红花，显得格外的精神。福嫂笑着说："人最难得的是心安，最可贵的也是心安。"

旭日东升，村子仍透出一派清泰、安详之气。古老的江风穿过郁郁葱葱的草木间，吹来了泥土的芳香。乡村的天空澄澈而高远。湛蓝的苍穹下，白云悠悠，机灵的小燕子斜着身子向南飞翔——

(2010. 8. 10)

红树林

湛江多红树，红树绿湛江。

那一片片辽阔壮丽的红树林，层层叠叠，密密匝匝，莽莽苍苍；如一块块绿色宝石坠落在廉江高桥、遂溪北潭、雷州企水、麻章太平、东海民安、霞山特呈，辉映出湛江美丽海河秀色。

一个荔红蝉鸣的日子，我和廉江市委书记何鑫向高桥红树林走去，去寻找和采撷一片安宁的天空。高桥红树林绿油油，青秀秀，接着海，连着天，连绵数里，见不到头，望不到边，一片碧海绿天；进入林区，即被那厚厚的、密密的、浓浓的绿意所笼罩，所包裹。信步林间曲径，人如一片快乐的叶子，身心俱怡。港汊内潮沟纵横交错，红树林簇簇相拥，层叠莽苍。有八百年树龄的红海榄树头像骜，树叶像蜂，树杆像芋。树头地根交错，交叉地插入淤泥之中。这些根互相绞织着，盘缠着，骨断脉通，脉阻筋连，掰不开、揉不碎、扯不断。何鑫书记说，红树林是一种生命力极强之树，种子落在海上，随海潮漂游。半年内，如果遇到泥土，就会生根，就会萌动，就会发芽，就会吐叶，就会展枝，就会展示一种顽强的生命力量。红树林虽生于险滩恶水间，却节节蓬勃；虽长于盐碱沼泽地，却棵棵挺拔。虽然天天要面对泥底不稳定、海水盐度高、土壤极度缺氧、水位涨落变幅大等多重生存难题，却百折不

挠，连绵不绝，茂盛不衰。

在幽深曲折的林中小径中穿行，仿佛走进了一座森林的童话。蜻蜓在树上盘旋；海螺在树下蠕动；弹涂鱼在树根飞跃；招潮蟹树枝上舞爪。

徘徊于丛林树海，我感受到了一股生命的力量在涌动。爽风盈怀，与红树相视一笑，更解无言诗意。微风吹过，那清翠的林涛，柔和的混响，微妙之音，仿佛遥远的天籁，飘过寂寥的心田。

太阳越升越高，潮水越涨越快。我们划一小舟荡入“红树幽深迷宫”，红树林千万枝条垂立于水面，一串串数尺长的红树籽宛如珠帘悬于碧波之上。海风吹过，枝条轻轻扬动，如诗、如歌、如舞。红海榄花开灿烂，一篷篷，一簇簇，散发出淡淡的清香。何鑫书记说：红海榄有花季，也开花，但从不怒放争艳。

小舟顺流漂移，但见一片片，一丛丛，一簇簇的红树紧密地聚集在一起，互相搀扶，互相依偎，互相牵扯，互相簇拥，成态成势。红树树干卷曲，依依偎偎，如龙如蟒，似狮似猴，像鹤像鹰。树干上抽出的红叶似火，枯枝里冒出的绿叶如兰。树顶上，点缀着一簇簇白的、紫的、蓝的小花朵，在阳光辉映下格外绚丽夺目。

摇动木橹，一重水烟急掠而过，又轻轻地卷起散化成水雾飘舞，“小舟从此逝，江海寄余生”的诗句油然而生。

树林愈来愈浓密，小舟驶入一个雾气缥缈的“红林宫”。何鑫书记林里击掌，顿时群鸟腾飞，鸣声鹊起。亭亭玉立的大白鹭，高傲的东方白鹳，长嘴如扁铲的黑脸琵鹭，精精灵灵的丝光椋鸟，呆头呆脑的白腰杓鹬，黑白分明的琵嘴鸭，素衣素面的针尾鸭，浓妆艳抹的白胸翡翠，都不约而同地振翅翻飞，横翔竖降，激水扬波。

再击三掌，一群苍鹭也从林间飞起，白色的身影在天空优雅地盘旋着，欢呼声响彻林梢。何鑫书记说，红树是正直朴实之树，是内和力极强之树，是“海上胡杨”。170 多种鸟类都选择红树林作为栖息地，并在红树林里面长歌不歇！

浓烈的海风挟着红树的芬芳轻轻地掠过发梢，我们行舟踏浪，深深地呼吸红树如兰的气息，感受红树生命的律动，体味红树的浩然正气。

泛舟海面，与红树相视一笑，周身已清澈澄明！

（2010.7.12）

日照东海岛

东海岛因天赐而优越；因地灵而名杰。汽车披着盛夏火热的南风向湛江东南方向疾驰。路上，椰树摇曳，高柳蝉鸣，碧野荷开。跨海长堤两岸，红树林星罗棋布，海鸟俯首低飞。

越过跨海大堤，就进入了东海岛。踏上海岛的那一刻，我心中便被一种强烈的蓝色浸染着。那蓝色源自久远的历史，源自一碧万顷的大海，源自这个中国第五大岛的丰富内涵。海岛面向浩瀚的南海，平坦而开阔。这座传说中神蝶化成的岛屿，外形看上去酷似一只正欲起飞的蝴蝶。“蝶岛”的山峰、坡谷、丘陵、海洋、沙滩都在散发出灵动的生气。

走进东海岛，就走进了古老的历史。沧桑的历史用它特殊的心语娓娓地讲述着那遥远的年代，逝去的岁月。明清时期，东海岛叫作“湛川岛”，1899 年法国强租广州湾后，把这里划为“东海区”，后称“东海岛”。这座位于南海中的岛屿，在历史的年轮中，曾上演了一幕幕史诗般荡气回肠的故事。随着岁月的脚步已渐渐远去，但与日月传承的那份激情，已经化为了这个海岛特有的养分，它滋养着海岛的子孙后代，赋予他们探索思考、敢作敢为的勇气。

进岛公路是那么的舒展，蜿蜒飘逸如仙子舒展的广袖，又像银河飘落的玉带，轻轻覆盖着“蝶岛”丰收的土地。车行其间，感受的是岁月的馈赠，举目瞭望，体验的是季节的丰盈。田野上长满了水稻、花生、香蕉，散发出泥土的清香和醉人的丰收气息。岛上最古老的东山小镇弥漫着古朴情调。石子与石块铺就的街道两旁，排满了石头建造的房子。石头房子的石墙上，大都爬满了苔藓，仿佛幽幽岁月覆盖着彩色的梦。每座房子都像是诉说一段故事，爬满斑驳的记忆。香蕉林里也高高耸起了钢筋水泥结构的小洋楼，卓尔不群，似在向人们讲述着时间的更迭，海岛的变迁。

“日月之行，若出其中；星汉灿烂，若出其里。”来到龙海天，我即被大海那澎湃而刚毅的气魄所震撼。浩瀚的大海与天连在一起，层层叠叠的海浪在翻滚着，跳跃着，呼啸着，咆哮着，泛着白色的泡沫，犹如千军万马、奔腾呼啸。这些翻滚的巨浪，恰似一头暴怒的雄狮，声如雷霆，以摧枯拉朽之势，向着“龙海天长滩”发起一轮又一轮的冲击。

“龙海天长滩”绵延 28 公里，如洁白的飘带，在大海的临界处弓出一道圆滑弧线。站在“弧线”边，我似乎听到了万马嘶鸣的声响。宋代大文学家苏东坡的“乱石穿空，惊涛拍岸，卷起千堆雪”的词句蓦然涌上心头。

勇敢的海鸥在海上追波逐浪，那叫声划破长空。我敞开胸襟，呼吸着浓烈的海风。蓝色的大海如一本宏博浩翰的书卷横亘在我的面前。我战栗着打开蔚蓝色的封面，读着浪花，读着波涛，隐约地，我听到海风演奏的乐章。乐声中，我看到灵魂复苏的精卫鸟化作大群的银鸥在寻找当年投入海中的石子；看到了《老人与海》中捕鱼的桑提亚哥老人尽其生命的力量，为自己的理想不懈追求、努力奋斗，在重压下仍保持着优雅的风度，乐观向上的精神；看到舒伯特的琴键在浪尖上跳动。

“大雨落幽燕，白浪滔天，秦皇岛外打鱼船。一片汪洋都不见，知向谁边？”

巨浪腾空，浪花汹涌，大海或豪迈、或雄壮，让人体会到无穷的力量。面对奔腾咆哮的大海，我的血液飞速地狂流着。

沿着洒满金色的海岸线，追逐着海鸥的踪迹，我一路行进。进入湛江经济技术开发区东海岛新区，远远就有一股灼人的热浪扑面而来。挖掘机、推土机、压路机、吊车、土方车在来回穿梭，掀起滚滚尘浪。昔日的小山坡已经变成一马平川的大工地，“龙腾物流”的厂房已高高耸起，一船一船的铁矿石粉正通过接驳设施转移到传送皮带上，经干燥冶炼后，变成一个个小球团。新区四处呈现热火朝天的建设景象。

盛夏的午后，阳光铺满这片金色海滩。在东海岛这片“金色海滩”上建钢厂，是几代湛江人的梦想。金色五月，承载着振兴使命的东海岛终于迎来了喜悦时刻：广钢环保项目宣布迁建东海岛。湛江对钢铁基地长达30多年的期待，立刻化成了百折不挠、万变不退的行动。喜上眉梢的“蝶岛”接着又接到了中科炼化一体化项目迁址东海岛的“准生证”。这两“巨无霸”项目相继落子东海岛，真可谓是双喜临门，喜上加喜。东海岛这块宝地也因此而天天升温，并以崭新的姿态，吸引着世界的目光，接受着历史的检阅。

湛蓝的天空万里无云，猛烈的阳光从空中倾泻下来，水泥路面上的滚滚热浪不断地上浮。在东海岛，我感觉到一股股如火焰般的热力，感受到一种昂扬之气。无论是在施工工地，还是在村头村尾，我听到海岛干部群众议论最热点的话题就是："担当责任。"

"钢铁、炼化项目相继落户东海岛，对海岛来说无疑是重大的历史发展机遇，但没有不付出的成功，只有以昂扬之气抓机遇，机遇才存在。"

"发展东海岛，每个人都有一份不可推卸的责任。现两个'巨无霸'项目已落户岛上，但要将其变成'金娃娃'，道路依然曲折，任务依然艰巨。越是这种形势，越要勇于担当，越要重于实干。"湛江市委常委、开发区党委书记陈昊一直是个"实干"派，说话也句句铿锵。

"只有不断昂扬自己的斗志，才能不断为自己的人生提气。"

"江河之有昂扬之气，故成浩浩景象；树木之有昂扬之气，故成莽莽林海；土石之有昂扬之气，故成巍峨高山。有担当方有昂扬，有坚韧方有昂扬。今天，东海岛已处在巨变的前夜，我们必须坚守责任，忠诚使命，始终保持昂扬之气，让项目落地、开花、结果！"

在东海岛这块孕育希望的热土上，一幅浓墨重彩、波澜壮阔的百里宏图长卷已徐徐展开。勇于搏击风浪的东海岛人正连接起一道从未有过的美丽天际线，跨上了创造辉煌的历史征程。

登上东海岛最高峰——龙水岭，但见白浪滔滔，一碧万顷，渔帆点点，片云天远，顿感心旷神怡。龙水岭形似高昂腾天的巨龙，老乡们说："东海岛高飞，全中国沸腾。"

东海岛的使命是国家级的，世界级的。

"把争当粤西振兴发展龙头的大旗扛在肩上吧，把人民群众的重托扛在肩上吧，把未来的希望扛在肩上吧，这是历史赋予我们光荣的责任！”

东方开始发红，一轮红日正从海天交接处喷薄而出。渐渐地，太阳升高了，光芒万丈。海水仿佛被朝霞激荡得沸腾起来，泛着五彩波涛，亿万金光在翻滚。霞光万道、瑞彩千条，整个东海岛也折射出数不清的金色光芒。啊，日照东海岛！

（2010.5.31）

海港夜色

没有见到大海的时候，天天想看大海。住在海边以后，却常常忽略大海。我忽略大海已经很久很久了。一个雨后的黄昏，我忽然想起了大海。海从天边来，又到天边去。夕阳斜照在海面上，给海镀上了一层金色，闪闪的金色沿着深蓝色的海面向前延伸。数不清的船只在海港里穿梭，数不清的红嘴鸥在海面上盘旋、俯冲，唱响了一首首岁月的船歌。

观海长廊沿着海岸线蜿蜒前行，我在长廊与海之间抛锚。远远地就听到了海的沉吟，宛若一抹最本真的召唤。

海空夜色来得特别快，还没来得及细细咀嚼，海已褪去了白昼的玄衫。眨眼间，海面闪出火树银花、千条彩练。停泊在海港里的商贾巨轮，舰艇轮船夜放灯千盏。无数的光柱从各个方向投射到海面上，折射出五彩的光影。清风过处，那些光和影又化作无数金灿灿的鳞片，铺满了整个海港。

轮船在移动，灯光也在移动，无边的鳞片在抖动中变幻出深红、翠绿、金黄、碧蓝的色彩。海天相接之处，灯火融成一片。长蛇般蜿蜒的灯火蜿蜒我无限的情思。目光如舟子，在船和岸之间划来划去。

飞架在东西两岸的湛江海湾大桥，如长虹卧波。两岸霓虹闪烁，车灯如流，和天空的繁星呼应成天上街市。华灯、绿水、流云、星星、整

个海港灯若星聚、星河灿烂。独立长桥，迎着海风，我不知道是海水充盈着沉默，还是沉默充盈着海水。

我屏息静坐，遥望海天，让波涛洗刷心痕旧梦；让海风将满身的疲惫一层层剥落。夜风缕缕，夜气浩浩。坐在沙滩上，仰望星空，任由夜色把我吞噬，朦胧中，我仿佛听到英国思想家嘉本特在吟《海咏》：“我只是这海边的一沙一砾：海浪啮噬我，我是他们牧场上的嫩草；海浪！我喜的是你们把我当做嫩草般来啮噬……”

夜色空茫，海滩椰林已空无一人。我独享这缥缈而静谧的氛围。风是裸体的。裸体的，还有我的灵魂，难得这样的寂寥、这样的旷远。背倚着礁石，清凉的夜色渗透身心。这夜色隔断了世间的冗杂，留给了自己解读灵魂的空间。白天里不敢碰触的问题，此时已可以慢慢解构。白天里不敢流的泪，此时也可以辛酸而真切地品味。静坐敛心，一种悠悠然、茫茫然的心境油然地融进秦汉、走进唐宋。这时可以低吟“三十功名尘与土，八千里路云和月”；“山月不知心里事，水风吹落眼前花”；“今夜明月人尽望，不知秋思落谁家”。也可以低哼浅唱民歌小曲：“月儿弯弯照九洲，几家欢乐几家愁”。

月亮如一个不经意的过客，贴着海面冉冉升起，淡淡地掠过波涛。月光似水，给大海披上了一层朦胧的银纱。大海忽而卷起几簇白浪，在淡淡的月色中飞溅。在这更深、人静、露净、风清的时候，自己可以沉稳地编织思想的筛网，过滤一下美丽与丑恶；可以用淡淡的笑容注视一下夜幕下的港城，让浮躁的心憩一憩，让灵魂得到一次真实的微笑。

清风吹来，平静的海面激起圈圈的涟漪，潜流初涌。潜流吞食了我的躯干我的影子，但我的思想醒着。我深知：再平静的海面也会有暗流！红尘喧嚣，红尘千结，要让心获得长久的宁静只是“说时容易做时难!”我们面对喧哗的世界，行云千片，天几多变。浮躁和快节奏似乎早已成为自己的主要生存状态。为了一个快字，常常被时间追赶，被冗务缠绕，双眼常常被红灯绿酒所模糊，是非常常在利益的驱动下混淆，荣耻也常常在情欲中颠倒。面对困难、问题、矛盾，我们更是怨念丛生，怨气沉沉，怨“上”，怨“下”，怨“别人”，怨“生活”。蓦然回首，我们也常常望海兴叹：食物多了，食欲少了；娱乐多了，快乐少了；休闲多了，休息少了；交际多了，交心少了；公务多了，公德少了。我们渴望生命绽放出美丽之花，但只能盲目随风漂流，没有彼岸，没有留下一段让生命为之赞叹的轨迹。

夜潮如故，暗动的水流告诉我距离的存在，从而提醒我、暗示我，让我感受到此时的心境：不要整天抱怨生活，因为生活根本就不知道你是谁。

夜更深了，两岸灯火已悄悄熄灭，海边更显静谧。在观海长廊上踯躅，任凭衣袖在风中翻动，任凭思绪在海面飘飞，心顿觉有一丝丝的透明。踏着涛声，我走出了船与岸之间的冥冥夜色，心从此而遥远……

(2010.5.4)

金色南瓜

一轮耀眼的红日被云幔遮住，就变得温和起来。金风把稻田的轻烟连缀成白色的薄纱，温柔地漫向袂花江边。江边南瓜遍地，瓜花热烈绽放，花朵挤挤挨挨，挨挨挤挤，浸染一路金黄。“嗡嗡”鸣着的蜜蜂，正在花丛中酝酿着一庭春意。一群不施粉黛，干净素雅的村姑娘正在采摘南瓜花，剪瓜藤，银铃般笑声在江边久久回荡。

我喜欢南瓜花开的澄明之景，更倾慕它的无拘无束之性情。流连花丛，心在飞翔，梦也在飞翔。朦胧间，飞落到孩提时的南瓜藤上。

孩提时期，常听村里人说：“一个孩子无论多么没本事，只要学会了种南瓜，就不会饿肚子。”那时，种南瓜成了村里孩子的必修课。

“三月三，种南瓜。”这是家乡的习俗，每年的三月三日，家家都种南瓜。那一天，我总爱跟在大人身后，到河边挖坑，点南瓜籽，浇瓢水，覆稻草灰。南瓜很容易生长，几丝细雨、几缕阳光，瓜籽就发芽。瓜苗破土而出时，两瓣椭圆形的叶子顶着灰褐的旧壳，模样憨实，毛茸茸的碧绿，翠翠地勃发。那叶芽儿嫩闪闪、水灵灵的，仿佛一碰就能碰出一窝水来。不久，南瓜又长出扇形长叶，绿汪汪的，不停地在风中晃动。

瓜秧见风就长，藤蔓在一夜之间就飙出几尺，藤须见什么抓什么，见什么缠什么，极尽攀缘之能事。

五月的风吹过，南瓜就开始跑藤扯蔓，瓜藤顺着竹片攀缘而上，四处蔓延。瓜叶子，酷似心形，摸着有麻骚骚的感觉，叶子的背面，颜色浅浅如桑麻，而叶子下躲着的花蕾，含苞欲放，盛妆待发。

吸吮着阳光雨露，南瓜花就在人们不经意间悄然开放。那花儿起初只有几朵，静静地开在一片碧绿里，但不久，就逐渐地繁盛起来，一朵比一朵浓烈。

南瓜花像个金色的喇叭，越是闷热，越是热烈奔放。晌午时分，是瓜花们最嘹亮、最灿烂，也是最妩媚的时候。它们以一种争艳的姿态，去吸引蜂蝶的目光。

蜜蜂振动着金翅，嘤嘤嗡嗡地飞来了，伸出长长的“手”，把雄性花粉一缕缕地抓起，花叶被压得一坠一坠；蝴蝶成双飞来，在花间舞着，翩翩地飞过江去；蝉也爬到南瓜藤上，恣意地鸣叫。

南瓜花开的时候，也正是夏夜的流萤四处闪烁之时。无数萤火虫在瓜地上欢快地飞来飞去。我与小伙伴阿贵、光明、敏维一起到江边游戏，拿着放有鲜嫩的南瓜花瓣的玻璃瓶，对着一闪一闪的流萤呼唤着：“油剥糕，油炒饭，萤火虫儿回来吃晚饭。”当一个个萤火虫成了瓶中之物的时候，我们便开始了快乐的迷离。

南瓜花，总是开在偏僻遥远的乡野，开在风雨雷霆的夏天，开在青筠滴露的黎明和繁星闪烁的黄昏。朴素的花儿，随遇而安的秉性，既有浅浅的香，又有淡淡的甜，记载着我童年的欢乐，也使我不敢因为生活的清冷而索然寡趣，自怨自艾。

享受阳光雨露的滋润，经受疾风骤雨和烈日炎炎的考验，南瓜渐渐长大。

入秋后，江水涨得浩浩荡荡。南瓜的绿叶，也变成了赤褐色。随着

秋气一天天加深，南瓜也由最初的青绿，变成墨绿，变成赤褐，变成金黄。这时，我总爱迎着秋风，走向瓜地。瓜地四周很静谧，没有一丝风，白云在蓝天上，一个个圆实的小南瓜傲然挺立于叶丛，正在吸纳朝露、清风和晓月。瓜儿连着藤，藤儿连着瓜，血脉深情。蝴蝶和蜜蜂很快乐地在那儿舞着、唱着，场景十分的热闹！

村里人说，南瓜是一种非常耐旱的作物，不娇贵，也不挑剔。只要有一抔土，一碗水，就能生根发芽，开花结果。而且从不抱怨、从不偷懒，只是默默地生长——

我怀念家乡，怀念袂花江，更怀念江边上种的南瓜。

虎年三月，一个乍暖还寒的日子，我回到了故乡，站在江边，望着清澈透明的河水，望着乡亲们忙碌的身影，内心涌动着一种浓得化不开的深情。在江边，我巧遇少年时代的小伙伴阿贵。阿贵大学毕业后选择回镇里种南瓜，十五年前就当上了副镇长。虽然当了“官”，但阿贵农民本色不改，常与乡亲一起蹲田埂、挽裤管、卷袖子、扯嗓门、算收成、谈种瓜，有时还与村民“抬杠”争吵，争完后又互相递烟。阿贵还常常把别人猜拳喝酒、打牌跳舞的时间，都用在学习工作上，拒绝参加各种吃请和娱乐，也拒绝各种礼金红包，不让送礼者进家门。但阿贵只会琢磨事不会琢磨人，加上经常违背官场潜规则，很快就被一些人扣上了“作秀”、“假正经”、“闹眼子”等歪帽子，而且还给他弄了一大堆“问题”，最终被排斥到群体边缘，成为不受欢迎的人。渐渐地，阿贵失去了对事业的执着追求，也失去了对工作的蓬勃朝气。那时，我曾引用苏格拉底一句名言与其共勉：“逃避死亡并不难，要逃避堕落才是最难的，因为它比死亡跑得更快。”

但阿贵还是经不起这种侮辱和伤害，开始“识时务”起来，钻进了“霓虹闪耀中”，逍遥于“灯火阑珊处”；安安稳稳混日子，平平安安享清福，成了其人生信条；明哲保身随波逐流、人云亦云，成了其处世哲学。一切都昏昏然、浑浑然。

“沉沦的心还有梦吗?”我问。

“梦，已淹没在迢迢江上。”阿贵有点颓废。

“要像南瓜一样默默地成长!”南瓜生长的条件可谓是最差的，不是房前就是屋后，不是河旁就是山脚，不是穷乡就是僻野。虽经受疾风骤雨和烈日炎炎的煎熬，但它从不埋怨、从不争论、从不折腾，只是默默地吸收阳光，安静成长，始终把宝贵的时间和有限的精力用在“成长”上，始终把花开的过程，当成是灵魂的舞蹈，真正做到生如夏花之绚烂，死如秋叶之静美。南瓜坚信，只要自己足够努力，总有一天会被世人发现的。

“南瓜蕴涵着人生的大智慧。”阿贵不胜感叹：“对呀，要像南瓜一样涵养“内功”，修炼“定力”，善于在不利的环境中排除外来干扰，敢于直面和应对形形色色的委屈、磨难和挫折，在艰辛中奋进，默默地成长。”

只要一抔泥土，就会发芽、就会抽翠、就会蔓延、就会奋进！啊，金色南瓜！

（2010.3.21）

鉴江之上

船，扯一缕清风，漂泊在迢迢的江上。

鉴水潇潇，缓缓东流，载走了斑驳的岁月，也载走了我童年的记忆。

棹舟江中，撒网，驱鸬鹚，从未这样释然怡然。

船篙一起一落，涟漪一层一圈。岸边，山稔花开得正红，村姑娘的浣衣声正脆。

渔舟唱晚，渔歌互答。晚归的渔船上飘出缕缕歌声："梅菉撑船到黄坡，打件衣裳送俾哥，哥若有情针针细，哥若无情针针疏。"那歌声清澈、悠长，久久在河面回荡。渔船上炊烟袅袅，那受潮的炊烟，平贴水面，如平摊一块白幕。水鸟三五成群，排阵掠水飞去，消失在苍茫烟浦里。难得这样的寂寥，这样的旷远。

"夕阳无限好！"渔人支起渔网，使劲撒向河心。

夜斜披着皂色道袍，踯躅在江上。属于河的夜空，高而远，呈现一片深幽肃穆的神色。星星撒满天宇，密密麻麻，闪闪烁烁，像在轻唱着那遥远而又古老的歌谣。月儿嵌在深蓝色的天幕里，温馨而又宁静。船舱外，银光款款，清辉淡淡，给人一点浅浅的喜悦和哀愁。寂寥的江天之间，一轮熠熠生辉的明月把天地装点得旷远、迷茫。

月光下熟睡的鉴江，安详而温静，像一条银白的长绸带，卷曲着、蜿蜒着。

月华如水，倒映在河里的明月渺远轻灵，可桨板一触水面，月影便一哄而散，青玉化作琼珠，伸手可掬。

渔网在清莹的河水里收拢，惊起一片初栖的乌鸦，聒噪声划破夜的宁静。渔人拎起几条“活鲤”钻进舱里，重新掌灯、温酒。渔夫爱酒！渔夫深信，酒可通神。曹孟德长啸：“何以解忧，唯有杜康”，我也相信酒能舒胸中块垒，能催英雄豪情！渔船氤氲在一片浓郁的酒香里。

渔夫提起酒坛满满地倒了两大碗，嘟哝着：“荆轲渡易水喝的也是这种酒。”

渔人端起碗来，仰起脖子，“咕咚”一声就喝下一碗。渔人说，无数个打鱼的日子，已学会了大碗吃酒，大块吃肉，学会了呕吐时微笑，大大咧咧地谈论人生，以浓浓的烈性酒，稀释那些无谓的流云。

酒过三巡，菜过五味，渔夫向我倾诉心曲：“看着渐渐萎缩的渔业资源，我真的担心有朝一日无鱼可捞。”渔人满腹的心曲充溢着郁闷情愫：“我不知道自己笨还是傻，跟父亲捕鱼十几年，就是捕不到大鱼。”

“《庄子》有一则寓言：从前有一个渔夫，自己的捕鱼水平很高，他有三个儿子，从小就和他一起在海上捕鱼，但是长大后在捕鱼方面却一直很一般。这个渔夫觉得很郁闷，有一天他遇到一个哲人，把自己的郁闷向他进行了倾诉，希望得到哲人的点解。这个哲人先问他是不是把所有的技术都教给了儿子，渔夫说是的；哲人又问儿子是不是从小一直跟在船上打鱼，没有离开过，渔人说是的。于是这个哲人告诉他，你的孩子没有真正的实践机会，一直活在你的影响之下，似乎人生之路都是你给他们安排的，所以才会造成这样的结局。”

“庄子的这则寓言告诉我们，其实别人的经验对你来说只能是一种

教条，世事只有自己真正经历过，哪怕是挫折，哪怕是失败，那才是真正属于你的财富。每一次的挫折都能使自己进一步地认清自己。”

渔夫听完庄子寓言，哈哈大笑，端起第四碗酒“咕咚”一声喝干，抽身迈出船舱。

舱外月光皎皎，河流如水藻一般滑腻掠过心间。风轻轻地吹来，吹动着我的长发，也荡涤着我的思想。

脑海里忽然翻出司马迁的《报任安书》：古者富贵而名磨灭，不可胜记，唯倜傥非常之人称焉。盖文王拘而演《周易》；仲尼厄而作春秋；屈原放逐，乃赋《离骚》；左丘失明，厥有《国语》；孙子膑脚，《兵法》修列；不韦迁蜀，世传《吕览》；韩非囚秦，《说难》、《孤愤》；《诗》三百篇，大抵圣贤发愤之所为作也。

“逆境不是苦痛，挫折也不是苦痛，善待挫折就是善待生活，善待自己。”

万籁不再喧嚣，低吟絮语的只有两舷的轻浪和尾旗。船睡去，岸也睡去。渔人也鼾声如雷。尽管江天依然一片混沌，但我已隐隐听到了太阳升起的脚步声……

（2010.2.27）

雨夜悟琴

港城昨夜雨淅沥。雨声，声声慢，声声紧，似在浅吟低唱亘古的悲欢。

今夕何夕？一灯如豆，清茶如温，我轻轻地打开窗户，细细地打开读雨的心扉，往事一层一层绕上来。我一直喜欢雨夜，但又错过无数个雨夜。从农村到城市，行色匆匆，忙忙碌碌，灯红酒绿，听雨的闲情已越来越少，读雨的逸致也越来越少。寄寓在城市的一隅，心如红尘般飘飞于喧嚣之间，心似车轮辗转在泛滥物欲之中。欲望物化了，自己孤僻了，人也疲惫了。岁月如刀，刀刀催人老啊！

窗外雨花飞溅，若雾如烟，天地间一片茫然。我静静地梳理着如雨滴一样散乱的思绪。

撑着雨伞，我独自来到海边。披一身寂寥，我漫步在这如丝如缕的绵绵细雨中。

茫茫的海，在雨中寂寞地涌动着。涛声低沉，一如我苍茫的心情。雨夹杂着丝丝凉意，犹如千针万线坠落海面。海上，雾蒙蒙的，隐隐约约看到几艘船的轮廓。远处，灯火点点，银白橘黄，在蒙蒙夜色雨景之中融成一片，犹如环绕在海天边缘的光链。我一边聆听着缥缈的雨声，一边注视着久违的海。心中忽然升起一种莫名的浮躁。

忽然，一阵犹似雨打芭蕉淅沥之声从海边茅屋处飘出来。循声寻去，但见一位琴师端庄而坐，熟练地拨动着琴弦。琴师柳眉樱唇，容貌清丽，长发曳地，眼睛波光潋滟——那琴声，原先只有一缕，似是早晨的雾气，飘飘荡荡，隐约透出如锦繁花。渐渐地，声音明澈起来，泠泠如山中清泉，又隐隐有松柏之意，悠然辽远，不染一丝烟火气。音调悠扬，境界高雅。听在耳中，如水上涟漪，一圈圈荡开去，心中一切杂念都随波而去。乍闻此音，竟如醍醐灌顶，心中的烦恼阴霾一扫而空，人世间的浮华喧嚣，得意失宠一扫而净，只余一片澄明。琴声渐渐低下去，周围只剩一片静寂。

一曲毕，琴声骤停，余音未散，久久绕梁。“好琴，闻得此音，竟如听天籁。”我油然地鼓起掌。琴师推琴而起，拱手作礼。在茅屋里，我们青梅且煮酒，秉烛谈风云。“钟期既遇，奏流水以何惭！”在潺潺雨声中，我们品诗论史说浮躁。

雨夹杂着丝丝的风，似是动荡，却又静谧。何谓浮躁？琴师说：《世说新语》上有一则故事，三国时华歆与管宁是同窗好友，但性格迥异。华歆浮躁，管宁沉静。有一次二人正在同席读书，门外忽有高官仪仗队伍经过，鼓乐喧天。管宁不为所动，“读如故”；华歆却按捺不住，不听劝说，非去看热闹不可。结果回来一看，管宁已将坐席割为两半，以示划清界线。这就是著名的“割席绝交”。后来华歆发愤读书成就很高，我想很可能是受了“割席”的刺激，从此弃旧图新。

雨哗哗地下，执着而缠绵。琴师轻抚琴弦，轻叹道：经济转轨，社会转型；剧烈变革，激烈竞争；信息爆炸，高频节奏；过度包装，充满诱惑。许多人感到，现在似乎生活在一个不确定的时空之中。面对难以预知的变化和有形无形的压力，有的心烦意乱；有的着急上火；有的急功近利；有的随波逐流；有的损人利己，如此等等。这种心态谓之“浮躁”。许多人因此不胜感叹：“不是在放荡中变坏，就是在沉默中变态。”“酒逢千杯知己少！”

雨水打在树叶上，敲在房檐边，发出平仄和谐的声音。

琴师说，治疗浮躁病之良药就是多养一点静气。诸葛亮给他儿子写信说：“夫君子之行，静以修身，俭以养德，非淡泊无以明志，非宁静无以致远。夫学，须静也；才，须学也。非学无以广才，非志无以成学。”这是诸葛亮一生的体会。今天读来，还是那么发人深省。

雨伴风而舞，晶莹、纯洁，踏着快乐的足音，顺着天空不停地滑落，滑落到大海，把生命融进大海，好像用灵魂的声音和清澈的心灵向人们诉说心曲。深情对海，我心如镜。闭上眼睛，静静地感受着海边读雨的神韵。耳边不时回荡着琴师那段金玉良言：当您珍惜自己的过去，满意自己的现在，乐观自己的未来时，您就站在了生活的最高处；当您看重的是自身的责任而不是权力时，关切他人的不幸而专注于拯救和安慰时，您就站在了精神的最高处；当您能以无愧之心向后看，以宽厚之心向下看，又以坦然之心向上看时，您就站在了灵魂的最高处。

昨夜有雨，雨声淅沥。独自听着窗外的蛙鸣，心里只是有一种说不出的禅意和幽静，有一种说不出来的空灵和诗意。

(2010. 1. 31)

作者在山东孔府学弹古筝

甘蔗林

“北方的青纱帐哟，常常满怀凛冽的白霜；南方的甘蔗林呢，只有大气的芬芳！北方的青纱帐哟，常常充溢炮火的寒光；南方的甘蔗林呢，只有朝雾的苍茫！北方的青纱帐哟，平时只听见心跳的声响；南方的甘蔗林呢，处处有欢欣的吟唱！北方的青纱帐哟，长年只看到破烂的衣裳；南方的甘蔗林呢，时时有节日的盛装。”脑海里翻出著名作家郭小川的《青纱帐——甘蔗林》之时，汽车已驶入雷州半岛，那浓醇的甘蔗林风光刹时扑入眼帘。

蔗林如海，绿浪连天。公路旁，山坡上，水库边，蔗林一片接一片，从田野绵延至远方，如兵戈傲然挺立，戟指苍穹。这连绵起伏，绵延不断的蔗海，一望无边，层层叠叠，一碧万顷，给雷州半岛披上翠绿的衣裳，给红土大地增添了无限的希望。

绿风吹过，蔗海激起千层绿浪；芦苇形状的甘蔗花如雪白的精灵随风飞舞，尽显婀娜；蔗叶随风摆动，如歌如诉。蔗尾梢“沙沙”之声和着“呼呼”的风声奏出了田园的天籁之音。一群飞鸟突然从蔗林里蹿起，驮着霞光飞向天际。

莽莽蔗林，一碧万顷。穿梭于茫茫蔗海，仿似置身于深邃大海。左边绿浪涛涛，右边绿浪滚滚。“日头落水红金金，隔田听见妹笑声，有心帮你去捆蔗，不知阿妹可领情?”蔗海里忽然传来了清脆的雷歌声。我循声走进甘蔗地里，那一排排的蔗条，棵棵挺拔，秆秆鲜亮。像乡亲们正直的背影。那挺拔的躯体，把甜蜜节节贮藏。

一对对唱着雷歌的青年男女正在田里挥刀斩蔗，一根根又粗又大又长的甘蔗应声倒地，被捆起，被叠放，一捆捆整齐躺在蔗田里，撒下一岸沁脾的蔗香。几个小孩坐在蔗捆上，拿着甘蔗，不停地啃，品味甘蔗的甜蜜，品尝生活的甜美。砍声、车声、喇叭声、欢笑声此起彼伏，奏成欢快的甜甜的交响曲。田间地头，人来车往，装车运蔗，像一串串生动跳跃的音符。我站在田头看着那些满载的蔗车远去，看着那车车满载的甜蜜牵着我的心远去。

笑声，被蔗车带走了，蔗林，跳跃着欢快的乐章。

披着温暖的阳光，我向着那位唱雷歌的蔗农李论走去，他快活地说：“我们夫妻俩种了十几亩甘蔗，今年长势特别好，肯定超过十吨!”“那肯定赚不少钱啦?”“上一季我家纯收入两万多，今年肯定好一点!”蔗农李论憨厚地笑着，黝黑的脸庞上汗水闪亮。只见他一手握砍刀，一手抓甘蔗，寒光一闪，甘蔗应声轰然倒下。他抄起根部，唰唰，三下五除二，熟练地削好甘蔗：“来，尝尝!”我喜上眉梢，对准根部，张嘴就啃，蔗汁，呀，多甜蜜的蔗汁啊。那甜汁浸润着喉咙，淌进心底，甜透心里!

“蔗农这几年种甘蔗都赚了大钱，盖起了新房，而且都是两层以上的楼房!”李论笑声朗朗，即兴赋诗一首：“半岛洪荒著旱雷，黍禾不茂豆瓜衰。今朝蔗海连千里，苦尽甘来第一回。”

中午时分，李论唤来同伴，围坐成一圈，盛起大碗米酒，开怀畅饮。

面对充满甜蜜的蔗乡，面对沉醉在甜蜜中的乡亲，我感慨万千。李论豪爽地举起酒杯，一饮而尽：“你知道吗？甘蔗在我们的眼里，就是我们的孩子，我们的饭碗，我们生活的根本。”酒过三巡，一村干部模样的汉子霍地站起来，大吐种甘蔗的苦水。说栽种、除草、剥叶、施肥，收割都饱含艰辛。最苦最累的，是在炎炎的七月里钻进甘蔗林里剥叶子。在那蒸笼一样透不过气的闷热里，汗水像水流一样从脸上淌到脚面，锯齿一样的叶子还不断地从脸上和臂上划出血痕。这位村干部怨气沉沉，怨声不绝，既怨“上”，又怨“下”；既怨“别人”，又怨“前人”。“要说苦，甘蔗比你苦，但甘蔗从不叫苦，从不埋怨。”李论笑声朗朗。

是啊，甘蔗从种植到收藏，甘蔗的一生要走过春分，走过清明，走过谷雨；走过立夏，小满，芒种，夏至，小暑；再走过立秋，处暑，白露，秋分；直至走进寒露，霜降，立冬——一年二十四个节气，竟然经历了十六七个。种一季，收一季，从不奢求，从不埋怨。既要经受春雨的洗礼，炎夏的炙烤，台风的袭击，又要抵御寒露霜冻，然而，甘蔗历经磨难而愈青，风霜紧逼味更甜，始终保持那种不信邪、不怕压、不惧难的奋进劲头，始终保持那种盎然的生命力，保持那种积极向上的“生态”。

甘蔗虽历经风雨雷电，但它却节节贮藏蔗汁，奉献给人的尽是甜蜜。一根甘蔗两头甜，多好的甘蔗品格啊！

穿行在甘蔗林中，心胸是那样的舒畅。那令人迷恋的甘蔗林风光，只要放开心胸去感受，梦也如甘蔗一样香甜。

茫茫蔗海，寄托着湛江百万蔗农的希冀；荡荡河岸，回响着湛江百万蔗农的笑声。

啊，笑容才是最美丽的风景。甜蜜才是最好的生命酿造！

（2010. 1. 6）

黄山奇遇

透过云海看山，山更青；透过云海看景，景更美。在一个写满秋意的金色日子，我来到了黄山。

峰峦叠嶂，涧谷幽深，峭壁高屹，翠竹挺拔，奇松苍绿，烟云飘飞，黄山这种秋之美，让人怦然心动。

坐上缆车，黄山的峰峦沟壑快速变幻，远处秀峰幻化成黛色水墨，自己仿佛是在云雾里穿行。出索道，背行囊，徒步向海拔1700多米的白鹅岭跋涉。沿着山道拾级而上，眼前奇峰汇聚，峭壁千仞，巨石斗怪，烟云成海。

“山峦起伏路险陡，万千石阶号子声。”走在崎岖的山道上，忽然听到“嘿呦、嘿呦”的号子声。循声望去，一队挑夫由远而近。他们微微佝偻着身躯，半裸着胸膛，右手腕系着毛巾，左手挺着竹扁担，个个汗水涔涔。“老乡，您多大年纪啦?”我试着与一位老挑夫搭讪。“一个甲子啦!”挑夫转过头，看了我一眼。从他的眼神中显出了困顿。“哦，您挑的东西太重了，歇一会儿吧!”挑夫的脸上流露出一丝笑意，他把手中的木杖往扁担上一支，身子往扁担外一抽，不蹲不坐，稳稳地，站着歇脚。老挑夫表情凝重，脸上布满了皱纹。老挑夫说自己是一名农民，下过井挖过矿，遇过矿难，受过伤。10年前，他含泪挥别故土，来到黄山，当起挑夫。每天，他起得比太阳还早，背得比骆驼还重。但他说十分珍惜挑夫这个岗位，只要有东西挑上山，就有收入，就有 30 元，不拖不欠。在山上挑东西，虽苦犹甜，背山之余经常欣赏着黄山的俊秀，他感激黄山，爱黄山，黄山给了他生活的新希望。

“挑这么重的东西，不觉得累吗?”“习惯了，就不累喽——哈哈哈!”挑夫用毛巾捋了一下脖颈。夕阳西斜，我催他赶路。“方向比速度更重要，该快则快，该慢则慢。”他的脸上写满了灿烂，荡漾着笑容，他回答令我陷入深深的沉思之中。“嘿哟、嘿哟”他挺了挺身子，喊着号子，缓缓地向山下走去。那“嘿哟、嘿哟”的号子久久地在山谷里回荡。

踏着老挑夫的号子声，我继续前行。刀劈斧剁似的陡峰绝壁危立，深不可测的峡谷蜿蜒曲折。山峦或挺拔或厚重，或陡峭或奇巧；奇石似人似物，似鸟似兽；脚下薄雾，以峰为体，以云为衣，变幻万千。夕阳西坠，云雾或明或暗，山景若隐若现，真如天上宫阙。

抵达光明顶时，天色已晚。整座山已黑黝黝的一片，云雾从黑暗处弥漫过来，将山遮掩得严严实实。我披着朦胧夜色在光明顶上漫步，山林间忽然传来一阵悠扬缓泻音乐声。循声寻去，但见一位白发白眉，脸色清癯的大师正在橘红灯光下打太极拳。大师一袭飘逸白绸衫，舞起太极拳来气定神闲，轻灵飘逸，一招一式似行云流水，轻松自如；一伸一缩如白鹤展翅，舒展自然。音乐戛然而止，大师收势立定，转身灿然一笑。我忙抱拳施礼，躬身一揖。和着啾啾的鸟鸣，大师侃侃而谈：太极拳是套哲学拳，讲求动静两功，内外双求，性命双修。

大师说到动情处，眉发伸张，笑声抒怀：“‘一壶天地小于瓜’呀!”

山风吹过，大师衣衫飘逸，颇显仙风道骨之风。他指着远处挂满灯笼的松树说，这些长在山巅、长在绝壁、长在石缝、长在悬崖的松树，

尽管千年磨砺，饱经风雪，但从不屈服，从不慨叹，从不气馁，始终保持着旺盛的生命力，这不就是一种使人惊叹的生命之美吗？

站在高山之巅，看着千年古松，我的思绪在飞，飘飘然已与山川融为一体。在黄山面前，除了尽力赞叹大自然造化之神奇外，又能做什么？

“人生是有限的，不为名累神，不为利伤脑，不为欲伤身，不妨看低一点自己！”啊，感悟黄山！

次日凌晨，我怀着一品黄山日出之期待，早早就登上山顶。虽然云雾积厚，群山无影，但北海的观景台却挤满了等待日出的人群。他们披星戴月，翘首以待，盼望在那无际无涯的云海深处，出现一个庄严的奇迹。终于，极远处的云海渐渐地透出亮光，划出一圈金色的花边，俄顷，曙光初露，丹砂辉映，天边突然跳出一个红点，形成弧形光盘；刹时，一轮红日从混沌中喷薄而出，腾空而起……

（2009.12.13）

啊，明湖

春染明湖，师恩浩荡。

啊，暨南明湖，你深深地把我诱惑，让我渴思。

不只因为你哺育了我，不只因为你是我的摇篮，不只因为你给了我惠赠……

我慕，我念。

是为了在明湖边有如鹏恩师在：恩师的故事，恩师的思维，恩师的血汗和色彩。

人生的缘会是神奇的。原与“先生”素不相识，因为文章的缘分，却与“先生”结成了牢不可破的情谊。

记忆是这么甜蜜。那年的一个寒夜，我站在先生的屋门外，轻轻按响门铃。此时，突然一种不可名状的卑微、惧怕与自尊猝然袭上心头，我木讷地站着，大脑一片空白。

然而，先生，门已敲响了，我无路可逃。

门悄然打开。您上下打量拘谨的我。仿佛打量一缕疲惫而伤逝的一条小河，对吧，先生？那一瞬我盯视着您，您微笑着把我迎进您的家——您在星夜赶写《新闻采访学》，许久闭门谢客。然而，您对我却破例了——

明湖建阳楼，西窗共剪烛，人生的欢欣，莫过于与一位既是朋友又是“前辈”的先生促膝交谈。在谈论新闻写作过程中，您总是循循诱导，并和盘托出自己的采访“秘方”令我茅塞顿开。

先生，书屋充溢着温暖的友谊，冬寒仿佛变成了春温。您安详地坐在那里给我讲法拉奇，讲范长江，讲中国新闻奖……您说当记者就要当名记者，当记者就要有新闻担当，有新闻梦想。

先生，您的声音似山谷里寂静的风，在我的心海里回旋。我小鸭学步般渴望像您一样报道我们的生活。我无数次，无数次坐在窗前，含泪一根根梳理我打湿的羽毛，等待着有一次高昂而美丽的奋飞。可是我知道，我那娇小的翅膀很难飞得上您的崖上——那可望而不可即的高度。但我想，倘若因飞翔而撞落谷底，那血也该是鲜亮的。

人生的离合，是神奇的。1996 年的一个秋夜，我们在京城不期而遇。“何当共剪西窗烛”——啊！“却话巴山夜雨时”了。原来，您是应邀来北京采访的，并有人约您黄昏后，可您却辞谢了人家好意，来和我共叙。于是我将拙作《鲲鹏展翅三千里》送您斧正。您略微思索一会，说："该从结构上着手，因为文章松散了点。"

夜雨融着浓情，缠绵地下着。在夜雨中，您送我走出了雨巷……

2003 年 4 月，我把一篇消息：《自掏腰包　树立榜样　总书记交伙食费》寄给先生。想不到，先生即以《立意高远　以小见大　事实说话》为题写下了点评文章，并将此稿列入暨大新闻研究生考题……先生的柔柔恩情，如淙淙流水在我的心底流淌。

而今，我走了，先生。回望珠江岸边的一窗灯火，我的思绪飘飞在明湖湖畔。一桥相隔的日湖、月湖如同一对明亮的眼睛，永远闪烁在我的夜空。

先生，您把生命的花灿烂到收获的时节，我该懂得，从哪个方向向您走近……

我走了，先生。南国的秋已很深了，明湖边的绿树摇摇曳曳。那温煦的湖风吹拂我黑衬衫的庄重。好好珍藏您的那句赠言：

"在这个世界上，比黄金更贵重的，永远是知识。""别时茫茫江浸月"，人在旅途上，我将携它默走天涯………

（2003. 5. 16）

山水有知音

“金风玉露一相逢，便胜人间无数。”

“来，干一杯!”

我想，干一杯是因为敬重因为投情才干一杯，因为肝胆相照才干一杯；因为没有空间和地域的障碍才干一杯。一杯豪爽的酒、真诚的酒最是心意啊！酒中的寄托酒中的品格酒中的醇厚知了晓了才最为朋友啊！什么时候，有过酣畅淋漓？什么时候，有过痛痛快快？

你说：最珍贵的是心灵的共振。你那脆生生的声音在我心灵的沟沟壑壑里回响。我的灵魂也仿佛从江南淅淅沥沥的梅雨季节里悄悄地走过……

今清辉如水，轻柔诡秘。白云飘飘浮浮如气似纱，空气中飘荡着艾蒿和野菊花的芳馨。这是多么撩人情思的时候哟。

“人生得意须尽欢。”你习惯了“起兴”手法。

“莫使金樽空对月。”默契与和谐，供给我们缠绵的文思和浩瀚的诗兴。

祝酒月魂，放歌浩吟如云胸臆。心旷神怡，濯足万里奔流。吟唐诗咏宋词奏元曲，听河水夜籁的诡谲，闻京城秋声的奇妙，读你我心与心的鼓点如敲击回音壁的振鸣，谈老子、孟子，说张艺谋、《红高粱》……

心灵互认，心灵有歌是人生多大的福份啊！

“钟期既遇，奏流水以何惭！”你横笛而吹，笛子的音调飞扬而清亮，像是一位美丽的姑娘面对着大草原，款款地唱着情歌；笛音越来越柔．宛如情人的喁喁细语，又好像是灯前儿女笑盈盈，一家在享受天伦之乐。浴在笛声里，我心中的小鸟似乎正欲用力挣脱心锁的羁绊飞向属于它的广阔天地，去寻那道美丽的诱惑。

清风徐来，乐音萦绕。你眉宇展开，脸上漾着青春的酡颜。良辰美景应真设。你和着幽幽的琴声唱起了《黑黑的眼睛》(新疆民歌)。你那圆润清脆的嗓音如初春一样使人陶醉。你说这是一首万分依恋的歌，是一首永远思念的歌，是一首遥远的、发自心底的呼唤的歌，能够刻骨铭心地思恋的人是有福的。你的歌声随着河水，传得很远很远；我的思绪也随之奔向远方，抒不完的感情连结如环哟！

毛诗序：情动于中而形于言，言之不足故嗟叹之。嗟叹之不足故咏歌之，咏歌之不足，不如手之舞之、足之蹈之也。挽着你的手滑进舞池，让光影声色连同整个舞厅都变成托举你飘浮的五彩云。快四激越，中四潇洒，三步抒情。浴在音乐里，如仰卧清波上，看白云聚散依依；又似在麦垛巅仰望夏夜盈盈银河说牛郎织女的悄悄话。而你手上的悠悠游丝仿佛是蝉唱虫吟时断时续。问君何如？竟不知飘飘欲仙，身飞何处。

把酒问青天，今夕不知何夕？晓风残月，今又酒醒何处？……

“别时茫茫江浸月。”啊，请紧紧地握住离别，因为离别和初识一样把人震撼，什么也不要说，什么也无须说，只要拥抱这京华的记忆，只要铭记同在《人民日报》新闻研究生院共同走过的日子，默念——“友情不老”。

(1996.8.8)

贴近大海

参禅人总喜欢“面壁”，其实“面水”不是更好吗？

“相看无限情。”海或者清莹如水，或者碧绿如宝石，或者嫩蓝如翠羽。单是仪表，就满足了人的种种眼欲。

夕阳布阵，渔歌唱晚。娇红的海水在光波云影的折射中，层层分解，层层融合，交接成一抹虚幻的光影。海浪卷着舌头猛舔白鸥的翅膀。

希求、渴望、追恋、向往。我的心扑通扑通地擂着战鼓，迫不及待地奔向大海。浪风柔柔，圆滑像贝壳的小石头在潮的旋律中唱歌；秋草色的石花菜一朵朵地开放，把生命干涸成昨天的徽记。我掬一捧凉丝丝的海水，舔一舔，一种难以言喻的生活新鲜感顿从心中泛起。

“哗——”一道长长的海浪如驾风载雪的云霭从远处一层层向我涌来。带着大海的欢快和跳跃、奔腾和呼啸、豪迈和顽强，然后醉在沙滩上，化成千万个琉璃珠子。

“啵啵啵——”海不断地奏出一支支音调不同的组曲，像无数的唱片，播放出远古的回声。这是生活和海洋的和声吗？是人们情感波动的韵律吗？

康德说：“我们对它的思考越是深沉和持久，它们所唤起的那种越来越大的惊奇和敬畏就会充溢我们的心灵。”

啊，大海，我感情的翅膀使劲地伸张，想奋力地搂住这沁人心脾的绿色。有人说，人要获得一种无形的信心和勇气，往往只有在贴近自然的时候。那层叠的白莲哟，我敏感和灼热的灵魂悄悄地走向了纯粹和永恒。

“大风起兮。”矫健的风从天边刮来，海面上顿时玉沫飞溅，波光闪闪，犹如有千万朵银花绽开，千万条银练挥舞，一溜溜雪浪，迂回激荡，似百鸟和鸣。“忽如一夜春风来，千树万树梨花开”海一下子成了粉妆玉砌的“雪晶宫”了。驰骋的健儿，嬉潮扑浪，像栖身于玉树琼花之中，尽情享受浪的抚爱，人世间的烦忧都统统随浪飘去。

吸着海风，我的眼睛像是换了一双新的。灵魂也像被洗过一样。老庄曰道，禅家曰空，在喧嚣忙乱中人常常丧失自己。眼望一山还有一山高，人得了小利想大利，有了小名求大名，总有忙碌。虽然也发牢骚也叫苦累，但仍是锲而不舍地走下去……我拿起一块随波逐流的卵石，贴近耳边，似乎听得到风声奔涌，岁月沧桑。海浪不吱声地退后了半箭之地，这是海浪花凋零败谢的征兆吗？可当我脚碰浪尖时，“浪之小夜曲”顿又奏起，海浪在大海的支持下，以不可阻挡的气势，弓起嵌着珍珠的背梁，奔跑着、呐喊着、欢呼着，充满整个空间，仿佛世界万物都要包容进它博大的胸襟……

风疲倦了，海再度沉默。忽然，海面上隐约有悠悠箫管之声温温婉婉袅来，细细咂摸，不是洞箫，也不是桂馥。啊，“海上明月共潮生”是明月。明月，淡妆天然，如娥眉轻挑，从从容容地挪动步履，轻轻地摇动晚来的夜风，俏盈盈地将一派青光，端端地洒落人间。我贪婪地将许多许多的月光吸在嘴里。顿觉余香满口，神思如痴，心灵的皱褶似已熨贴。月亮为何总是保持同一姿态俯视大地？为何距离不偏不离？我痴痴望着月亮，心里涌动万般梦幻。人一旦摆脱缠身的功利需求，站到实用世界之外去欣赏大自然的景色，心中是充满了温暖和诗意的。

啊，月亮，大海……

（1995.1.14）

再读平台

又是航海的季节，又是迷人的海岸。又是那白色蓝色的神秘，又是那怡然灿然的笑容。噢，平台，大海。

杜甫说："篇终接混茫"，这混茫指的是海天相接之处吗？我怀着敬畏、膜拜、企盼的感情凝视那朦胧、浑圆的水平线，凝视那蓝色深处的"逍遥岛"。

这就是具有高级设备的"南海四号"钻井平台吗？我脑海里的陈年小舟翻出，摇过——从安徒生到凡尔纳，从神秘岛到人造岛。

"南海四号"自升式钻井平台，总长 65 米，总宽 64.6 米。它周身都是铁，在怒潮澎湃、白浪滔滔的海面上高高耸起，巍巍屹立，独指苍穹。三条有"牙"的擎天巨柱，高接青冥。红蓝相间的船体沉沉地"浅搁"在巨柱上腰，默默地和风浪抗衡。八角形的飞机坪凌空撑出，携着真诚和炽热稳稳地拽住月亮和太阳。像胸藏韬略，腹有良策的帷幄智士毅然伫立在滔滔大海上，以居高临下的姿态戟指为笔，凌空作书，人生的每一句每一行都写满了激荡的绿色诗句和跳跃的白色散文。又像久经风霜的古代将领，戴盔甲，持刀枪，操剑戟，以一派排山倒海、吞星吐月的豪迈气概去征服、去横扫、去拓展……

"登斯楼也，则有心旷神怡，宠辱偕忘，把酒临风，其喜洋洋者

矣。”我怀着切盼已久的心情登临平台的制高点。只见光映白日，水气散空；银鸟迴回，翠羽翩飞；彩彻云衢，晚霞烧天，旋转的钻台上还流动着“青一色”的石油工人的俏影。其中的他手掇刹把，身架绷紧，那沾满油污的红色连体工作服，微微抖动，搂住了恍恍惚惚的绿意。风是透明的，从蓝亮天边沿着球面地表踱来，吹得很慷慨，腥得很浓烈，也涩得分外潇洒，他张开河马般的大嘴，深深地吞一口凉爽……

他是第一代海上石油人。他固执地走向海洋，把孩子女人装到解放牌汽车里，自己揣着世纪型的热情，身上火一样红的信号服，来南海改写海底降油龙的“天方夜谭”。

大海的夜晚，玉宇无尘，明星迢迢，北斗荧荧，雾岚漠漠，海浪簌簌，空气清新得甜。天空和海一样浩瀚，星空中摇晃着小船似的新月，大海里也行驶着新月般的小船。置身这样美妙的世界里，我似乎被贝多芬的田园交响乐贯彻周身经脉，所有毛孔无不体验到温情柔柔。他对我说：“没到过平台的人，是很难想象我们这里究竟有多少寂寞和无聊。但我不悔，反过来，我还很感谢现在的拥有。因为这些会给我磨炼和经验，如果将来我真的能举起胜利的旗帜，我一定由衷地说一句，我懂得了生活，经历了生活。”

早晨。白云宽松、酥软，仿佛轻轻一踩，就会涓涓潺潺踩出一泓清清的甘泉，沁人心田，清凌凌。他握住大钳的睿智，“格格”地扭转白杨般的铁钻杆戳向大海的深层。这是中国海洋“石油人”奋起追赶世界历史进程的急迫心音。

燃烧臂长长地挑起绿茵茵的希望。“嘭——”他启动按钮，一条沉睡了千年的油龙翻卷着霹雳燃烧原始森林一样的红光大火腾空而出，和着大海搏动的旋律，恣意将秋风舞弄。周围飘乎不定的云彩也被映红，一团团、一簇簇，翻滚，奔腾，无休无止，席卷整个东方海空。刹那，他黑黝的脸庞也布满红晕，闪耀着胜利的美，绽开一种隐蔽的不朽笑容。

哦，我将要用生命的全部来感悟这最富内涵的笑意，感悟这句“问谁敢于摘斗摩霄，目空今古?”的诗意。

（1994.12.20）

蓝色的邀请

《老子》里有一则寓言：有一条鱼听人谈起海，就问海是什么？老子教导说：物至大须由至小者显。如斯，则可以说海就是水，是极多的水的汇集。海就是水吗？可它为何是沉甸甸的、一成不变的呢？

高尔基笔下的暴风雨中的狂怒的大海哪去了？

正当我陷入沉思之际，突然有一抹闪电透过舷窗射进来，把我的眼睛迷得无法睁开。“砰！”一道猝然而来的巨浪挟着惊人锐啸拍击“南海219号”拖轮高耸的船头，碎出纷飞鳞甲。海愤怒了。广袤无限的海面顿时狂风怒啸，涛声震耳。海变成了崎岖嶙峋的荒山野谷，夜也变得恐怖惊心，混沌凄凉。紧接着，一个山崩似的巨浪以压顶之势，劈空而下，成吨成吨的海水横扫甲板，直捣驾驶台。面对这滔天的巨浪，我早已心惊胆战，“船副，怎么办？”“别怕！”他拼命地叫着。

但全世界的风似乎汇集到这儿，它以不可拒抗的疯狂和强暴，掀起更凶的波涛。拖轮摇晃着钢铁的躯体在海里沉浮。此时，我如坠恐怖深渊，只觉天在旋，地在转，胸口一阵翻腾，浑身的血液砰然上升，拍击心房。“苍天，我求求你！”我喃喃祈祷。“唱国歌！”船副脱口叫道：“……前进，前进，前进进。”

可他的歌声却被滚滚巨浪和划空的风啸之声掩盖过去了。

紧接着一个更凶猛的海浪挟着锐啸，以扫荡千里之势，席卷而至。海水呼啸、奔腾，闯进船舱，淹没主要电路，使仪器短路，船舱骤然黑暗。舱外的报务天线也被掠走，船“失明”了。

“我出去瞧瞧。”瓢泼的大雨恰似重机枪猛烈开火，射得他瑟瑟发抖。当他跌跌撞撞地爬上梯子时，他的衣服浑身湿透，他一面吃力喘息着，稍停片刻，跪下来，拾起根缆绳，而后趴在甲板上迎着呼啸的狂风匍匐爬行。“砰”，他一声锐叫，身子已被巨浪卷起，人随浪花，消失在惊天动地的海涛声中……

“呱呱呱”，不知过了多久，一阵海鸥的锐叫声，把我从昏迷朦胧中唤醒，我缓缓地启开双眸。

“船副，你——”敢情他没被巨浪吞食！他那乌黑的头发散乱耷拉在血迹斑斑的前额，但遮不住那双依然犀利的目光。

风，仍在呼号。海，仍在咆哮。

“想不到，海平时笑哈哈，肚子里却塞着一团如此恶毒的心肠。”我不由感慨。

“记得一位登山运动员说过，一个登山者偶尔会使自己陷入欲下不能的境地，这样一来他只能向上攀登了。有时他就有意识地让自己落入这样的境地，当除了向上别无它路时，你会爬得很起劲。其实环境的阻力越大，人所需付出的创造力和开拓力就越强，人也都越急于忠实自己和寻找出路，因为只有将抱怨环境的心情化为上进的力量，人才能实现自我，所以我选择海有我的理由。”

狂风渐渐地静止了，暴雨、沉雷也随之远去……

“船副，你爱海吗？”“是的，我爱海，海包罗万象，占地球面积的7/10，海的气息纯洁而卫生。在海上，人不是孤独的，因为我们的四周都有生命在颤动。所以，海洋中有真正的生活。你要生活，就生活在海上吧!”

海天相接之处，忽然闪现一簇腾腾燃烧的火焰。啊，海上钻井平台。我的脑际回荡起法国总统戴高乐说过的那句话——向海洋进军。

(1994.10.14)

留份满足感给自己

一

是不是所有的怀旧都是放不开？是不是所有的潇洒都是不回头？是不是所有的幸福都是享受和拥有？笔体苍劲，凝重而又潇洒。“拥有，幸福?”你淡淡一笑，笑得很像神奇的童话。

你是在澳洲长大的。“月是故乡明、水是故乡亲”。你不但耽于幻想，而且还很有秩序地导演着自己的未来。

“回老家，你一定能找到自己的位置?”朋友的声音冷漠而又平静，似乎有叙不尽的疑问。“我想这不是问题的问题。”你连想都不想就回答。你从来都没考虑过找不到。可最终你还是被谢绝了，仅仅是离“衙门”才三尺远的地方。这一夜，海上的风涛声与你心里的风波声响成一片，震撼你，扑击你。第二天，朝阳越过窗格戳刺你的眼瞳，你醒了。海边那几只鸟还盘旋、遨游在你的思想领空，是那么轻盈地、无所顾忌地扑棱翅膀。最后，你敌不过海的盛意拳拳，出海了，成为一名海员。别人都说你去“流浪”，你却自认是“弄潮”。

平台的灯火款款而又沉稳地撩起软软的夜色。你枕着波涛，躺在飞机坪上，向伙计们说起你的遭遇时，竟平静得像在叙述别人的故事，奇怪得如古井的水，没一丝的涟漪。

二

“海岸——那使人产生联想和起划分作用的一条线，那接合点、那汇合处，固态和液态紧紧相连之处——那奇妙而潜伏着某种东西。”这是惠特曼《海边幻想》的一段，以前你和她对惠特曼都特别熟悉。那黄黄厚厚的海滩，不知给你俩留下多少缠绵的脚印。六年了，二千多个日日夜夜，脚印想必已早被涨涨消消的波浪抹平。

宾馆很豪华，就连茶色的玻璃都摆足了夏夜的情调。六年前，你和她来时，这里不过是一个很简陋的海边小卖部。

等了许久许久，你才占到一张浅浅的能增进食欲的桃心餐台。“哟，是你呀，还认得我吗?”你抬眼，两束眼光相碰，犹如火花交错，叶落波心。你慌乱极了，深恐在梦中。“你结婚了?”她凝视着你左手戴的一克拉半的钻石戒指。“没有，这是未婚戒指。”你把眼光从窗外的云隙间收回。“哟，你的发式挺逗的，现在在哪发财呀?”“你是在开玩笑吧?”“怎么?”她掏出一支雪茄，栽到唇间，长出一缕缕问号型的白烟，“如果我是开玩笑的，就请你考虑一下我的问题。我这里正缺一个供销，月薪是一千块，至于其他吃、住、玩，我都可以考虑”。“谢谢你了。”你把目光撒向大海，那盈盈的绿意，沁入你的身心，浓浓的幸福绿啊！你贪馋地吮吸着。“你稍等一下，我就来”她突然站了起来，急匆匆走过那黑麻石装璜的总台。“哟，大老板，什么风又把你吹来了，好，往这边请!”她将笑未笑，未笑将笑，这笑的意蕴里有着说不尽的万般风情。你端起杯子，望着白花花的泡沫，心里有一种讲不出的温吞疲软。

你站起来，走向大海。她猝然回首，追上来，勉强笑道：“若果你愿意，你今晚可以留在这里，我们一起看看大海，渔火，还有那遥远的古灯塔”“我常听别人说，金窝银窝，也不如自己的狗窝，无论什么地方总不如自己家里舒服，你说对吗?”你故作笑容，但笑意还没作到嘴角就被紧缩了“对不起，我不喜外留。”

海风轻轻地荏苒在你热烫的脸上、手上，凉冷冷的，此刻，脚下的沙路已是金光熠熠……

三

夜，夜市。一个永远永远都是霓虹灯闪烁，汽车灯穿梭的夜市。

你挽着一匣蛋糕，街巷徘徊，徘徊街巷。敲门?你的心像渔船上开动的马达，“砰砰砰”撼震胸膛。“滴滴滴”，门铃笛笛——理智战胜了感情?

她，一袭领口很低的黑色连衣裙，一副很沉的大耳环，一股很幽的香随风飘荡着。

“祝你生日快乐”。“谢谢”她酒窝里的笑意满满地溢了出来。她家是一套三房二厅的住宅，地上铺着奶黄色地板砖，墙上镶了两米高的红木护墙板，华丽的壁灯照着一色捷克式沙发，“山水牌”音响正放着一支西部歌曲——《一无所有》。

吵声、闹声、笑声夹着歌声一次又一次地爆发，球形射灯，顺着，逆着，扫过又扫回。红黑白光交替着刺激着人的视膜神经，让人眩然如醉。

你或许从来没有跳过这样热烈的舞，混合在音乐内，你飘飘荡荡，宛如置身于云端。

电子音乐越来越疯狂，乐曲进入了高潮，客厅内已是鲜花摇曳，玉人婆娑，狂风暴雨，电闪雷鸣。“你不要太狂了，不管你怎么跳，你都不会快乐的。”她给你递过一杯啤酒，眼角里充满得意、骄傲和自信。

“是吗?”你试图轻描淡写。“你不必再为自己的神经作解释了。她慢声道:“我看得出你一点都不幸福。”你动容道:“最起码你的眼神已出卖了你”。“我的天,照你这么说上帝也不会幸福了。”她的眼光在彩电与冰箱之间滑来滑去。举起酒杯,你给她讲了两个故事:

“一个月冷风凄凄的夜晚,一位海员的妻子旧病复发,倒在床上呻吟,海员刚碰海回来,见此情景,便急得如落锅蚂蚁。后来,海员急中生智,驮上妻子便忽冲冲地奔向卫生所。路上的秋风盖住了蛙鼓虫箫,冷瑟——萧杀——而且萧煞。妇人伏在丈夫的背上血流泉涌,绞痛难忍——可她最后却说:“我是世界最幸福的人。”

“一位海上钻工,每每在日落之时,便肩着夕阳,摄衣攀上平台的最高处,纵览浩瀚大海独领清风明月,放怀高咏李太白的“抽刀断水,”曹孟德的“对酒当歌,”撮日长啸,勒腕高歌那首《夕阳之歌》:徐徐回望,曾属于彼此的晚上……沉浸在这种氛围、这种意境中,他说他非常幸福。”

“一个人幸不幸福不在于拥有多少,而在于内心感受有多真。”

“幸福不会从天上掉下来,只能从内心长出来。”

她一听,面部圆滑的线条立刻变得严峻了,唇边泛起一个古怪的表情,像笑但又不是笑,每个人见了都会由内心感到无比的震动,不过那笑意一下子就瞬息无踪了。

客厅内,生日蜡烛已经快燃完了,只剩下一点幽出的光焰,在风里摇摇曳曳的。“留份满足感给自己吧!”

四

又是一个涨潮的汛期,又是一个流浚远航的季节。你又要出海了。

远处那蓝幽幽的海水,不知要使多少船只迷恋。

“大海好看吗?”你问。“好看?疯疯癫癫的，像被狗咬了似的，“我真想不清，你整天对着它有什么好。”她嘟囔着。“我记得上小学时，老师讲过一个这样的寓言：有一天，龙王和青蛙在海边相遇了。它们寒暄一番之后，青蛙便问龙王：‘大王啊，你住的地方是什么样子的?’龙王答道：‘珍珠砌的宫殿，贝壳筑的阁楼，华丽而有气派，坚实而又漂亮。’‘那么你呢?’龙王反问。青蛙说：‘我住的地方娇草如茵，清泉潺潺，绿色可餐’你说青蛙的回答是不是含有哲理呢?”

桅杆上的旗帜已饱孕着海风，鼓得高高的。“呜——”拖船一声长啸，撒开蹄子，扬起白鬃，轻快地掠过了浪尖……

(1994.8.16)

清风明月共一船

不知是受音乐情绪的感染，还是别的什么说不清的原因，我离开了，离开了都市的红尘，离开了旋转的杯盏，离开了那嚣嚣竞逐的浮沉，向着耸立在北部湾海域的“南海一号”平台进发。

海，恁地坦荡。天，一无所有。漂泊于茫茫海天之间的太阳睡了，海里的海睡了，船只和飞鸟也睡了。浩浩大海、渺渺苍穹，荡荡然融为一体，显得淳而精，精而淳。曾几何时，我站在高山上想象大海，但我现在才明白，浩瀚无垠的大海，是很不容易在异地想象得真切的。

“南海一号”钻井平台如高阁凌空，截天风，断流云，横锁一方日月，以其顽强的方式，生存在这苍凉、壮阔的蓝色平面上，诞生了一个个娓娓动听的故事。或许是秦皇汉武均不曾游历这座“海市蜃楼”，没封赐过什么，所以活得很轻松、潇洒。虽然它喊喊杀杀三千八百里，每一天都有超载的内容，但它不像泰山不像黄河，活得老叫累！

醉卧在凌空撑出的飞机坪上，邀清风明月，吟古韵新声，一杯杯豪饮，一阵阵快意油然而生。这似淡实浓的啤酒后劲恁足！

“劝君更尽一杯酒，与尔同消万古愁”。“干，干，干”……朦胧中，我如同步入了一个布满玄机的世界，心里感到一种莫名而又踏实的满足。凡高的热烈，海明威的迷惘，川端康成的虚无全都在这一刹那了然在胸。

独处实在是辉煌的时刻。独自，独自一个人躺在飞机坪上，静悄悄地定格在海的轴心，五官并举，以全身心感受大自然博大慷慨的赐予。联想、遐想、梦想、臆想，都能把灵魂照亮。天很低，低得伸手可触。云，悠然飘移。令我平添了天上人间之感。“不敢高声语，恐惊天上人。”心里响起了李太白的奇句。在这伟大的大自然怀抱中，我单纯得像风中一片纤叶，心灵如同星星，欢畅自由。

“江天一色无纤尘，皎皎空中孤月轮”。张若虚的无垠的亮丽从平台井架那儿泼下来。融融的月光，在海面上轻轻地晃动透明的浑圆。这月光是洁白的童贞和心迹吗？是打谷场的欢乐，是沙滩的嬉戏吗？沐浴在月光下，耳目也已不起作用，如朱自清在《荷塘月色》中仿佛听到了“梵阿铃上奏着的名曲”。“举杯邀明月，对影成三人。”水中的月亮在呼吸，在热烈而含情地顾盼。这时我也只凭感觉来捕捉水中月亮的旋律。银色的柔颤在空气中流动，但被月光雕刻出来的船只却很静，包括大海的人生。在这如水的月光里，我忽然产生了一种融化的感觉，烦恼和苦闷全都在月光中挥发了。人在这种环境里有一种没有负担的感觉。精神得到最大限度的自由和舒张。是虚幻的又是真实的。人和自然达到了一种超越和融合。经月光洗过的空气很清新，凉凉的。星星也很新鲜、很纯洁，明眸皓齿，极尽美艳，好像是白天才做出来点缀在南方的夜空。平台、大海、星星、月亮构成了一幅淡然的水墨画，使夜之海更加显出清幽、美妙。

我深深地、深深地呼吸着。将这清新的空气吸进肺腑，在这宁静之中和宁静融为一体。一切想不透说不清的郁闷全都随之远去，剩下自己没有加减乘除，没有坏符号好符号，只是感到一种透心的清爽和舒畅、恬适与明净。如桑拿浴后的轻松，似静坐功后的空灵。仿佛有的意念刹那间全都融入了眼前沁人心脾的墨绿和银白，融入这大自然毫无雕饰的温馨之中。

突然，小憩的夜鸟哗哗地飞来。一只又一只，张着那白色的翅膀，有韵律而美妙地掠过水面。那清脆而又美妙的音韵从它们微微翕动的小嘴里轻扬出来……沐浴在鸟的乐雨里。我的耳畔更加幽静，心头更加明亮。这儿是辽阔的大海，想放声高歌，想哈哈大笑，甚至想如海上飓风一般旋转，似松间明月一般沉思都可以，也不会有顾忌。

人，为什么要苦苦去捕捉、去追寻大自然呢？是因为人与自然的交融契合才能创作出生命的辉煌吗？是因为人的心灵需要有一片净土来抚慰吗？

浩月中天，清风习习。大海如草原一样博大而永恒。大海里蕴蓄着吞没绿洲搅彻天地的力量，而它睡着时却如此柔和、宁静。面对这一片千里万里的大宁静，我忽然听见三毛说：生命的意义和最终目的到底是什么？寻找真正的自由，然后享受生命。在大海的怀抱里，能产生这样一种伟大的安详，朴素的平静，难道说不是在享受生命吗?!“我欲乘风归去”，“今夕不知何夕？”……

啊！有韵的清风，无尘的月光，多彩的感情，共载一船中。

（1994.4.16）

缘　分

其实，我们拥有的只是一个梦，一个圆圈，一开始就意味着结束。每次，我下意识地走上那条初相遇的路，企图寻找你往日的影子，但是我见到的却是你熟悉而又陌生的脸孔，得到的是一个易解而又难解的答案——没缘分。

我是一个相信缘分的男孩。那晚，我无意走入舞池，进入音乐的旋涡，去寻找本来不属于我的沉醉，我来这里，是接受一种莫名的寂寞的邀请。我在一个黑暗的角落呆呆地伫立着。在舞曲的余韵里，我头脑空空，什么都不想，那轻盈的舞姿、潇洒的舞步只是像云烟一样在眼际一飘而过，但是，我又隐隐感到那舞曲有某种烧灼人的力量。“请你跳舞——”我抬眼，天！你真美，那颀长的身材，不盈一握的腰肢，和那披垂如云的长发，尤其那双眸子，我心中不禁起了波澜。我有点震惊，我不知你为什么要邀请我跳舞？你什么时候发现我呆坐在黑暗的一角，你也许是出于好意，认为一个呆坐在舞池的人是不可理解的。我带笑摇摇头说了句：“对不起，我不会跳！”可你多固执啊！你说：“是慢三步，即使不会跳舞，也会走路，对吧！”音乐慢慢在身边滑过，我下意识地跟着你移动脚步，我居然跟你配合得很好，灯光由红色变成紫色。“你的身材很适合跳舞，如果你根本不会跳舞，那么你真是个天才！”我笑了……一路上，我们谈了许多，许多，不知你是有意还是无意：“有缘千里来相会”。少男少女的感情是最丰富的，往往是一个微妙的动作或言语，都可能激起一种莫名其妙的感情波动。我俩有缘分？我的春心在荡漾……

爱的力量是不可捉摸的，它可以化作一股无形的动力，也可以化作一股巨大的阻力，来改变一个人。我真想不到，和我相恋，竟使你的学习成绩进步得如此之快，由班中的十七名进到第三名。高考放榜后，你考上了一所名牌大学，一跃跳出“农门”，你兴奋得像一头小鹿，你目光温暖得像初升的太阳，你附着我的耳朵呢喃着：“我有缘踏进大学的门槛，是因为有缘和你相恋。”我听了，全身四千八百个毛孔无不感到舒服。看到你鲜红的录取通知书，我隐约感到无形的压力。因为这一张录取通知书已意味着你“农转非”，这一薄薄的户口本却像一座巍峨高山，阻隔了我的视线，让我无法跨越……我送你到车站，你神采飞扬，纤纤的细手紧紧握着我的手说：“等我啦，我俩是有缘分的。”列车徐徐开走了留下的是两条冰冷的铁轨，两条铁轨虽相距很近，却永远没有相交的时刻。

我们过的是“两地情”生活，“人如风后入江去，情似两余粘地絮”这是你向我表达的心迹，我亦寄去无数张“情人卡”表达了我对你的思恋之情。可是“多情自古千秋恨”，渐渐地，你寄给我的信，由密到疏，由长到短，由“亲爱的”发展到“挚友”，信短时，你说很累，没空。现实生活，劳作奔波，谁不累呢？但是身上的疲乏，又怎比得上心里的疲乏呢？最后一学年，我给你写了不下 25 封信，但收到的却是你 3 封电报式的回信，25∶3，我明白了这个意味着什么。终于我接到了，你一封长达 7 页纸的回信。你说你已有了新的“缘分”，三年前，当你抵达上海时，就认识了他，一位“儒雅”，风度翩翩，比你大一年级的同校学生。你说，恋爱和结婚本就是两回事，恋爱是找合适自己的人，结婚是做合适自己的事。从认识到相约黄昏，都是有“缘分”撮合的。于是又一个美丽而温馨的爱情故事开始了……

呀！缘分，缘分，缘是天意，分却是人为。

（1990.10.24）

我是谁

我一直在追问我是谁？但一直都找不到答案。

盘桓在黄褐色的海滩上，双脚裹着沙子，凉飕飕的。“我是谁？”我呢喃着。我看见一个男孩埋在潮湿的房子里爬格子。一分一分的纸币在他面前舞弄秋风，吹得他眼花缭乱、脸色苍白。掉转头来，我又看见一个潇洒、英俊的男孩，睁着惊惧的眼睛，吊着一丝苦笑，饰着一副面具，小心地揣摩周围每一个人的心思，免得说错话，遭别人嫉妒、诽谤。

“我到底是谁呀？”我的心窗在震颤。

海风刮来，和着心里的风涛声响成一片，震撼我，扑击我。但冥冥之中又似响起一个声音：“人的一生，会遇到很多人，碰到很多事，要迈过很多坎，尝很多的酸甜苦辣，但你究竟是谁，路该怎么走，很难说清。”

我抬起头。晚空弥漫着落日的余光，灿霞如火似烟，织遍了天空，与荡荡的烟波辉耀。黄褐色的海滩，已是一片模糊的苍茫……此刻，我知道，我和很多人一样，总是想要，而且想要得更多，于是在纷繁中迷失了自我。那个平凡的我已经失去，已经被周围的人和事深深地埋葬。

我倒在沙滩。海涨潮了。

“噫!”我仿佛发现了什么。我霍地跳起来，惬意地将沙子撒向天空。空中那冥冥之神又发话了：“你是谁呀?”“‘我是谁？我从哪里来？我要到哪里去?’这是千古一问。这千古一问，我穷尽毕生精力也回答不了。既然回答不了，就不答行吗?”

绚丽的朝霞从海边升起。海港那边此起彼伏地飘来了柔柔的乐曲声，像一首歌。“我不知道我是谁，但我深知：走自己的路，才能找到真正的自己。”

（1990.9.9）

不要叹气

“炮九”已九十九次提醒自己“不要叹气”，可“炮九”终于还是第一百次地叹气了。唉！当个海上钻工真烦人，待在平台上，满眼都是水天一色，宛如被笼在孤岛中，生活沉闷无味，太单调了。“炮九”掷开头上的工帽，倚身窗前，仰望天空，那几朵翠云好悠闲呀！时而在散步，时而在游戏。远眺浮云，一种莫名其妙的孤寂感和嫉妒情绪袭上了“炮九”的心头。伫立在嘈杂的钻台上，“炮九”突然决定到直升飞机坪上转一转。

踽踽独行在飞机坪上，云翳了夕阳半朵，浮在云面的半朵好像一只眼睛，一只得意的眼睛，一只只有在一些“情场得意”的姑娘那里才能看到的眼睛。夕阳弹出几道长短不一的红色光线，直射大海的胸膛，大海好像被利刃划破似的，一道长长的红色伤痕自上而下拖延着，海痛苦地挣扎着，但是海浪涌得越高，这红色的伤痕就滑得越深，海怃然了……此刻，“炮九”心里蕴藏已久的诗句：“向夕千愁起，日暮客愁新”，自然地从心里吐出来。唉！“炮九”忍不住又要叹气了。就在这时，“炮九”的身后响起了脚步声，“炮九”扳过头去，只见一张酱紫色的方脸，浓眉毛，大眼睛，五官匀称，却结着一印伤疤，这伤疤给了他丑陋，使“炮九”看了极不舒服。听别人介绍过，“炮九”知道，他这个伤疤是一次在打大钳时，不小心给大钳尾绳留下的“杰作”，为了这个伤疤，他的妻子曾以“离婚”来要挟他离开平台工作，说平台安全系数太低了，话是这样说，但谁又愿意把爱情断送在无限的亏损里呢？他觉察到“炮九”在看他，便抬起头来，送“炮九”一个童稚的笑、真诚的笑、极乐的笑，单凭这一笑，他突然有了年龄，有了灵魂。呀！好灿烂的笑容。看着“炮九”垂头丧气的样子。他笑着把一瓶“蜂蜜”递给“炮九”。“叹什么气呀?!”他笑着说：“叹气千次，不如奋力一搏。”“夕阳无限好!”他对着半掩的夕阳喃喃着，随后，他又轻轻地哼起歌儿。“海风你轻轻地吹，海浪你……”唱着，蹦蹦跳跳地走向甲板钓鱼去了。

望着他远去的身影，“炮九”突然感到一种羞愧，为什么要叹气呢？他一个老钻工，已在平台度过了20个春秋，而他脸上的伤疤又是这可恶的平台留下的，但他依然这般热爱平台、热爱生活。把平台当作自己避暑的夏威夷，而“炮九”却要悲叹它是无人涉足的“孤岛”。

孤坐飞机坪上，海风静静地吹，“炮九”想俯首去静静倾听海的呼

吸，但那种羞愧的感觉却越来越强地弥漫在心中，为什么要整天让叹息缠绕呢：“实际上，我是多么幸福呀！我并没有被关进监狱里，失去自由，用不着像囚徒手握铁柱仰望蓝天一角时那样，发出渴望自由的叹息，我并不寂寞，无数的亲友，正围绕我身边，关心我、保护我，用不着像被生活抛弃了的人那样，发出渴望友谊的絮语。”

“我为什么要叹气呢？因为我是一位钻工，职业低微？噢，好可怜好幼稚的我。”瞧着远处点点的渔舟趁着水涨之时鼓浪向平台游来，“炮九”那颗紧紧压缩的沉闷的心渐渐地舒展开来了。从平台上俯瞰下去，但见滔滔滚滚的海浪互相撞击着，堆积着，翻卷着，飞起一轮轮白浪，犹如在茫茫的人海中产生许许多多的伟人……但这些白浪怎样都重呈绿色，融汇到大海？此刻，“炮九”心中不禁升起一种特殊的感觉：人总是随时间的流逝而走向死亡。所以，人不管在什么样的环境下生活，都应珍惜自己生存的价值，无须为生活上一些得与失而感到叹息。

像悟到了生活的真谛，“炮九”忽然感到异常的轻松，深情地吸了一口气，又轻轻地喷出去，喷出去，是的，不要再叹气了。

西边的天空，晚霞红得正艳，此时，飞机坪上的指示灯开始扭燃，“炮九”转过头来不禁深情地望几眼平台，又把目光撒向大海……

（1988.10.2）

物化天趣自然成

——评散文集《携春而行》

洪三泰

进入黄康生的散文园地，美的自然景物便涌进眼帘，自然的风也扑面而来。一阵清爽之后，就是鲜丽的自然景色和深远的意境。变幻莫测的自然美丽的景物好像迎风摇曳，随风来去。自然的奇景恰似仙境，自然的声音犹如天籁。

黄康生笔下美的自然，指的是美丽的自然界、自然景观。这些自然景观，是他最熟悉并仰慕的。其中有大海、海岛、港口、滩涂、菠萝园、红树林、甘蔗林、日月星辰、雨夜渔火等等。《六极岛意象》这样写道："海岛好风好水，无土不绿。清新爽洁的海风从大海深处拂来。束起一尾不羁的好风，心田上的焦土快速瓦解，心底里的池塘也快速长出茸茸的春草。"从外景写到了心灵。作者进一步以更细腻的笔触描写景物，如"野菠萝似乎因为吐纳了大海的灵气，显得格外精神"。"最惹人的还是那一簇簇野菊花，这些花儿层层叠叠，随意伸展，恣意开放，淡淡的芳香中散发着野性。野菊盛开，氤氲蔓延，我不知道是海岛滋育她的野性，还是她的野性诱发了海岛野情。"黄康生笔下的"自然"何以美？我想，美既在自然本身，美又在审美者的心灵里；美在自然与心灵的合一之中；自然景观，通过作者心灵，创造了审美意境和审美意象。

《携春而行》这本散文中，把江海畔的景物写得露珠般水灵灵的还有不少，如《水墨吴川》、《吉兆夜话》、《硇洲渔火》、《水泽湛江》、《品读海滩涂》、《红树林》、《日照东海岛》、《海港夜色》、《鉴江之上》等等。你可以随意在每一篇翻出一些段落，在细细吟诵中，领略到南国海滨江畔的奇异景象，感受到独特美中的韵律，幻出让人愉悦的意境来。看得出作者对所写的景物已注入了真挚的感情。刘勰说："情者文之经，辞者理之纬，经正而后纬成。"可见身心的真切体验，情感的真诚投入，是获得美的自然和美的意境的前提。我想，作者在面对眼前的景物时，必定感觉到它们对心灵的巨大冲击力。由此唤醒心灵的感知和情感，唤醒脑海中的思考和想象。这种精神力量，足以使景物更加雀跃欢腾，以一种疯狂的形象起舞，继而幻化为意象、意境。这是审美的美妙过程。如写《水泽湛江》，作者先从大的地理环境寻找出被水包围的湛江。"东海岛、南三岛、特呈岛、硇洲岛前拱后卫；吉兆湾、雷州湾、白沙湾如银带系项，在城市的任何一个角落朝任何一个方向走，似乎都能闻到浓烈的海风，都能感受到海阔天空的壮志与豪迈。"然后，全部打开心灵的闸门，让冲击、洗涤、浸润过湛江的江、海、湖之水，再冲击自己的心灵。于是作者情不自禁地惊叹道："湛江的水，是江海天成、蓝绿辉映的水。""湛江的水，是江湖相通，蓝绿相融的水。"是的，水润古今，水润湛江。作者对水的赞美，道出了人们的心声。

宗白华先生有关于"生命的节奏"的论述。他在《美学散步》中说："我们宇宙既是一阴一阳、一虚一实的生命节奏，所以它根本上是虚灵的时空合一体，是流荡着的生动气韵。"萧子显在《南齐书·文学传论》中云："文章者，盖情性之风标，神明之律吕也，蕴思含毫，游心内运，放言落纸，气韵天成。”生动气韵，在黄康生的散文集中，也比较突出。这种生动的气韵，主要表现：一是节奏轻快，旋律优美。如“‘日月之行，若出其中；星汉灿烂，若出其里。’来到龙海天，我即被大海那澎湃而刚毅的气魄所震撼。浩瀚的大海与天连在一起，层层叠叠在翻滚着，跳跃着，呼啸着，咆哮着，泛着白色的泡沫，犹如千军万马，奔腾呼啸”。（见《日照东海岛》）二是循序渐进，巧入佳境。如《品读海滩涂》，开篇道：“滩涂既是海又是地，既属水又属土；涨潮时是海是水，退潮时是土是地。滩涂貌似贫瘠、荒凉，但却亘古、壮美。”继而描写与抒情结合，写海滩的恢宏气势、久远历史、耕海文化、胸怀品格和人文情怀。文气流动畅达，特质原汁原味，感受情真意切。三是神态自然，鲜活灵动。文学创作强调精神状态。作家的才性、气质，和由此而形成的作品的风格，决定作品的气韵是否生动。如读《硇洲渔火》可以看出作者当时的精神状态。“向着硇洲岛进发的时候，心就开始绿了。”开始第一句就妙，“绿”字更妙！夕阳斜挂，渔舟唱晚之后，渔火登场了。先是“渔火悄然点亮，零零星星，星星点点”。以后的文字精彩纷呈。“夜色更浓了，百盏，千盏，万盏渔火骤然夜放，缀成了一条五彩长龙，在静谧的港湾里游动。渔火亮晶晶，闪七星彩，争奇斗艳，宛若星汉落地，在海面闪烁出一片灿烂的云霞，将大海辉映得更加旷远、辽阔。海天相接之处，渔火变成了星星，星星也变成渔火，宛如一长串瑰丽的流火，照亮了碧海，辉映着夜空。渔火因黑夜更显得闪烁璀璨；大海因渔火而更显得苍茫！海鸟披着渔火的流光在海面上轻轻地滑过，叫声清脆而有穿透力。大团大团的雾气，从大海深处弥漫过来，时浓时淡，时聚时散，缭绕渔船与渔船之间。在渔火的照射下，那寂寂的海水，发出呢喃的絮语，仿佛在叹息逝去的年华。”读者的神态一如作者，神采飞扬了。之后，作者继续描写与抒情结合：“渔火轰轰烈烈汇聚在一起”、“月光和渔火在海中交融”、“‘要照亮别人，先点燃自己。’我们迎着夜的迷雾，在风中与渔火相视对话，在雨里感受渔火潮湿的眼睛，在月下感悟渔火点燃自己温暖别人的秉性。啊，渔火，大海最美的眼睛”。这生动的气韵，正是作者写作神态的表现。

黄康生并不是为写景而写景。在特定环境里，他注重写人，塑造人物形象，描写人物美的心灵和宝贵的精神。美的起源和艺术的起源都离不开人类社会的实践活动。在社会实践中，一方面人改造自然，使大自然逐渐成为和人有着密切关系的“人化”了的自然；另一方面，实践使人形成了特有的感觉心理和感觉能力，以及人所独具的道德感和美感这样一些高级情感。这样，自然界对于人来说，才开始成为审美的对象。苏联著名文学家高尔基在论述这类自然美时说：“打动我的并非山野风景中所形成的一堆堆的东西，而是人类想象力赋予它们的壮观。令我赞赏的是人如何轻易地与如何伟大地改变了自然。”《携春而行》中，人的自然美表现在精神、人格和力量之美。《“海狼”》中，石油人“海狼”的形象给读者留下深刻的印象。“海狼”在钻井平台上已坚守了整整二十个春秋。为了祖国的石油，他处身于恶劣的大海环境，坚守着寂寞。战胜了高温、台风、海啸、寒潮；最危险时刻，他挺身而出，保护了海上钻井平台。大海的雄浑、平台的伟岸和“海狼”的坚忍不拔，融为一体了。这是不朽的自然的美。作者意犹未尽，在《再读平台》中，战斗在钻井平台的形象再次耸立：“像久经风雨霜雪的古代将领，戴盔甲，持刀枪，操剑戟，以一派排山倒海、吞星吐月的豪迈气概去征服、去横扫、去拓展……”之后，作者推出第一代海上石油人的形象：“他固执地走向海洋，把孩子、女人装到解放牌汽车里，自己提着世纪型的热情，身上火一样红的信号服，来南海改写海底降龙的‘天方夜谭’。”在《不要叹气》中，作者写道：“‘炮九’已九十九次提醒自己‘不要叹气’，可‘炮九’终于还是第一百次地叹气了。唉！当个海上钻工真烦人，待在平台上，满眼都是水天一色，宛如被笼在孤岛中，生活沉闷无味，太单调了。”当“炮九”叹气时，一个老钻工出现了。他已在平台度过了十二个春秋，而他脸上的伤疤是打大钳时，大钳尾绳留下的！他的坚毅和乐观感染了“炮九”，使“炮九”羞愧。黄山挑夫的负重攀爬，外祖母“守住心门”的教诲，福嫂关于安详是福的体验，也让读者看到平凡者的平凡劳作和不平凡的警世名言。

黄康生的散文较集中地以浓墨重彩描绘了湛江美的形象、人民美的心灵，可谓物化天趣自然成，的确难能可贵。人们从他的散文中可以欣赏到湛江的自自然然的美丽，感受到湛江景物美和人们心灵美的奇妙和谐。美丽的童话般的湛江，必定走进更多人的视野，名扬海内外。散文的艺术表现是个人的感觉、感悟和感受的精心提炼。由视觉到脑海里的感知、想象、情感、思考等一系列精神活动所产生的鲜活灵动的感悟，需要有独特个性和生命力的诗意表达。人的心灵与自然达到了审美性的和谐，流淌笔端的不仅是影像的记忆，更重要的是诗意的营造、形神的散聚，历史文化的沉淀，意境的创造。因此，气势、节奏、韵律、音乐美不可或缺，想象、联想、空灵、悠然、缠绵等常常有之。在黄康生的散文里，这些都得到体现。当然，好的散文要有如诗的独特的发现，强调高远的立意，厚重深刻的思想，富有独特个性的语言，和真挚朴素的抒情。这是需要每个散文作者不断地探索和追求的。

（原载 2013 年 2 月 3 日《南方日报》）

（作者系广东省人民政府文史馆馆员、文学院院长，国家一级作家。）

后　记

散文是中国文学的源头。散文的世界就是花的世界。

散文既是理性的世俗行走，又是感性的理想追求。我一直怀着新闻理想、散文梦想、广告妙想行走在大地上，奔跑在风雨里。我出生在广东茂名袂花江边。村子人口多，崇尚武术，武风甚盛。我从小也习武，但更喜欢从文。我从小就在江边摸鱼摸虾，在江边编织文学梦。

那时，村子里藏书很少，我常用“放牛换书”方式来借书。借到书后就躲在草垛后快速阅读。那时，生产队订了一份《人民日报》，我总是悄悄地蹲在村干部后面，等其看完后捡起来读。村里很多人都说：“你不是在做文学梦，而是在做白日梦。”在村子里，我度过了一段饥饿的岁月，度过了一段艰难的日子。那段日子，让我洞察到人性的复杂，体验到人生的冷暖，也从中积累了一点文学素材。

中学时期，我读了鲁迅、冰心、刘伯羽、朱自清等人的散文作品，从中吸取文学营养。1998 年，我拿起笔来，开始尝试写散文。当时，我只是跟着感觉走，跟着感觉写。但想不到，作品《不要叹气》、《我是谁?》竟然获得国际青年大赛奖和全国散文奖。

文学来自生活，这是文学的要义。但生活浩瀚无边，而自己的生活圈有限呀。后来，我学了新闻专业，进了报社当记者。自从走上新闻采编岗位后，我就全身心地投入火热的生活中去，用心去刻录湛江向上生长的力量，用笔去记录湛江发展进步的轨迹。同时，也用脚步去丈量自己新闻生命的宽度。一心写新闻，一心“挖”新闻。2000 年，我获得了广东省新闻界最高奖——金枪奖，成为湛江获此奖项第一人。2005 年起，我从“采”转身向“编”，这一转身的过程是痛苦的过程。在痛苦中挣扎，新闻界一位老前辈告诉我：你可以写新闻，也可以写散文。新闻写实，散文既可写实又可以写虚。于是，我重返散文创作天地，且一边写散文，一边写新闻，“虚”、“实”相结合。散文写心，只有从心田流出来的甘泉才清冽。

新闻采写的地方，恰恰是文学开始的地方。采访路途上遇见的一片大海、一条河流、一方渔塘、一缕月光、一盏渔火、一棵古树……都可能拨动心灵的琴弦，引发联想和感悟，唤起对宇宙人生的思考。

风雨人生，涤荡情怀。在新闻采写、散文创作的路途上，我得到了政界领导、商界精英、文艺界翘楚、新闻界朋友、武术界师兄弟的真诚帮助和无私的支持；特别是得到了龙哥、华哥、中哥、吴哥、卢姐、英姐、鑫哥、才哥、政哥、更哥、洪哥、荣哥、锋哥、亨哥、文哥等的推诚之助和无声鼓励，对他们的恩情，我铭感于心。

浪涛声里，烟雨楼中，精雕细琢成散文集《携春而行》。甲午马年初八，我有幸见到了中国首位诺贝尔文学奖得主莫言。当时我拿出《携春而行》的大样请莫老师指点、赐教。莫老师仔细审读了几篇作品，说：“这些散文作品可读、耐看。”能得到莫言的指点，是我一生莫大之荣幸。

2014 年 3 月，春暖花开。全国著名散文家王剑冰花了很大精力，给《携春而行》作了序。王剑冰老师是全国首届冰心散文奖、全国首届郭沫若散文随笔奖、中国文联理论奖、中国散文诗 90 年重大贡献奖获得者。他写的散文《绝版的周庄》入选高中语文课本。散文《瓦》入选高考语文试卷。散文《天河》碑刻落户郧西。他的理论集《散文创作谈》、《散文时代》更是散文爱好者的必读本。王剑冰老师能如此用心为我写下 4000 多字的序言，给我引路，实在是对我“高看一眼，厚爱三分”。我无言感激。

全国著名作家洪三泰不仅为《携春而行》写评，且将其发表在《南方日报》上，这也使我终生受益。对莫言老师、王剑冰老师、洪三泰老师的厚爱，我感激一生。

湛江市老领导何钧发提供了精美的压题照片（《湛江之美》、《五岛连心》），湛江摄影家宋成功（《巍巍钻塔》），成功（《贴近大海》）、陈北跑（《六极岛意象》、《菠萝的海》），孙宁（《水墨吴川》、《辉映吴阳》），戚照（《鹤地银湖》、《红树林》、《茶园春色烂漫》），曹永康（《再读平台》），郑锋（《责任湛江》），张锋锋（《水泽湛江》），欧阳泽（《海东之幸》），邓木生（《品读海滩涂》），李向凡（《早春的气息》），林石湛（《飞驰在路上》、《热带绿都》），许卫杰（《大陆之南》）等，都拨冗赐配文照片。对他们的鼎力相助，我不胜感激。

时代在走向雄大，散文也必将走向雄大。散文之路，义无反顾；新闻之路，义无反顾。既然选择了远方，就只有义无反顾，风雨兼程——